« PAVILLONS »

Collection dirigée par Tina Hegeman et Bernard Oudin

ALICE WALKER

LA COULEUR POURPRE

(CHER BON DIEU)

roman

adapté de l'américain par Mimi Perrin

ÉDITIONS ROBERT LAFFONT
PARIS

Titre original : THE COLOR PURPLE

ISBN 2-221-04219-0
(édition originale :
ISBN 0-671-45853-1 Washington Square Press, New York)

A l'esprit :

Sans l'aide de qui
ni ce livre
ni moi
ne Serions.

Show me how to do like you
Show me how to do it.

Stevie Wonder

Dis jamais rien à personne qu'au bon Dieu. Sion Ta mère elle en mourrait...

Cher bon Dieu,

J'ai quatorze ans. J'ai toujours été bien sage. Alors peut-être si vous pouvez me donner un signe pour savoir ce qui m'arrive. Au printemps après que le petit Lucious il est né, j'ai entendu le père et la mère se chamailler. Lui qui la tirait par le bras et elle qui disait : C'est trop tôt, Fonso. J' suis pas assez bien encore. Bon, et une semaine après, il remet ça. Elle lui dit : Tu vois pas que j' suis à moitié morte, avec c'te marmaille et tout le reste.

Elle a été à Macon pour voir sa sœur. Celle qu'elle est docteur. Elle m'a laissée avec tout le monde sur les bras. Lui, il a jamais eu un mot gentil. Il a fait que dire : Toi tu vas y passer, comme ta mère elle veut pas.

Alors il me colle son machin contre ma cuisse, et puis il le tortille un peu, et il le rentre dans mon zizou. Moi, j' crie que ça me fait mal. Alors il me serre le cou, et il me dit : Tu vas la fermer. Va falloir t'habituer.

Mais j'ai jamais pu. Maintenant j'ai mal au cœur quand je fais à manger. Et maman me crie tout le temps après. Elle arrête pas de me regarder aussi. Elle est contente, vu qu'il est gentil avec elle maintenant. Mais elle, elle est bien malade. Pour moi, elle en a plus pour longtemps.

☆

Cher bon Dieu,

Ma maman elle est morte. Tout ce temps-là, elle a pas arrêté de me crier dessus. De me dire des injures. C'est que me voilà grosse, et alors je me bouge pas vite. Le temps de remonter du puits, l'eau était tiède. Le temps de lui faire son plateau, le repas était froid. Le temps de préparer les petits pour l'école, c'était déjà l'heure de manger. Lui il disait rien. Il restait là assis près du lit, à tenir la main à la mère. Il pleurait qu'elle pouvait pas le quitter comme ça.

Un jour elle me demande : De qui il est le premier ? Moi je dis : Du bon Dieu. J' connais pas d'autre homme, alors je savais pas quoi dire, moi. Quand j'ai eu des douleurs et que ça a bougé partout dans mon ventre, et que le bébé est sorti de mon zizou en suçant son poing, j'en croyais pas mes yeux.

Personne vient jamais nous voir.

Maman ça a été d' plus en plus mal. Une autre fois elle me demande : Où qu'il est le premier ? J' lui dis que c'est le bon Dieu qui l'a pris. Il l'a emmené pendant que j' dormais. Et il l'a tué là-bas dans le bois. Et probable qu'il va tuer celui-là aussi.

☆

Cher bon Dieu,

Il peut plus me souffrir. Ça se voit. Il dit que je suis de la mauvaise graine et que j' fais jamais rien de propre. Il a pris mon autre bébé, un garçon celui-là. Mais j' crois pas qu'il l'a tué. Pour moi, il l'a vendu à des gens de Monticello. J'ai mes seins tout gonflés par le lait, et ça me coule partout dessus. Il me dit : Pourquoi qu' t'as toujours l'air d'une souillon ? Mets-toi donc quèque chose de correct sur le dos.

Oui mais quoi ? J'ai rien à me mettre.

Je prie tous les jours qu'il trouve à se remarier. J' vois bien qu'il lorgne ma petite sœur. Et elle, elle a peur. Alors j' lui dis : T'inquiète pas, Nettie, j' suis là. Ça va aller. Et je m' dis en moi, si le bon Dieu veut bien.

☆

Cher bon Dieu,

Il nous a ramené une fille de la région de Gray. Elle a juste mon âge mais il l'a épousée quand même. Et il est toujours après elle. A la voir on dirait qu'elle sait plus où elle en est. M'est avis qu'elle s'est crue amoureuse. Mais nombreux comme on est ici, ça fait de l'occupation sans arrêt.

Ma petite sœur Nettie a un soupirant. La même histoire que pour papa, ou presque. Sa femme est morte à lui aussi. C'est son amant qui l'a tuée un jour qu'elle revenait de la messe. Encore heureux, le mari, il a que trois enfants. Il a remarqué Nettie à l'église, et depuis, ce Mr... vient ici tous les dimanches soir. Moi j' dis à

Nettie de continuer à étudier dans ses livres. Faut réfléchir à deux fois avant de s'embarquer avec des gosses qui sont même pas à vous. Regardez donc c' qui est arrivé à ma pauv' maman.

☆

Cher bon Dieu,

Aujourd'hui il m'a battue parce il dit que j'ai fait de l'œil à un gars à l'église. J'avais une poussière, p'têt' bien, mais c'est pas vrai que j'ai fait de l'œil. Je regarde même pas les hommes. Ça c'est la vérité vraie. Je regarde les femmes, vu qu'elles j'en ai pas peur. Vous pensez que j'en veux encore beaucoup à maman, à cause des injures vers la fin, et tout. Ben non. Moi, elle me faisait pitié. J' crois bien qu'elle en est morte, de l'histoire qu'y lui a racontée.

Ça lui arrive encore au père, de loucher sur Nettie. Mais je le laisse pas faire. Finalement, j'ai dit à Nettie qu'elle épouse donc Mr... Mais j' lui ai pas dit pourquoi, bien sûr. Marie-le, Nettie, que j'y ai dit, et tâche de profiter de la vie pendant un an.

Vu qu'après ça, j' sais bien qu'il l'aura mise grosse.

Avec moi, on peut plus. A l'église, y a une fille qui m'a dit que c'est possible seulement si on saigne tous les mois. Et moi j'saigne plus jamais.

☆

Cher bon Dieu,

Ça y est, Mr... a décidé de demander la main de Nettie. Mais le père, y veut rien savoir. Il dit qu'elle est trop jeune, sans expérience et que Mr... a déjà bien assez de gosses comme ça. Et puis aussi, ce scandale quand sa femme a été tuée. Et tout ce qu'on raconte sur Shug Avery ? Qu'est-ce qu'y a là-dessous ?

J'ai demandé à ma nouvelle maman qui c'était Shug Avery. Elle savait pas mais elle va chercher. Elle a fait même mieux que ça. Elle a piqué une photo. La première que je vois de quelqu'un en vrai. Ma nouvelle maman m'a raconté que Mr... sortait quelque chose de son portefeuille pour montrer à Papa, et que ça c'est tombé sous la table. Eh ben, Shug Avery c'est une femme. J'en ai jamais vu une plus belle. Même plus que ma vraie maman, et dix mille fois plus que moi. Elle est dans un manteau de fourrure. Elle a du rouge sur les joues, et ses cheveux on dirait une crinière. Elle fait un grand sourire et elle a son pied sur la petite marche d'une vraie voiture. Mais c'est drôle parce que son regard est sérieux. Un peu triste, même.

J'ai demandé la photo et j' la regarde toutes les nuits. Quand j' fais des rêves, c'est Shug Avery que j' vois. Toujours dans des robes du dimanche. Elle danse et elle rit.

☆

Cher bon Dieu,

J'ai dit au père qu'il avait qu'à me prendre au lieu de Nettie, tant que notre nouvelle maman elle est malade. Il a fait comme si y comprenait pas. J' lui ai même dit que j' pouvais m'arranger un peu. J'ai couru dans ma chambre et je m'ai mis plein de rembourrage, des plumes, et les souliers à talons de notre nouvelle maman. Et alors, il m'a mis une trempe à cause que je m'ai attifée comme une traînée, qu'il a dit. Toute façon, il me frappe même sans ça.

Mr... il est venu ce soir justement. Moi je suis dans mon lit et je pleure à chaudes larmes. Nettie, elle, commence à y voir clair, pour sûr. Notre nouvelle maman aussi. Elle est dans sa chambre, en train de pleurer comme moi. Nettie s'occupe de l'une après l'autre. Ça la secoue tant qu'elle va rendre dehors. Mais pas sur le devant, où c' que les deux hommes discutent.

J'entends Mr... qui dit : J'espère que vous avez changé d'avis pour ce que vous savez, monsieur.

Mais le père répond que non, sûrement pas.

— Pourtant mes pauvres petits ont bien besoin d'une mère, Mr... fait.

— J' peux pas vous donner Nettie, dit le père. L'est bien trop jeune. Sait rien faire. Faut tout lui apprendre. Et puis, j' veux qu'elle reste encore à l'école. Plus tard ça sera une maîtresse d'école. Mais j' peux bien vous donner Celie. D'abord c'est elle l'aînée. Faut donc que j' la marie la première. C'est sûr qu'elle est pas toute neuve. Ça vous le savez. Elle a fauté. Deux fois. Mais y a pas besoin d'une femme toute neuve. Moi, regardez, j'en ai pris une, et elle est tout le temps malade, qu'il fait en crachant par-dessus la balustrade. Les gosses lui tapent sur les nerfs, et elle fait même pas bien à manger. Et en plus la voilà déjà engrossée.

Mr... il dit pas un seul mot. Moi j'arrête de pleurer tellement que j'en reviens pas.

Le père continue : C'est pas une beauté la Celie, bon c'est vrai. Mais elle trime dur. Pas fainéante pour deux sous. Et puis avec elle c'est du billard maintenant. Grâce au bon Dieu qu'a arrangé ça. Pouvez lui faire tout comme ça vous chante, y a plus de risque de se retrouver avec d'autres bouches à nourrir.

Mr... dit toujours rien.

J' sors la photo de Shug Avery. J' la regarde bien

droit dans les yeux. C'est comme si ils me diraient : ben oui, c'est la vie.

J'entends le père : Faut bien que j'trouve à me débarrasser d'elle, moi. Elle a passé l'âge d'être encore à la maison. Et elle a mauvaise influence sur les autres gamines. Je vous la donne avec son trousseau, et même la vache qu'elle élève là-bas vers la grange. Mais Nettie, ça, pas question. Pas tout de suite. Et même jamais.

Mr... se râcle la gorge et il dit : L'autre je l'ai pas vraiment regardée.

— Ben faudra, à votre prochaine visite. Ça, elle est pas belle. A croire qu'elle est pas parente avec Nettie. Mais ça fera une bonne épouse, bien mieux que Nettie. Elle est pas trop fine non plus, et j' vais même vous dire qu'il faut avoir l'œil, sans ça elle vous gaspillera tout pour donner aux autres. Mais elle abat le travail d'un homme.

— Elle a quel âge ? que Mr... demande.

— Pas loin de vingt ans. Autre chose aussi... elle raconte plein de mensonges.

☆

Cher bon Dieu,

Ça lui a pris tout le printemps à Mr... pour se décider. De mars à juin. Moi j'ai fait que penser à Nettie. J' me suis dit que si j'épouse Mr... elle pourra venir chez nous et comme il est aveuglé d'amour pour elle on tâchera bien moyen de se sauver toutes les deux. En attendant, Nettie me fait apprendre avec elle dans ses livres de classe à cause qu'y faut être très malin pour s'en sortir. Bien sûr je suis pas jolie et intelligente comme Nettie. Mais elle me dit que je suis loin d'être bête.

Pour pas oublier celui qui a découvert l'Amérique, elle m'a dit de penser à une colombe, vu qu' c'est presque le même nom. Colomb. J'ai bien appris son histoire à la petite école, mais ça m'a vite sorti de la tête. Nettie m'a expliqué comment il est venu ici avec trois grands bateaux qu'on appelle des cars à voiles avec chacun un nom en étranger que j'ai pas bien compris. Et aussi, que les Indiens ont été si gentils avec lui qu'il en a ramené dans son pays pour servir la Reine.

C'est dur d'apprendre tout ça quand je pense à mon mariage qui me pend au nez.

La première fois que j' me suis retrouvée grosse, papa m'a enlevée de l'école. Ça lui était bien égal que ça me faisait plaisir d'y aller. Le premier jour, Nettie était pendue à ma main devant la porte d'entrée. Et moi j'étais sur mon trente et un. Mais après, le père m'a dit que j'étais trop bête pour apprendre et qu'y avait que Nettie d'intelligente dans la famille.

— Celie aussi elle est intelligente, papa, Nettie a fait. C'est Miss Beasley qui le dit, et c'est la maîtresse. Nettie adore Miss Beasley. Y en a pas une autre comme elle au monde.

Le père a dit sans lever les yeux de son fusil qu'il astiquait : Qu'est-ce qui écoute c' que raconte Miss Beasley j' vous l' demande. Elle est bavarde comme une pie celle-là. Y a pas un homme qui veut d'elle. C'est pour ça qu'elle fait la classe.

A ce moment-là il y a un groupe de Blancs qui sont arrivés dans la cour, avec des fusils eux aussi. Le père s'est levé et les a suivis. Et tout le reste de la semaine j'ai plumé du gibier, et j'ai pas arrêté de vomir.

Mais Nettie elle est têtue. Elle a fait venir Miss Beasley pour parler au père. Et Miss Beasley a dit qu'elle a jamais eu des élèves comme Nettie et moi, avec tellement l'envie d'apprendre. Alors le père il m'a appelée, et quand Miss Beasley a vu ma robe toute tendue sur mon ventre elle a plus rien dit et elle est repartie.

Nettie elle comprend toujours pas, et moi non plus. Tout ce qu'on voit c'est que je suis de plus en plus grosse et que j'ai tout le temps mal au cœur.

Des fois j'ai la honte parce que Nettie elle est bien plus calée que moi. J'ai de la peine à me fourrer dans le crâne ce qu'elle explique. Ça veut pas rester. Elle raconte que la terre est pas plate. Je dis ah bon, comme si je le saurais. Moi la terre je la trouve plate comme une crêpe.

Finalement Mr... revient un jour. Il a l'air rendu. La femme qui lui donnait un coup de main à la maison est partie. La mère de Mr... a dit que ça suffit comme ça.

Mr... demande à me regarder de plus près, et le père m'appelle comme si de rien n'était.

— Celie, Mr... veut te revoir.

Je me plante sur le pas de la porte, avec le soleil en plein dans les yeux. Mr... reste sur son cheval pour bien me regarder, des pieds à la tête.

Le père fait celui qui lit son journal.

— Approche donc, il va pas te manger, qu'il me fait.

Je m'avance presque jusqu'aux marches, mais pas trop, vu que le cheval y m' fait peur.

— Tourne-toi, papa me dit.

Je me tourne. Et là y a un de mes petits frères qui arrive. C'est Lucious, tout rondouillard, et taquin comme pas un. Et toujours à mâchouiller son chewing-gum.

— Pourquoi que tu tournes comme ça? il me demande.

— Ta sœur pense à se marier, le père lui explique.

Ça lui dit rien du tout à Lucious. Il me tire par le pan de ma robe et il me demande si c'est permis de prendre un pot de gelée de mûres dans le buffet. Je dis que oui.

— Elle est très bien avec les enfants, dit papa en dépliant son journal. Je l'ai pas vue en gronder un seul, jamais. Y a qu'une chose, c'est qu'elle leur laisse prendre tout ce qu'y veulent.

Mr... demande si la vache vient elle aussi. Le père dit que oui, que c'est sa vache à elle.

☆

Cher bon Dieu,

Le jour de mon mariage j'ai passé mon temps à me sauver des pattes de l'aîné des garçons. Il a douze ans. Sa mère est morte dans ses bras et il veut pas d'une autre maman. Il a ramassé un gros caillou pour me l' jeter à la tête. Le sang a dégouliné partout sur ma poitrine. Son père lui a dit : Faut pas faire ça. Mais rien de plus. Il a quatre enfants, deux garçons deux filles. Il avait dit que trois. Les filles c'est à croire que personne les a peignées depuis la mort de leur mère. Moi j'ai dit qu'il faut raser tout ça. Que ça repousse après. Lui il dit que ça porte malheur de couper les cheveux aux femmes. D'abord j'ai mis un pansement sur ma blessure comme j'ai pu, et après j'ai fait à manger. Y a une source, pas un puits. Et un fourneau gros comme un camion. Après j' m'ai mise à démêler les cheveux des petites. Elles ont que six et huit ans. Alors ça a été des pleurs. Des hurlements même. Elles ont crié à l'assassin. Enfin à dix heures c'était fait. Elles ont fini par s'endormir tout en larmes. Moi je pleure pas. Je pense à Nettie, quand il est couché sur moi dans le lit. J'espère qu'elle a pas d'ennuis là-bas chez nous avec le père. Et puis aussi je pense à Shug Avery. Je sais bien que ce qu'il me fait à moi il lui a fait à elle avant. Et peut-être qu'elle a aimé, elle. Pour voir, je lui passe un bras autour du cou.

☆

Cher bon Dieu,

On a été à la ville aujourd'hui. J'ai resté dans le chariot à attendre Mr... qui était au bazar. Et alors j'ai vu ma petite fille. Je sais bien que c'est elle. C'est pas croyable comme elle me ressemble, et à papa aussi. C'est encore plus notre portrait que nous autres. Elle marchait à côté d'une dame et elles étaient habillées pareil. Quand elles sont arrivées à notre chariot j'ai dit bonjour. La dame est bien aimable. Ma petite fille a levé les yeux en plissant le front d'un air d'avoir du tracas. Elle a mon regard de maintenant. C'est comme si tout ce que mes yeux ont vu elle le voit aussi, et ça lui donne de quoi réfléchir. Elle est à moi. Mon cœur le sent. Mais je peux pas être vraiment sûre. Si c'est bien elle, elle s'appelle Olivia. J'ai brodé son nom sur toutes ses couches. Avec aussi plein de petites étoiles et des fleurs. Mais il a emmené les couches avec le bébé. Elle avait deux mois à peine. Maintenant elle a six ans.

J'ai descendu du chariot pour suivre Olivia et sa nouvelle maman dans un magasin. La petite a l'air de s'ennuyer là-dedans. Elle laisse traîner sa main le long du comptoir. Sa mère achète du tissu et elle lui dit : Faut pas toucher. Olivia bâille.

— C'est très joli ce tissu, je dis à la mère et je l'aide à en draper un bout sur elle près de son visage.

— Je vais faire des robes mauves pour moi et ma petite fille, qu'elle me dit en souriant. Son papa sera très fier.

— C'est qui son papa ? je demande l'air un peu gênée. Comme si quelqu'un enfin savait qui c'était.

— Mr..., qu'elle fait.

Mais c'est pas le nom de mon père, je pense en moi. Monsieur comment ? je répète. Et qui il est ?

— C'est le Révérend..., et elle se tourne vers le vendeur qui lui dit :

— Vous en voulez de ce tissu oui ou non ? J'ai pas que vous comme cliente.

— Oui, monsieur, mettez m'en cinq mètres s'il vous plaît.

Il attrape la pièce et en déroule un morceau sans le mesurer. Quand il pense que la longueur est bonne il dit à la dame : Ça fera un dollar trente. Vous voulez du fil aussi ?

Elle dit que non.

— Ben pourtant on n' coud pas sans fil, qu'il fait. Et il prend une bobine qu'il met sur le tissu. La couleur va bien, non ?

— Oui, monsieur.

Il empoche deux dollars en sifflotant et lui rend la monnaie. Il me jette un regard :

— Vous voulez quelque chose ?

— Non, rien du tout.

Je sors et j' les suis un peu dans la rue. J'ai rien à offrir moi, et je suis toute malheureuse.

La dame regarde de tous les côtés et elle dit : Il n'est pas là, il n'est pas là. Comme si elle va pleurer.

— Qui ça ? je lui demande.

— Le Révérend... Il est reparti avec le chariot.

J' dis que celui de mon mari est juste devant nous. Elle monte.

— C'est bien aimable à vous.

On s'assoit et on se met à regarder les gens qui viennent en ville comme nous. J'ai jamais vu autant de monde, même pas à l'église. Y en a avec de beaux habits. D'autres pas très reluisants. La poussière vole partout sur les robes des dames.

Elle me demande qui c'est mon mari, vu qu'elle m'a dit pour le sien. Je lui dis : C'est Mr...

— C'est vrai ? elle fait, de l'air qu'elle le connaît bien. Je savais pas qu'il était marié. Un bien bel homme. Je n'en vois pas de mieux dans tout le comté, blanc ou noir.

— C'est vrai qu'il est bien, je fais, mais sans vraiment y penser vu que pour moi tous les hommes se ressemblent.

— Votre petite fille elle a quel âge ? je demande.

— Bientôt sept ans.

— C'est quand son anniversaire ?

Elle réfléchit un peu, et elle dit : En décembre. Et moi dans ma tête je pense : en novembre.

— Comment elle s'appelle ? je demande mine de rien.

— Pauline.

Mon cœur se met à battre très fort. La dame a l'air de réfléchir encore, et puis elle dit :

— Mais moi je l'appelle Olivia.

— Pourquoi, si c'est pas son vrai nom ?

— Regardez-la donc, elle me fait d'un air malicieux en se tournant vers la petite, noire et luisante comme une vraie petite olive.

Elle tapote la tête de la fillette en riant, et elle répète : Olivia.

— Tiens voilà le Révérend, elle dit tout d'un coup.

Et je vois le chariot conduit par un grand gaillard dans un habit noir, avec le fouet à la main.

— Encore merci pour votre accueil, elle fait. Et puis elle regarde notre chariot en bois bien sombre et elle dit en riant : pour votre cercueil...

Moi je comprends la bonne blague. Ça me fait tordre de rire. Juste après, y a Mr... qui sort de la boutique. Il grimpe sur le chariot et me dit : Pourquoi qu' tu ris comme une bécasse ?

☆

Cher bon Dieu,

Nettie est chez nous. Elle s'est sauvée de la maison. Elle dit qu'elle a honte d'avoir laissé notre belle-mère en plan comme ça. Mais elle supportait plus. Et aussi, qu'il faut sortir les autres petites de là. Les garçons encore, ça ira. Ils se débrouillent pour pas tomber dans les pattes du père. Quand ils seront grands ils se laisseront pas faire. Ils le cogneront aussi.

Moi j'ai dit : Peut-être qu'ils le tueront, même.

Nettie m'a demandé : Comment ça marche toi et Mr... ? Mais elle est pas aveugle. Elle voit bien qu'il en pince toujours pour elle. Le soir il met ses habits du dimanche et vient faire le beau sur la véranda quand Nettie et moi on écosse les petits pois, ou qu'elle aide les gosses pour leurs dictées. Des fois c'est à moi qu'elle apprend comment on écrit les mots, et des tas de choses qu'elle dit que j' dois savoir. Pour ça, elle a de la suite dans les idées. Elle me lâche pas, et c'est une bonne maîtresse d'école en plus. Ça me rend malade qu'elle peut bien finir avec un mari comme Mr..., ou à la cuisine chez une femme blanche. Toute la journée elle lit, elle étudie, elle fait de la belle écriture, elle essaie de nous rentrer plein de choses dans le crâne. Moi je suis toujours trop fatiguée pour faire travailler ma tête. Mais à Nettie, son autre nom c'est Patience !

Les enfants de Mr... sont pas bêtes du tout, mais alors c'est des garnements. Ils sont toujours après moi : Celie j' veux ci... Celie j' veux ça... Not' maman elle nous en donnait. Mr... il dit jamais rien. Les gosses tâchent qu'il les remarque. Mais lui, il se cache dans un gros nuage de fumée.

— Te laisse pas faire, Nettie me répète sans arrêt. Il faut leur montrer qui commande ici.

— Ben, c'est eux...

Mais Nettie, elle est têtue comme une mule.

— Tu dois te battre, qu'elle me dit. Il faut, il faut ! Moi, je sais pas me battre. Je peux tout juste sauver ma peau.

— T'as une bien jolie robe, Nettie, il lui dit.

— Merci.

— Et tes souliers vont bien avec.

— Merci.

— Et puis ta peau, tes cheveux, et tes dents, c'est un régal tous les jours pour mes yeux.

D'abord elle a souri. Et puis elle a froncé les sourcils. Et maintenant c'est comme si qu'elle a plus d'expression. Elle se colle contre moi et elle me refait à moi les mêmes compliments : ta peau, tes cheveux, tes dents... Je finis presque par penser que j' suis mignonne.

Mais ça a pas duré les compliments de Mr... à Nettie.

— On a fait plus qu'on peut pour Nettie, il me dit un soir qu'on était au lit. Maintenant, faut qu'elle parte.

— Et où donc ?

— Ça c'est pas mes affaires.

J'ai raconté ça à Nettie le lendemain. A la place d'être fâchée elle était plutôt contente. Mais ça lui serre le cœur de me quitter. On s'est tombées dans les bras.

— Ça me cause du tracas de te laisser là avec ces vilains garnements, et avec Mr... aussi. Pour moi c'est comme te voir déjà morte, elle me dit.

— Ben pour moi c'est bien pire. Quand j' serai morte j'aurai plus à trimer au moins. Mais n' te tourne pas les sangs comme ça. Tant que je peux parler au bon Dieu j'ai de la compagnie.

J'ai qu'une chose à donner à Nettie, c'est l'adresse du Révérend. Et qu'elle demande après sa femme. Peut-être elle pourra l'aider. C'est la seule femme que j' connais qui a de l'argent.

— Tu écriras, hein, je lui ai dit.

— Quoi ?

— Tu m'écriras.

— Il y a bien que la mort pour m'en empêcher, elle m'a répondu.

Mais elle a jamais écrit.

☆

Cher bon Dieu,

Y a deux de ses sœurs qui sont venues nous voir. Toutes bien mises sur leur trente et un.

— Celie, qu'elles m'ont dit, faut être juste, tu tiens bien la maison.

Y en a même une qui a dit en plus : C'est pas bien de dire du mal des morts, mais la vérité vraie a jamais tué personne. Eh ben, Annie Julia c'était pas une bonne ménagère.

— Faut dire aussi qu'elle avait pas envie de rester, a fait l'autre.

— Elle voulait aller où ça, alors ? j'ai demandé.

— Chez elle.

— C'est quand même pas une raison, a dit la première, celle qui s'appelle Carrie. (L'autre c'est Kate.)

— Si une femme se marie, c'est pour bien tenir sa maison et ses enfants, elle continue. Eh ben, fallait voir ça en plein hiver. Tous les gosses avec le rhume, la grippe, la courante, même la pneumonie, et des vers.

Toujours mal nourris, pas peignés, ni rien. Répugnants comme tout. On n'avait pas envie de les toucher.

— Moi, je le faisais quand même, dit Kate.

— Et le manger, n'en parlons pas. C'est comme si qu'elle avait jamais mis les pieds dans une cuisine.

— Pas dans celle-ci en tout cas, c'est sûr, dit Kate.

— Honteux, fait Carrie.

— Ça, il pouvait l'être, honteux.

— Qu'est-ce que tu veux dire ? demande Carrie.

— Que bon, il l'a amenée ici, et puis il l'a plaquée pour aller courir après Shug Avery. Faut être juste aussi. Personne à qui parler, pas de visites. Rien. Lui, il restait des jours sans rentrer... Et avec ça il a trouvé le moyen de la mettre grosse. Et pas qu'une fois. Un gosse après l'autre. Elle était encore toute jeune et bien mignonne.

— Pas tant que ça, fait Carrie en se regardant dans la glace. Elle avait une tignasse qui lui mangeait toute la tête, et la peau trop noire.

— Faut croire que notre frangin doit aimer le noir. Shug Avery, elle, c'est du noir cirage !

— Shug Avery, Shug Avery, y en a marre de celle-là. Paraît qu'elle se balade dans le pays pour chanter. Qu'est-ce qu'elle peut bien avoir à chanter ? Et aussi qu'elle porte des robes fendues jusqu'aux cuisses, et des coiffures avec des petites boules et des pompons qui pendent. Comme sur un sapin de Noël.

Le nom de Shug Avery ça m'a fait dresser l'oreille. J'ai bien envie de parler d'elle. Mais elles se taisent d'un coup. Et puis Kate dit finalement :

— Elle me tape sur les nerfs à moi aussi. Et pour Celia, t'as raison. Ça c'est une bonne ménagère, une bonne cuisinière, et une bonne mère pour les gosses. Notre frère pouvait pas trouver mieux, même en cherchant bien.

Moi, j'ai pensé à comment il avait bien cherché...

Kate est revenue un autre jour, mais toute seule. J' lui donne dans les vingt-cinq ans. Vieille fille, avec quand même l'air plus jeune que moi. En belle santé, le regard bien vif, et la langue pas dans sa poche.

— Achète donc des vêtements à Celie, elle dit à Mr...

— Elle en a besoin ?

— Regarde-la donc.

Il m'a regardée comme si que je serais un tas de boue. Avec des yeux qui disaient : ça a besoin de quoi, ça ?

Kate m'a emmenée au magasin. J'ai pensé à quelle couleur Shug Avery prendrait. Pour moi Shug c'est comme une reine. Alors j'ai dit à Kate.

— Je voudrais bien du violet avec une pointe de rouge dedans.

Mais on a bien cherché et y avait pas de violet. Le rouge, ça manquait pas, mais Kate a dit que Mr... payera jamais pour du rouge. Que ça fait trop gai. Faut plutôt du brun, du marron, ou du bleu foncé. J'ai pris du bleu.

Avant, j'ai jamais été la première à porter mes robes. Celle-là elle est rien que pour moi. Je veux expliquer à Kate que ça me fait tout drôle, mais je deviens rouge et je m'embrouille.

— C'est normal, Celie, elle me dit. Tu mérites même plus que ça.

Elle a p'têt' raison, au fond.

Au retour à la maison elle crie à Harpo (c'est le plus vieux des garçons) :

— Harpo, tu vas pas laisser Celie porter les seaux d'eau. T'es un grand garçon maintenant. Faut donner un coup de main.

— Boulot de femme, il dit.

— Quoi ?

— C' t' un boulot de femme, ça. Moi j' suis un homme.

— Toi, t'es qu'un bon à rien de négro. Prends ce seau et va le remplir.

Il me jette un regard de travers et se traîne dehors. Je l'entends qui marmonne quelque chose à Mr... sur la véranda. Et Mr... appelle sa sœur. Elle reste parler avec lui un moment, et puis elle revient tremblant de partout.

— Celie, faut que j'y aille maintenant, elle me dit.

Elle est tellement colère qu'elle en chiale en faisant ses bagages.

— Te laisse pas faire, Celie, elle me dit. Faut te battre. Moi j' peux pas le faire pour toi.

J' dis rien. Je pense à Nettie. Morte, c'est sûr. Elle, elle s'est battue, elle s'est sauvée. Ça sert à quoi ? Moi j' me bats pas. Je fais ce qu'on m' dit. Mais j' suis encore vivante.

☆

Cher bon Dieu,

Harpo a demandé à son père pourquoi il me bat.

— Parce c'est ma femme, Mr... a répondu. Et avec ça, elle a une tête de mule. Les femmes c'est juste bon qu'à...

Mais là, il a pas fini. Il a passé la tête par-dessus son journal. Il fait toujours ça. Et ça me rappelle notre père.

Après, Harpo m'a dit : Et pourquoi qu' t'es une tête de mule ? Il me demande pas : Pourquoi qu' t'es sa femme ? Personne me demande jamais ça. Je lui ai répondu : Faut croire que j' suis née comme ça.

Mr... me met des trempes comme aux gosses. Sauf qu'eux, il les bat pas souvent. Il dit : Celie, va chercher le martinet. Les petits sont de l'autre côté de la cloison, avec leurs œils collés aux fentes. Moi je fais tout pour pas pleurer. Comme si que je serais en bois. Je me dis en moi, Celie t'es un arbre. Aussi, je sais bien pourquoi les arbres ont peur des hommes. Harpo m'a dit l'autre jour qu'il est amoureux.

— Et de qui ? j'ai demandé.

— Une fille.

— C'est pour de vrai ?

— Ouais. On va se marier.

— Mais t'as pas l'âge encore.

— Si. J'ai dix-sept ans, et elle quinze. C'est bon.

— Sa mère à elle, qu'est-ce qu'elle en dit ?

— J'y ai pas parlé.

— Et son père ?

— J'y ai pas parlé non plus.

— Et elle, qu'est-ce qu'elle en dit ?

— Ben, on n'en a pas parlé, il me fait. Et il baisse le nez.

Il est pas vilain garçon. Dans le genre échalas, avec des grands yeux tout ressortis. Et noir cirage, comme sa mère.

— Où c'est que vous vous voyez ?

— A l'église.

— Tu lui plais ?

— J' sais pas. J' lui cligne de l'œil des fois. Mais c'est comme si qu'elle a peur de me regarder.

— Et son père, il est où pendant ce temps-là ?

— Dans le coin où y braillent tous « Amen ».

☆

Cher bon Dieu,

Shug Avery va venir ici ! Je veux dire, en ville. Avec son orchestre pour chanter au Lucky Star sur Coalman road. Mr... va aller l'écouter. Il s'habille en dimanche et il se regarde dans la glace. Et puis il enlève tout et il met autre chose. Il passe de la gomina sur ses cheveux et après, il l'enlève sous le robinet. Il crache sur ses souliers, et il fait reluire avec une petite laine.

Il me dit : Faut laver ci et repasser ça. Trouve-moi ci. Va me chercher ça. Il râle qu'y a des trous dans une chaussette. Moi, j'arrête pas de repasser, de repriser, de lui trouver ses mouchoirs. Mais qu'est-ce qu'y a ? je lui demande. Quoi, qu'est-ce qu'y a ? il me fait d'un ton colère. J' veux pas avoir l'air d'un bouseux, voilà ce qu'y a. Une autre bonne femme que toi s'en plaindrait pas.

— Je suis bien contente, je lui dis.

— De quoi donc ?

— Que tu es aussi bien mis. Je suis fière.

— C'est vrai que tu me trouves bien ?

C'est bien la première fois qu'il me demande ça. Sous le coup de la surprise j'ai pas le temps de répondre qu'il est déjà sur la véranda pour se raser au jour.

Toute la journée j'ai gardé le papier de l'annonce au fond de ma poche. Ça me démangeait de le sortir. Un bout de carton rose. Y en a de collés partout sur les arbres entre la fourche qui va chez nous, et le bazar. Lui il en a des dizaines dans sa malle.

Ça montre Shug Avery à côté d'un piano, avec une main sur la hanche. Elle porte un grand chapeau comme les chefs indiens. Elle a la bouche grande ouverte, et on y voit toutes les dents. Elle a pas l'air de se faire de la bile. C'est écrit sur le papier :

Venez, venez tous l'écouter.
La Reine à la voix de velours
est de retour...

Seigneur, j'ai si envie d'y aller. Pas pour danser ou boire, ou jouer aux cartes. Même pas pour entendre Shug Avery chanter. Mais rien que pour la voir en vrai.

☆

Cher bon Dieu,

Mr... est pas rentré de la nuit samedi, et dimanche non plus. Et presque tout lundi aussi. Shug Avery restait en ville pour le week-end. Enfin il est quand même revenu chez nous. Il titubait, et il est tombé d'une masse sur le lit. Il avait l'air rendu. Triste aussi, et tout ramollo. Il a même pleuré. Après ça il a dormi jusqu'au lendemain.

Il a ouvert un œil que moi j'étais déjà au travail dans le champ de coton depuis bien trois heures. On s'est pas parlé. Mais j'avais des tas de questions qui me démangeaient la langue : Comment elle est habillée... si c'est la même Shug que sur la photo que j'ai... sa coiffure... le rouge aux lèvres de quelle couleur... est-ce qu'elle a une perruque ? Elle est bien en chair, ou comme un chat écorché ? Fatiguée ? Malade peut-être ? Où sont les enfants quand elle chante comme ça ? Est-ce qu'y lui manquent ? Enfin, plein de ces questions qui vous grouillent dans la tête comme des vers. Je m'ai mordu les lèvres pour pas demander.

Il a ramassé une binette et il s'est mis au travail. Trois quatre petits coups et puis il a arrêté. Il a lâché son outil dans le sillon et il s'en est retourné à la maison. Il s'est mis sur la véranda, avec un verre d'eau fraîche et sa pipe. Moi j'ai cru qu'un malaise l'a pris alors j'ai suivi. Mais il m'a dit : Retourne donc au champ, et compte pas sur moi.

☆

Cher bon Dieu,

Harpo sait pas se défendre mieux que moi avec son père. Tous les jours c'est la même histoire. Le père se lève, il va se mettre sur la véranda et il a les yeux dans le vague. Des fois, il regarde les arbres devant la maison, ou un papillon qui se pose sur la balustrade. Il boit un peu d'eau la journée, et du vin le soir. Mais il se bouge pas. Alors Harpo commence à se plaindre que c'est lui qui retourne tout le champ. Et son père lui dit : C'est comme ça.

Harpo est presque aussi grand que son père ; costaud de corps, mais il a pas de volonté. C'est un faible.

On reste au champ lui et moi toute la journée. A suer comme des bêtes de labour. J'ai pris la couleur des grains de café et Harpo on dirait la suie dedans la cheminée. Il a l'air un peu triste et rêveur. Ça lui donne un visage de fille, des fois.

— Pourquoi que tu travailles plus ? il a demandé au père. Et l'autre a répondu :

— J'ai plus besoin. T'es là toi, non ?

Il a dit ça pas très gentiment et Harpo ça lui a fait de la peine. Par-dessus le marché, il est toujours amoureux.

☆

Cher bon Dieu,

Le père de la fille trouve qu'Harpo est pas assez bien pour elle. Harpo la fréquente depuis un bout de temps. Paraît que le père reste toujours dans un autre coin de la pièce où ils sont assis tous les deux. Et ça met de la gêne. Des fois, il va s'asseoir sur la véranda devant la porte ouverte et il entend tout c' qu'ils se racontent. A neuf heures il apporte le chapeau à Harpo.

— Et pourquoi que je suis pas assez bien pour elle ? Harpo a demandé à Mr... Alors Mr... lui a dit : C'est rapport à ta mère.

— Qu'est-ce qu'elle a fait ma mère ?

— Un type l'a descendue.

Et depuis ça, Harpo fait des mauvais rêves. Il voit sa maman qui court dans le pré pour rentrer à la maison. Le type qui est son amant, à c' qu'on dit, la course. Elle tient Harpo par la main. Et ils courent, ils courent. Le type la rattrape et il la prend par les épaules : Tu peux pas m' lâcher comme ça. T'es à moi. Et elle lui dit : Non, ma place c'est chez moi avec mes gosses. Il lui crie : T'as pas de chez toi, espèce de pute. Et il lui tire une balle dans le ventre. Elle tombe. Le type s'enfuit. Harpo la prend dans ses bras et il lui met la tête sur ses genoux. Il crie : Maman, maman... Et moi ça me réveille. Les autres gosses aussi ça les réveille. Ils pleurent comme si que leur maman vient juste de mourir. Et puis Harpo se réveille aussi et il tremble de partout.

J'allume la lampe et je vais le voir. Je le tapote sur l'épaule pour le consoler.

— C'est pas sa faute à elle si un type l'a tuée, il dit. C'est pas juste, c'est pas juste !

— T'as raison Harpo, c'est pas juste !

Tout le monde dit que je suis très bien avec les enfants de Mr... Bon, c'est vrai que je m'en occupe comme il faut. Mais j'ai pas vraiment du sentiment pour eux. Quand je caresse Harpo à cause de ses vilains rêves, c'est même pas comme quand je caresse un chien. C'est plus comme si ça serait un bout de bois. Pas un arbre. J' veux dire une table, ou une commode. Toute façon, eux ils m'aiment pas non plus malgré que je suis bonne avec eux.

Ça leur est bien égal. Sauf Harpo, ils travaillent jamais. Les filles elles ont toujours les yeux sur la route. Et Bub passe déjà ses nuits dehors à boire avec des garçons deux fois plus vieux que lui. Mais leur père fait que tirer sur sa pipe.

Harpo me raconte ses affaires de cœur maintenant ! Il pense plus qu'à Sofia Butler.

— Elle est drôlement mignonne, qu'il me dit. Et pas sombre du tout.

— Elle est gaie alors ?

— Mais non, je veux dire pas sombre de peau. Et puis elle est pas bête aussi. Des fois j'arrive à la faire sortir de chez elle. Son père le sait pas.

Et pas longtemps après, Harpo me dit que ça y est elle est grosse.

Moi, ça, je m'y attendais.

Quand même je lui demande : Si elle est pas bête pourquoi elle s'est laissé prendre ?

Harpo hausse les épaules : Y a que comme ça qu'elle pourra se tirer de chez le père. Il veut pas qu'on se marie. Il dit que je suis pas assez bien pour mettre les pieds dans son salon. Mais si elle est grosse j'ai le droit de rester avec elle. Même si j' suis pas assez bien.

— Et où vous allez habiter ?

— C'est grand chez eux. Quand on sera mariés je serai comme de la famille.

— Mmmm... Je suis pas sûre. Son père ne voulait pas de toi avant. Il va pas t'aimer plus, vu que tu l'as mise grosse.

Harpo a l'air embêté.

— Va donc parler à Mr..., je lui donne comme

conseil. C'est quand même son père. Il aura bien une idée.

Ou peut-être pas, je pense en moi.

Harpo va nous l'amener ici parce que son père veut la rencontrer. Je les vois arriver là-bas sur la route. Ils marchent main dans la main comme si qu'ils partiraient en guerre. Elle un peu en avant de lui. Ils montent les marches de notre véranda. Je dis bonjour et je mets des chaises près de la balustrade. Elle s'assoit et prend un mouchoir pour se faire du vent. Elle dit : qu'est-ce qu'il fait chaud ! Mais Mr... lui répond rien. Il fait que la regarder sur toutes les coutures. Elle est grosse de presque huit mois et on dirait qu'elle va craquer sa robe. Harpo m'a dit que sa peau est claire mais moi je pense pas. C'est que lui il est noir comme un pruneau, alors ça le change. Moi je la vois café au lait, avec plus de café. Elle reluit comme un meuble bien frotté. Les cheveux crépus, mais une grosse masse ramenée en tresses sur le haut de son crâne. Elle est pas aussi grande qu'Harpo, mais plus large, et costaud. De la bonne graine.

— Comment ça va, Mr... ? elle lui demande.

Il répond pas à sa politesse mais il lui dit : Ça m'a tout l'air que vous êtes dans un sale pétrin.

— C'est pas ça, monsieur. J'attends un petit, voilà.

Et elle passe ses mains sur son ventre qui fait des plis.

— Qui c'est le père ? il demande.

Elle a l'air étonnée :

— Ben, Harpo...

— Et il le sait à quoi, lui ?

— Il le sait, comme ça.

— Les jeunes filles d'aujourd'hui c'est plus ce que c'était. Ça ouvre les cuisses à tout ce qui passe.

Là, Harpo lance un drôle de regard à son père. Comme s'il l'aurait jamais vu. Mais il dit rien.

— Faut pas croire que j' vais laisser mon gars vous marier à cause du môme. L'est encore tout jeunot et pas trop malin. Une jolie fille comme vous ça lui fera avaler n'importe quoi.

Harpo reste toujours bouche cousue. Sofia devient de la couleur des briques trop cuites. Sa peau est toute tendue sur son front, et ses oreilles remontent. Et puis elle se met à rire. Elle regarde Harpo. Il baisse le nez et garde ses mains entre ses genoux.

— Et pourquoi que je dois me marier avec Harpo ? Il habite encore chez vous. C'est vous qui payez pour sa nourriture et ses habits.

Mr... lui dit :

— Votre père vous a fichue dehors, hein ? Vous êtes à la rue.

— Non, pas à la rue, elle lui répond. Je suis chez ma sœur et son mari. Ils m'ont dit que je peux bien rester toujours si je veux.

Elle se lève. C'est vrai que c'est un beau morceau de fille en pleine santé.

— Merci de m'avoir reçue. A présent je vais rentrer.

Harpo se lève aussi mais elle lui dit :

— Non, Harpo. Toi tu restes ici. Quand tu seras ton maître, moi et le bébé on t'attend.

Du coup il reste planté là. Et puis il se rassoit. Moi je jette un œil vers Sofia et je vois comme une ombre sur sa figure. Elle me dit :

— Je veux bien un verre d'eau avant de repartir, si c'est pas trop demander.

Le seau est posé sur une planche, juste là. Je vais prendre un verre propre et je lui verse de l'eau. Elle boit tout et puis elle passe encore ses mains sur son ventre et elle se met en route. Comme si la troupe aurait changé de direction, et qu'elle lui court après.

Harpo et son père, ils sont restés là tous les deux. A pas bouger à pas parler. Des heures et des heures. Alors moi j'ai pris mon dîner et j'ai été me coucher. Le matin au réveil j'ai cru qu'ils étaient encore là. Mais non, Harpo était dehors au petit coin, et Mr... en train de se raser.

☆

Cher bon Dieu,

Finalement Harpo a été chercher Sofia et le bébé. Ils ont fait le mariage chez la sœur à Sofia. C'est le mari qui a été le témoin d'Harpo, et pour Sofia c'était une autre sœur qui s'est débrouillée pour venir en douce. Une troisième a tenu le bébé. Il a pleuré pendant la cérémonie alors sa mère a tout arrêté pour lui donner la tétée. Elle a dit : OUI, avec son gros bébé pendu à son sein.

Harpo a retapé la petite cabane près de la rivière pour lui et sa famille. Ça a servi de remise au grand-père dans le temps. Mais la baraque est saine. Maintenant elle a des fenêtres, une véranda et une porte de derrière. Et puis là-bas près de la rivière c'est frais et y a de la verdure.

Harpo m'a demandé de faire des rideaux et j'ai taillé ça dans des sacs à farine.

Dedans c'est pas grand, mais c'est tout chaud, avec un lit, une commode, une glace pour se voir, et des chaises. Un fourneau qui sert pour faire la cuisine et pour chauffer aussi. Maintenant, le père d'Harpo le paye quand il fait du travail. Paraît que les sous ça va lui donner du cœur à l'ouvrage, vu qu'avant c'était pas ça.

Un jour Harpo il m'avait dit :

— Miss Celie, j' fais la grève sur le tas.

— La quoi sur quel tas ? je comprenais pas.

— J'arrête le travail.

Et c'est vrai qu'il l'a fait. Il est venu au champ couper quelques épis de maïs et il a laissé tout le reste aux charençons et aux piafs. La récolte, ça a pas été brillant !

Mais maintenant avec la Sofia qui vient aussi, Harpo se remue. Il coupe, il fauche, il retourne la terre, et pendant ce temps il chante et il sifflote. Sofia elle, elle a fondu de moitié mais elle fait encore bien costaud. Les bras et les jambes c'est du bon muscle. Elle trimbale son bébé à son cou comme une plume. Elle a gardé un peu de ventre encore, mais ça la fait confortable, et solide. Faut pas se trouver dessous là ou elle s'asseye.

Comme on a été chercher du fil dans la maison toutes les deux, elle a dit à Harpo de tenir le bébé. Le fil c'est pour coudre des draps. Harpo l'a pris et il lui a fait des bises, et des chatouilles sous le menton. Et puis il a fait un grand sourire à son père à lui sur la véranda. Mr... a tiré sur sa pipe, a regardé Harpo et il a dit :

— Ouais, je vois bien qu'elle va te dresser !

☆

Cher bon Dieu,

Harpo se demande quoi faire pour que Sofia l'écoute. Il explique ça à Mr..., sur la véranda :

— Elle en fait qu'à sa tête. Elle m'obéit jamais, et en plus elle répond.

Au fond, moi je crois qu'il est plutôt fier de raconter ça. Son père, il tirait sur sa pipe sans rien dire. Et Harpo a continué :

— Je lui dis qu'elle peut quand même pas partir sans cesse comme ça pour voir sa sœur, qu'on est mariés et que bon, sa place est ici avec les gosses. Elle répond qu'elle les emmènera. Alors je lui dis encore que sa place est ici avec moi. Et elle m'envoie : Tu veux venir ? Elle se pomponne devant la glace, et elle prépare les enfants. Je sais plus quoi faire.

— Tu la bats, des fois ? Mr... a demandé.

— Nnnon, p'pa, Harpo a dit tout bas d'un air gêné et il a regardé ses mains.

— Alors comment que tu veux qu'elle t'écoute ! Les femmes c'est comme les gosses. Faut leur montrer qui c'est qui commande. Et le mieux c'est encore de leur mettre une bonne trempe.

Il a tiré sur sa pipe et puis il a dit aussi :

— Sofia se prend pas pour rien, en plus. Faut lui rabattre un peu son caquet.

Moi j'aime bien Sofia. Elle est pas du tout comme moi. Par exemple : elle est en train de causer, et si Harpo ou Mr... entrent dans la pièce eh ben elle s'arrête pas. Et même si y lui demandent où c'est ceci ou cela, elle dit qu'elle sait pas, mais elle continue à parler.

C'est à tout ça que j'ai pensé quand Harpo m'a demandé à moi aussi comment faut faire pour qu'elle l'écoute. Et encore, je lui ai pas dit que je le vois toujours heureux à présent, et que depuis trois ans il arrête pas de siffloter et de chanter. Moi, quand Mr... m'appelle, je saute à chaque fois et Sofia me jette un regard de surprise. L'air comme si je lui fais pitié aussi.

— Eh ben, t'as qu'à la battre, je dis à Harpo.

Et la fois d'après il arrive la figure pleine de bleus, la lèvre fendue et un œil complètement fermé. Il marche raide comme un piquet, et y dit qu'il a mal aux dents.

— Qu'est-ce qui t'arrive, Harpo ?

— Ben, c'est la mule. Elle fait des caprices sans cesse. L'autre jour au champ il lui a pris un coup de sang. Le temps que je la remette dans le bon chemin elle m'a arrangé comme ça ! Et puis en rentrant je m' suis cogné en plein dans la porte de l'étable. Je m'y suis abîmé l'œil et l' menton. Et y a eu hier soir aussi, quand l'orage a éclaté et que je m' suis refermé la fenêtre sur la main.

— Ben alors avec tout ça, t'as sûrement pas pu corriger ta Sofia !

— Tu l'as dit !

Mais l'idée lui trotte toujours par la tête.

☆

Cher bon Dieu,

Juste comme j'arrive dans la courette et que je vais crier que c'est moi, j'entends tout un barouf dans leur maison. J'ai vite grimpé les marches. Les deux petits faisaient des pâtés au bord de la rivière et ils ont même pas levé les yeux.

J'ouvre la porte en me méfiant, des fois que ça serait des voleurs ou des assassins, ou encore des fantômes. Mais non, c'est Harpo et Sofia qui se battent comme des chiffonniers. Un vrai chantier là-dedans ! Tous les meubles renversés, la vaisselle cassée, la glace qui pend de travers, les rideaux arrachés, le matelas qui perd tout son crin. Et eux ça les dérange pas. Ils continuent à se battre. Il veut lui mettre une grande gifle. Une drôle d'idée ! Elle ramasse une bûche sur le tas de bois et elle lui en balance un coup à travers la figure. Il lui file son poing dans le ventre. Elle se plie en deux avec un gémissement. Mais elle se remet droite et avec ses deux mains bien serrées elle lui tape en plein dans les parties. Il se roule par terre. Il attrape un pan de sa robe et tire dessus tant qu'il peut. Elle reste en petite culotte. Mais elle bronche pas. Lui il se relève d'un bond et veut lui faire une prise avec son bras sous le menton. Elle le balance par-dessus son épaule, et y retombe comme un sac de plomb contre le poêle.

Je sais pas depuis combien de temps ça dure leur affaire, et je sais pas non plus quand c'est qu'y vont s'arrêter. Alors je ressors en douce. Je fais bonjour de la main aux gosses et je rentre à la maison.

Le samedi matin de bonne heure on a entendu le chariot démarrer. Harpo, Sofia et les deux gosses sont partis faire une visite à la sœur de Sofia.

☆

Cher bon Dieu,

Ça fait plus d'un mois que j'ai du mal pour dormir. Je veille le plus tard que je peux... jusqu'à tant que Mr... rechigne que le pétrole coûte cher. Alors je me prends un bain chaud, avec du lait et des sels, et après je verse deux trois gouttes d'âme à malice sur mon oreiller et je ferme bien les rideaux à cause de la lune. Des fois je dors quand même quelques heures. Mais le plus souvent, juste comme je me sens couler, je me réveille.

Au début, je m'ai levé en vitesse pour boire du lait. Après, j'ai fait le truc de compter les moutons. De lire la Bible. Rien ne marche. Mais qu'est-ce que ça veut dire ? J'ai pensé dans ma tête. Et une petite voix m'a répondu : peut-être que tu as fait quelque chose de mal... que tu as voulu du mal à quelqu'un, et c'est son esprit qui te tourmente...

Et puis une nuit, très très tard, ça me vient comme ça : Sofia. C'est vrai que j'ai voulu du mal à Sofia. Bien sûr j'ai prié pour pas qu'elle sache. Mais Harpo a pas su tenir sa langue.

Et un jour je la vois arriver dans le sentier, un sac sur le dos. Et sous son œil y avait une petite coupure pas jolie, et de toutes les couleurs.

— Je viens te dire que moi j' comptais bien sur ton aide.

— Et alors, je t'ai pas aidée ?

Elle a ouvert le sac devant mon nez.

— Tiens, voilà tes rideaux, et ton fil. Et puis un dollar vu que je m'en ai servi quand même.

— Mais c'est à toi, j'ai répondu et je lui ai redonné tout. J'aime bien me rendre utile. Comme je l' peux.

— T'as dit à Harpo de me battre.

— J'ai pas dit ça.

— Mens pas.

— Ben enfin, je l' pensais pas pour de vrai.

— Alors pourquoi que tu lui as dit ? elle me demande en me rergardant bien droit dans les yeux.

— Parce que je suis une gourde. Parce que je suis jalouse de toi, et que tu fais des tas de choses que moi j'y arrive pas.

— Ça veut dire quoi, ça ?

— Tu te laisses pas faire, voilà quoi.

Elle reste plantée là un moment, comme si je lui ai coupé le sifflet. Elle est plus colère comme au début, mais elle a l'air triste.

— Toute ma vie j'ai été forcée de me battre, elle me dit. Avec mon père, avec mes frères. Même avec mes cousins et mes oncles. C'est dur pour une fille, dans une famille où y a que des hommes. Mais jamais j'aurais cru voir ça un jour dans mon foyer.

Elle souffle un peu, et puis elle dit encore :

— J'aime Harpo tu sais. Je l' jure devant Dieu. Mais j' l'étendrai raide mort si jamais il lève encore la main sur moi. Alors si tu veux le voir entre quatre planches t'as qu'à continuer à lui bourrer le crâne. Tu le sais pas, mais j'ai tiré le gibier à l'arc moi dans l' temps.

C'est drôle parce que la tremblote m'avait prise au début de tout ça, et voilà qu'elle s'arrête d'un coup.

— J'ai vraiment la honte, je lui dis. Et le bon Dieu m'a déjà punie.

— C'est qu'Il aime pas voir faire des méchancetés.

— Mais il est pas aveugle non plus.

Et là notre bavardage a pris une autre tournure.

— Au fond tu me plains, non ? j'ai dit.

Sofia réfléchit un peu.

— C'est sûr que je te plains, elle me répond finalement.

Je sais bien pourquoi, mais quand même je lui demande.

— Ben j' vais te dire, tu me fais penser à ma mère. Toujours à la botte de mon père. Amen à tout ce qu'il dit. Et elle lui répond jamais. Elle se défend jamais. Des fois elle prend le parti des gosses, mais ça lui retombe toujours sur le dos. Plus elle nous défend, plus il lui en fait voir. Il déteste les enfants et d'où ils viennent. On le croirait pas, avec toute la marmaille qu'il a.

Moi je savais rien du tout sur sa famille à Sofia. Mais à la voir, c'est vrai qu'on a du mal à croire ça.

— Et il en a eu combien des enfants ?

— Douze.

— Eh ben ! Mon père à moi en a eu six de maman avant sa mort. Et quatre avec sa femme de maintenant.

J'ai pas parlé des deux qu'il m'a faits.

— Combien de filles ?

— Cinq. Et chez vous ?

— Six garçons, six filles. Toutes costaudes comme moi. Les garçons aussi. Mais nous les filles on se soutenait. Des fois deux des garçons se mettaient de notre côté. Fallait voir les peignées, j' te jure.

— Eh ben moi j'ai jamais frappé âme qui vive. Si, chez moi des fois une petite tape sur les fesses des gamins pour des grosses bêtises. Mais pas fort du tout.

— Alors comment que tu te soulages quand t'es très en colère ?

— Euh... je m'en souviens même pas de quand c'était la dernière fois. Il m'a pris des colères contre ma mère parce qu'elle me faisait trimer trop dur. Mais j'ai vu qu'elle était bien malade. Alors je pouvais pas me fâcher. Et je pouvais pas non plus contre le père, parce que c'était mon père, quoi. Dans la Bible c'est marqué : Tu honoreras ton père et ta mère, quoi qu'il arrive. Y a eu un moment où chaque fois que la colère me prenait j'avais l'estomac tout retourné. Envie de rendre, tu vois. C'est très moche. Et puis après, j'ai plus rien senti du tout.

— Rien du tout ? Sofia m'a demandé avec ses sourcils froncés.

— Enfin... des fois quand Mr... me tape vraiment fort, après faut que je parle à notre Créateur là-haut. Mais Mr... c'est mon mari, quand même tu vois ? Alors j' hausse les épaules et j' me dis en moi que cette chienne de vie elle va pas durer, mais que l' Paradis c'est pour toujours.

— Faut d'abord fendre le crâne à ton Mr..., me dit Sofia. Après t'auras le temps de penser au Paradis.

Y a jamais rien de bien drôle pour moi. Mais là j'ai trouvé ça drôle. Ça m'a fait rire. Et Sofia aussi. On a ri à en tomber par terre.

— Et si on faisait une couette avec les restes des rideaux, elle m'a dit.

Moi j'ai vite couru chercher mon cahier de patrons.

Maintenant, je dors comme un ange.

☆

Cher bon Dieu,

Shug Avery est malade, et en ville personne veut de la Reine à la Voix de Velours sous son toit. Sa mère dit qu'elle lui avait bien dit. Son père la traite de traînée. A l'église une dame a dit que Shug est au plus mal et qu'elle s'en va de la poitrine à cause de tube quelque chose, un mot que j'ai pas compris, ou qu'elle a une maladie honteuse. J'aurais bien demandé laquelle mais j'ai pas osé. A l'église faut dire que des fois les femmes sont gentilles avec moi, mais des fois non. Elles me regardent me bagarrer avec les enfants de Mr..., pour les traîner à l'église, et après pour les faire taire quand on y est. Y en a qui m'ont vue les deux fois quand j'étais grosse. Souvent elles croient que je les vois pas, et elles me jettent des drôles de regards comme si je serais une bête curieuse.

Moi je garde la tête haute. Et puis je rends service au pasteur. Je nettoie par terre. Je fais les carreaux, je prépare le vin, je lave le linge pour l'autel. L'hiver je veille au tas de bois pour le poêle. Il m'appelle sœur Celie, et il me dit : Vous êtes bonne comme du bon pain. Et puis il parle aux autres dames et aux messieurs. Moi je cours dans tous les sens, à faire ci et ça. Mr... a sa chaise au fond près de la porte, et il a un œil qui se promène partout. Les dames ratent pas une occasion de lui faire des sourires. Moi il me regarde jamais. Comme si que je suis pas là.

Même le pasteur s'y est mis à parler de Shug maintenant qu'elle est dans le malheur. Il prend son histoire pour faire son sermon. Bien sûr il dit pas de nom. Mais tout le monde sait qui c'est. Il parle d'une fille qui a des jupes trop courtes, qui fume des cigarettes, qui boit du gin, qui chante pour de l'argent et qui vole les maris des autres. Il dit des mots comme catin, roulure, traînée et fille de joie.

Je jette un regard en coin à Mr... quand il dit : fille de joie. Faut que quelqu'un défende Shug, je pense en moi. Mais Mr... pipe pas. Il croise ses jambes dans un sens et puis dans l'autre. Il regarde par la fenêtre. C'est les mêmes dames qui lui font des sourires et qui crient Amen à tout ce que dit le pasteur contre Shug.

Mais quand on a été rentrés chez nous il a pas pris le temps de se changer et il s'est poumoné pour appeler Harpo qui a rappliqué ventre à terre.

— Attelle les chevaux.

— Où qu'on va ? Harpo demande.

— Mets les chevaux je te dis.

Harpo l'a fait et ils sont restés un moment à discuter près de la grange. Et enfin Mr... est parti avec le chariot.

Comme Mr... met jamais la main à la pâte, quand il est pas là au moins on s'en passe très bien.

Cinq jours plus tard j'ai vu la charrette qui revenait là-bas sur la route. Y avait une sorte de capote par-dessus, comme un toit de vieilles couvertures. Mon cœur a battu à se rompre et ma première idée ça a été : je vais changer ma robe. Mais j'ai pas eu le temps. J'avais juste sorti un bras et ma tête que j'ai vu le chariot s'arrêter dans la cour. Toute façon une robe neuve va pas arranger mes cheveux tout emmêlés, mon fichu crasseux, mes vieux souliers, et que je sens mauvais. Je sais plus quoi faire. Je suis là plantée au milieu de la cuisine avec plein de choses qui tournent dans ma tête. Mais qu'est-ce qui aurait cru ça ! je me dis.

— *Celie,* c'est Mr... qui appelle. Et, *Harpo !*

Je repasse ma tête et mon bras dans ma vieille robe, j'essaye d'ôter la sueur et la poussière de ma figure comme je peux. Je vais sur le pas de la porte.

— Qu'est-ce qu'y a ? je crie, et là je me prends les

pieds dans le balai que j'ai lâché quand j'ai vu le chariot arriver.

Harpo et Sofia sont déjà dans la cour et ils regardent sous la capote. La tête qu'ils font !

— Qui c'est ? Harpo demande.

— Cette femme, elle aurait dû être ta mère, répond Mr...

— Shug Avery ? Harpo fait avec un regard de mon côté.

— Aide-moi donc à la rentrer chez nous.

Je sens mon cœur qui chavire quand je vois le bout d'un pied sortir du chariot. Elle est pas impotente, alors. Elle s'appuie sur Harpo et Mr... pour descendre. Et elle est habillée comme une vraie reine. Avec une robe en laine rouge et plein de perles noires sur la poitrine. Un chapeau noir tout brillant avec des plumes de coq qu'elles lui retombent sur la joue. Plus qu'elle a un petit sac en peau de serpent qui va avec ses souliers.

Qu'est-ce qu'elle est chic ! C'est à croire que les arbres autour de chez nous se font plus grands pour mieux la voir. Mais elle manque tomber entre les deux hommes. Elle a pas l'air d'être trop solide sur ses jambes. Et puis de près je vois la poudre jaune qui fait des grosses plaques sur sa figure. Et son rouge à joues très voyant. On dirait qu'elle va pas rester dans ce monde bien longtemps, et qu'elle est déjà sur son trente et un pour le suivant. Mais je sais que faut pas s'y fier.

Entrez, entrez, j'ai envie de lui dire, de lui crier. Avec l'aide du bon Dieu, Celie va vous remettre sur pieds. Mais je n' dis rien vu que c'est pas vraiment chez moi ici. Et aussi qu'on m'a rien demandé. Ils montent les marches tout doux. Mr... me regarde et il me dit : Celie, c'est Shug Avery. Une vieille amie de la famille. Prépare donc la petite chambre pour elle.

Il la quitte pas des yeux. Il la tient d'un seul bras et s'accroche à la rampe de l'autre. Harpo est de l'autre côté, et il fait grise mine. Sofia et les gosses sont dans la cour, à regarder.

Sur le coup j' peux pas bouger, je suis comme clouée là. Faut que je lui voie les yeux. Je sais que si je lui vois les yeux je pourrai décoller mes pieds.

— Eh ben, remue-toi, Mr... me dit pètesec.

Et là, elle lève les yeux.

Sous sa couche de poudre son visage est aussi noir qu'Harpo. Avec un nez long et pointu, une grande bouche charnue avec des lèvres comme des prunes noires. Des grands yeux qui brillent tout fiévreux. Et l'air mauvais. Même malade comme elle est, elle a un regard à tuer un serpent.

Elle me regarde bien de la tête aux pieds et elle glousse. Enfin, un genre de râle.

— Toi t'es vraiment moche, alors ! elle me dit, l'air qu'elle en croit pas ses yeux.

☆

Cher bon Dieu,

Shug Avery a rien de cassé. Elle est malade, c'est tout. Malade comme j'ai jamais vu personne. Plus que maman prête de mourir. Mais elle a le diable dans la peau, et c'est ça qui la garde en vie.

Mr... reste dans la chambre avec elle le jour et la nuit. Il lui tient pas la main. Elle est bien trop garce pour lui laisser.

— « Vas-tu m' lâcher la main, qu'elle lui dit, qu'est-ce qui te prend donc ? Ça va pas ? J'ai pas besoin d'un gamin minable qui sait pas tenir tête à son père. Moi c'est un homme qu'y m' faut. Un vrai.

Elle le regarde et lève les yeux au ciel et elle rit. Pas

un gros rire, mais ça suffit pour qu'il s'approche pas. Il reste sur une chaise dans le coin, loin de la lampe. Des fois elle se réveille au milieu de la nuit et elle le voit même pas. Mais il est là. Dans l'ombre, à mâchouiller sa pipe sans tabac. Vu qu'elle a dit tout de suite :

— Surtout, j' veux pas sentir la sale odeur de ta pipe, tu entends Albert ?

Qui ça Albert ? Je me demande. Et puis ça m'est revenu que c'est le petit nom de Mr... Du coup il fume plus, il boit plus et il mange presque pas. Il l'a pour lui dans la petite pièce là, et il guette sa respiration.

— Qu'est-ce qui lui arrive au juste ? j'ai demandé.

— Si tu veux pas d'elle ici, t'as qu'à le dire. Ça arrangera pas les choses, mais si c'est ça que tu veux...

Il a pas eu le temps de finir que je dis presque trop vite :

— Mais moi je veux la garder ici.

Il me jette un regard comme si je mijote quelque chose de mal dans ma tête.

— Je veux juste savoir ce qui se passe, je lui dis.

Je regarde la figure de Mr... Il a l'air fatigué, et triste. Je remarque que son menton est tout rentré en dessous. Il en a presque pas du tout. Moi j'en ai plus que lui. Ses vêtements sont tout sales. Y a plein de poussière qui vole quand il les ôte.

— Personne a pris la défense de Shug, il me dit. Et je vois que ses yeux se mouillent un peu.

☆

Cher bon Dieu,

Ils ont fait trois gosses ensemble, et voilà qu'il fait des manières pour la laver. Ou peut-être il a peur que ça lui redonne des idées ? Et moi, donc ! La première fois que j'ai vu Shug Avery toute nue, son grand corps noir avec des tétons couleur de pruneau comme ses lèvres, ben vous me croirez ou pas mais j'ai eu des pensées d'homme.

— Qu'est-ce t'as à me reluquer comme ça ? elle me fait, l'air mauvais.

Elle tient pas plus sur ses pattes qu'un chiot, mais elle a des crocs plein la bouche !

— T'as jamais vu une femme toute nue ?

— Non, m'dame. Jamais. Sauf Sofia. Mais elle, c'est du genre rembourrée, costaud, et un peu louf. C'est comme une sœur, pour moi.

— Alors rince-toi l'œil, même si je suis plus qu'un sac d'os.

Et elle a eu le culot de mettre sa main sur sa hanche, comme ça toute nue, et de battre des cils rien que pour moi. Et puis pendant que je la lave elle a pas arrêté de rouler les yeux au ciel, et de faire des bruits de tétée. Moi je m'aurais crue à une cérémonie religieuse. J'avais les mains toutes tremblantes, et le cœur qui battait si vite.

— T'as des enfants ? elle me fait.

— Oui, m'dame.

— Combien ? Et puis arrête de m'appeler m'dame tout le temps. Je suis pas une vieille encore !

— J'en ai eu deux, des enfants.

— Où qu'ils sont ?

— J'en sais rien.

Là elle m'a jeté un drôle de regard.

— Les miens c'est leur grand-mère qui les garde. Elle les supporte. Moi fallait que je parte.

— Ils vous manquent beaucoup ?

— Non. Rien me manque jamais.

☆

Cher bon Dieu,

J'ai demandé à Shug Avery ce qu'elle veut pour son petit déjeuner.

— D'abord, qu'est-ce qu'y a ? elle me fait.

— Du jambon, de la crème de céréales, des œufs, des toasts, du café, du lait, du petit-lait, des crêpes, de la confiture et de la gelée.

— C'est tout ? Pas de jus d'orange, ou de pamplemousse ? Des fraises, de la crème fraîche ? Du thé ? Elle se met à rire. J' veux pas de vos cochonneries. Donne-moi juste une tasse de thé et passe-moi mes cigarettes.

Je discute pas. Elle est dans le lit, avec une chemise de nuit blanche, et je trouve que ça fait joli sa main noire, si maigre, qui sort de la manche, et au bout la cigarette blanche aussi. Mais en même temps, elle me fait peur avec ses veines toutes fines, et les autres toutes gonflées que je préfère pas voir. Y a comme quelque chose qui me pousse vers elle. Pour un peu je prendrais bien cette main-là pour mettre mes doigts dans ma bouche, comme des sucres d'orge.

— Je peux m'asseoir là, et manger à côté ? je lui demande.

Elle hausse les épaules, l'air que ça la gêne pas. Elle a le nez dans un magazine. On y voit plein de femmes blanches. Y en a qui rient et qui font tourner leur collier de perles sur un doigt. Et d'autres qui dansent sur des capots de voitures, ou aussi qui plongent dans des fontaines. Shug tourne les pages. Mais elle a l'air malheureux d'un gosse qui sait pas encore faire marcher un nouveau jouet.

Elle boit son café, tire sur sa cigarette. Moi j'attaque une belle tranche bien juteuse de jambon fumé de ma fabrication. Quand je le fais cuire ça se sent à deux kilomètres à la ronde. Celui-là a parfumé la petite chambre de Shug en un rien de temps. J'étale une bonne couche de beurre sur un petit pain tout chaud que j'agite un peu. Je sauce le jus du jambon, et je mélange les œufs avec mes céréales.

Elle tire de plus en plus fort sur sa cigarette. Elle baisse le nez sur sa tasse de café comme si qu'elle voit quelque chose au fond. Et à la fin elle me dit :

— Celie, je boirais bien un verre d'eau, mais celle sur la table de nuit est pas très fraîche.

Elle me tend son verre. Je pose mon assiette sur la table à jeu près du lit, et je vais lui chercher un cruchon. Au retour je reprends mon assiette. On dirait qu'une souris a grignoté le pain, et qu'un gros rat a emporté le jambon. Elle fait semblant de rien et se plaint qu'elle est fatiguée. Elle s'endort tranquillement.

Mr... m'a demandé comment j'ai bien pu la faire manger. Je lui ai dit que personne sur terre résiste à l'odeur de mon jambon fumé. Les morts ça se peut... mais c'est même pas sûr. Mr... a éclaté de rire. Y a une drôle de lueur bizarre dans son regard.

— J'ai eu peur, pour Shug, il me fait. Mais alors, vraiment peur.

Et il se cache les yeux avec ses mains.

☆

Cher bon Dieu,

Shug Avery a tenu un peu assise dans son lit aujourd'hui. J'y ai lavé les cheveux, et coiffés après. Ils sont tout emmêlés, tout crépus et courts comme j'ai jamais vu. Mais j'aime chaque mèche, et je garde pour moi tout ce qui tombe du peigne. Peut-être qu'un jour je m'en ferai un rembourrage à mettre dans une résille, pour me gonfler mes cheveux à moi.

Je la pomponne comme une poupée... ou comme Olivia... ou maman. Je peigne, je lisse à la main, et je recommence. Au début elle m'a dit que j'ai qu'à me dépêcher pour finir vite. Et après elle s'est radoucie. Elle a calé son dos contre mes genoux et elle m'a dit : Voilà, je suis bien, là. C'est comme maman faisait. Ou grand-mère, aussi.

Elle se prend une cigarette, et elle fredonne un truc.

— Qu'est-ce c'est cette chanson ? je demande. Ça me semble pas bien correct. Du genre que le pasteur nous dit de pas écouter, et surtout de pas chanter.

Elle fredonne toujours.

— C'est une chose qui m' vient comme ça. Que j'invente, quoi. Un p'tit air que ton peigne me sort du crâne.

☆

Cher bon Dieu,

Le père de Mr... est venu ce soir. Un petit bonhomme rat tout gris, le crâne déplumé, et des lunettes avec des branches en or. Il arrête pas de se racler le gosier comme si qu'il va faire un discours. Il penche la tête de côté quand il parle. Il a lâché le morceau tout de go en montant les marches.

— Il a fallu que tu l'amènes chez toi, hein ?

Mr... lui répond pas. Il regarde par-dessus la balustrade vers la maison de Harpo et Sofia.

— Vous voulez une chaise ? je lui fais et j'en approche une. Un verre d'eau bien fraîche ?

Par la fenêtre j'entends Shug qui fredonne son petit air. Je me glisse dans sa chambre et je ferme la fenêtre. Y a le père qui dit à Mr...

— Mais qu'est-ce tu lui trouves donc à cette Shug

Avery? Elle est noire comme le goudron, elle a les cheveux tout crépus et des jambes comme des battes de base-ball.

Mr...lui répond pas. Et moi je crache un petit coup dans l'eau que j' y rapporte.

— Elle est même pas saine, le vieux reprend. Paraît qu'elle a la maladie des femmes de mauvaise vie.

Avec le doigt je tourne mon crachat dans l'eau du pichet. Je pense aussi à du verre pilé mais je n' sais pas comment on le fait. C'est pas que je suis colère. C'est juste pour savoir, quoi.

Mr... tourne la tête tout lentement. Il regarde son père qui boit, et il dit d'un ton vraiment triste :

— Tu peux pas comprendre toi, bien sûr. Moi je l'aime Shug. Depuis toujours, et pour toujours. J'aurais bien mieux fait de l'épouser quand je pouvais encore.

— Ben tiens donc, dit le Vieux, pour foutre ta vie en l'air (Mr... a grogné, là) et une bonne poignée de mes sous avec ! Cette fille, on sait même pas qui c'est son père, au juste.

— Moi ça m'est bien égal...

— Et sa mère qui lave le linge sale des Blancs. Sans compter que tous ses gosses à la Shug, ils sont pas du même père. C'est pas bien sérieux tout ça.

— Eh ben moi j' vais te dire une chose, Mr... a fait, tous les enfants de Shug sont du même père. Je peux le jurer.

Le Vieux se racle le gosier.

— Ecoute bien, c'est ma maison ici. Et mes terres. Ton garçon il loge aussi dans une de mes maisons. Sur mon terrain. Alors quand y a des mauvaises herbes qui y poussent moi je les arrache. Et les feuilles pourries je les brûle.

La prochaine fois que le Vieux revient j'y mettrai un peu de la pisse à Shug dans son verre. Il aimera peut-être ça.

— Celie, il me dit, je suis de tout cœur avec vous. Y a pas beaucoup de femmes qui laisseraient leur mari ramener sa maîtresse sous son toit.

Mais c'est Mr... qu'il vise en disant ça. Mr... lève les yeux vers moi et nos regards se croisent. Je m'ai jamais sentie aussi près de lui.

— Donne son chapeau au père, Celie.

C'est ce que j'ai fait. Mr... a pas bougé de sa chaise. Moi je suis sur le pas de la porte. On a regardé le Vieux reprendre la route en se raclant le gosier sans arrêt.

Après ça on a eu la visite de Tobias, le frère de Mr... Lui il est grand et énorme, qu'on dirait un gros ours brun. Mr... a la même taille que son père. Pas très grand. Mais le frère, il les dépasse de quelques bonnes têtes.

— Alors, où c'est qu'elle est ? il a demandé avec un petit air rigolard. Où elle est la Reine ? J'ai quelque chose pour elle.

Et il a posé une petite boîte de chocolats sur la balustrade.

— Elle dort, j'ai répondu. Elle a pas beaucoup dormi cette nuit.

— Et toi, qu'est-ce que tu deviens, Albert ? il a dit en se prenant une chaise. Et puis il a passé sa main sur ses cheveux noirs tout gominés, et il a curé son nez. Il s'a essuyé les doigts sur son pantalon, et il a tiré un peu sur le pli. Paraît que Shug est ici ? Ça fait longtemps ? Moi j' viens de l'apprendre.

— Quelques mois, a dit Mr...

— Ben ça alors. On m'a dit aussi qu'elle est mourante... Comme quoi faut jamais croire tout c' qu'on vous raconte.

Il caresse sa moustache et va chercher dans le coin de ses lèvres avec sa langue.

— Et vous, Miss Celie, qu'est-ce que vous racontez de beau ?

— Oh pas grand-chose.

Sofia et moi on travaille à une autre couette maintenant. Alors j'ai étalé quatre, cinq carrés de tissu sur la table, et j'ai mon panier par terre avec tous les petits bouts dedans.

— Toujours au travail à c' que j' vois, hein? Ça serait bien que ma Margaret elle suive votre exemple. Ça me ferait des économies.

Tobias et son frère ils parlent toujours d'argent comme si ils en auraient encore plein les poches. Mais le Vieux a vendu de ses terres plusieurs fois, et y reste plus rien que les maisons et quelques champs. C'est le mien et celui d'Harpo qui donnent le plus.

Je pose mon carré à sa place et je regarde bien les couleurs. Et là j'entends Tobias qui recule sa chaise en se levant et qui fait : Shug!

Oui c'est Shug, pas vraiment remise encore. Pas vraiment aimable non plus. Quand même maintenant elle nous montre son bon côté plus souvent, à Mr... et à moi. Mais là tantôt, elle a un regard de serpent, et un sourire en lame de rasoir.

— Tiens tiens, en voilà une surprise, elle dit.

Elle porte une petite robe imprimée que j'ai cousue. Rien d'autre. Avec ses cheveux partagés en toutes petites tresses on dirait une gamine. Elle est plate comme une planche et ses yeux lui mangent la figure.

On la regarde, Mr... et moi, et on va pour l'aider à s'asseoir. Mais elle se tire une chaise à côté de la mienne. Elle prend un morceau de tissu dans mon panier et elle le tient au bout de son bras. Elle fronce les sourcils et elle me dit :

— Comment tu peux coudre un truc pareil?

Je lui donne le carré que j'ai préparé et je m'en prends un autre. Elle coud avec des grands points tout de travers. Ça fait aussi bizarre que son petit air qu'elle fredonne.

— C'est très bien pour une première fois, je lui dis. Parfait !

— Tout c' que j' fais tu trouves ça parfait, Celie. Mais c'est que t'as pas beaucoup de jugeote.

Elle se met à rire, et moi je baisse le nez.

— Elle est bien plus adroite que la Margaret, dit Tobias. Parce que la Margaret avec du fil et une aiguille elle vous coud les deux trous de nez ensemble.

— Les femmes, c'est pas toutes les mêmes, Tobias. Faut le savoir.

— Moi je l' sais bien, il dit. Mais on peut pas le prouver à tout le monde, à toute la terre quoi.

En moi je me demande bien ce que le monde vient faire là-dedans ! Mais je me vois là, d'un coup, en train de coudre ma couette, entre Shug et Mr... On est tous les trois contre Tobias, avec sa boîte de chocolats ridicule. C'est la première fois dans ma vie que je me sens bien comme ça.

☆

Cher bon Dieu,

On travaille toujours à la couette, Sofia et moi. On l'a tendue sur la véranda. Shug Avery nous a fait cadeau de sa vieille robe jaune pour y tailler des pièces. Et j'en mets autant de petits bouts que je veux. On a pris un joli modèle qui s'appelle « A son goût ». Si la couette est bien réussie peut-être je lui donnerai à elle. Sinon, peut-être je la garderai. Je la voudrais bien, rien que pour les petits bouts de jaune qu'on dirait des étoiles. Mr... et Shug sont partis à la boîte aux lettres au bout du chemin. La maison est calme, sauf que des grosses mouches passent comme des flèches par moment. Elles sont toutes saoulées par la chaleur, et aussi de ce qu'elles ont mangé, et leur bourdonnement me donne un peu sommeil.

Sofia a l'air que quelque chose lui donne du tracas. Elle est penchée sur le cadre de la couette, elle fait quelques points, et puis elle se renfonce dans son fauteuil et elle regarde du côté de chez elle. Au bout d'un moment elle pose son aiguille.

— Pourquoi faut que les gens mangent toujours, Celie ?

— Ben pour vivre, pardi, je réponds. Y en a qui mangent aussi rien que pour le plaisir. Les gourmands. Ils aiment bien avoir la bouche tout le temps pleine.

— Tu vois pas d'autres raisons ?

— Ben, des fois y a des gens qui sont mal nourris.

— Mais lui il est pas mal nourri, elle fait.

— Qui ça, lui ?

— Harpo.

— Harpo ?

— Il mange de plus en plus d'un jour sur l'autre.

— Il a p' têt' un ver solidaire ?

Elle réfléchit à ça en fronçant les sourcils.

— Non je crois pas. Le ver ça donne vraiment faim. Mais Harpo il mange même quand il a pas faim.

— Il se force, alors ? J'en crois pas mes oreilles. C'est vrai qu'on voit des choses bizarres de nos jours. C'est pas moi qui le dis, c'est les gens.

— Hier soir il a avalé une platée de crêpes à lui tout seul.

— Non !

— Puisque j' te l' dis. Et il a bu deux grands verres de petit-lait. Tout ça après dîner bien sûr, pendant que moi je baignais les enfants. C'est Harpo qui était de vaisselle. Eh ben, au lieu de laver les assiettes, il les léchait.

— P'têt qu'il avait plus faim que d'habitude. C'est que vous travaillez dur, vous autres.

— Quand même pas, Celie. Et ce matin au petit déjeuner il a pris six œufs. Six. J' te jure ! Après il avait pas l'air dans son assiette, façon de parler. Pouvait même plus se traîner. Au champ j'ai bien cru qu'il allait me tourner de l'œil. J' te jure !

Quand Sofia dit : J' te jure, c'est que ça va de travers.

— Y veut p'têt' pas faire la vaisselle ? je dis. Son père sait même pas ce que c'est de laver une assiette !

— Tu crois ? Pourtant ça semble pas l'ennuyer, Harpo. Même qu'il aime ce genre de corvée plus que moi. Moi, ça me plaît mieux de travailler aux champs, ou de m'occuper des bêtes. Même couper le bois. Mais lui il aime ça, faire la cuisine, le ménage, et aussi le bricolage.

— Ça c'est vrai qu'il fait de la bonne cuisine. J'en suis pas revenue encore, vu qu'ici il a jamais fait cuire un œuf au plat !

— Ça devait le démanger. C'est tellement sa nature. Mais devant son père il aura pas osé.

— Oh, Mr... est pas si dur que ça.

— Tu le penses vraiment, au fond de toi, Celie ?

— Ben, disons que ça dépend pour quoi, et des jours aussi.

— Enfin, la prochaine fois que Harpo vient chez vous, regarde donc bien tout ce qu'il mange.

J'ai bien regardé. D'abord je l'ai bien regardé lui, comme il montait les marches de la véranda. Toujours aussi maigre. Moitié moins large que Sofia. Mais j'ai bien vu quand même qu'il avait une petite bedaine sous la salopette.

— Qu'est-c' y a à manger ici, Celie ? il me fait, et il va droit au four se prendre un morceau de poulet, et après une part de tarte aux mûres dans le garde-manger. Et il mange tout ça, debout près de la table.

— Y a du lait ? il demande.

— J'ai fait des caillebottes.

— Mmmm, j'adore ça, il dit, et il s'en sert une bonne louche.

— Dis donc, on dirait que ta Sofia te nourrit pas, mon garçon, je lui fais.

— Pourquoi qu' tu dis ça ?

— Ben, ton déjeuner doit pas être bien loin et t'as déjà faim.

Il dit rien. Il continue à manger.

— Et puis ton dîner, c'est plus dans très longtemps. Trois quatre heures.

Il farfouille dans le tiroir et sort une cuillère pour manger les caillebottes. Et comme il voit une tranche de pain de maïs sur l'étagère derrière le fourneau il en prend pour l'émietter dans son bol.

On retourne sur la véranda. Il met ses pieds sur la petite balustrade, et il avale son mélange de caillebottes et de pain en tenant le bol presque sous son nez. Un peu comme un cochon à l'auge.

— Ben dis donc, ça marche l'appétit à c' que j' vois, Harpo !

Il dit rien. Il mange.

A l'autre bout de la cour je vois Sofia qui traîne une échelle et qui la colle contre un mur de leur maison. Elle a mis un vieux pantalon à Harpo, et un fichu autour de sa tête. Elle grimpe sur le toit et elle commence à enfoncer des clous. Le boucan du marteau ça nous fait de l'écho partout dans la cour. Harpo mange toujours, et il regarde Sofia en même temps. Et puis il fait un énorme rot, et il s'excuse. Il remporte le bol et la cuillère à la cuisine. Il revient et il me dit au revoir.

Maintenant, Harpo arrête plus jamais de manger. Même qu' y a du monde, même qu'on lui fait des réflexions. Il pense qu'à s'empiffrer du matin au soir.

Son ventre s'arrondit de plus en plus, mais pas le reste. On dirait qu'il attend un petit.

— C'est pour quand ? on lui demande.

Mais il répond pas. Il prend une autre part de gâteau.

☆

Cher bon Dieu,

Harpo reste chez nous ce week-end. Vendredi soir on était déjà couchés, Mr..., Shug et moi, et j'ai entendu qu'on pleurait. C'était Harpo dehors sur les marches qui pleurait à fendre l'âme. Beu... eu... eu... la tête dans les mains. Les larmes et la morve lui coulaient partout sur la figure. J' y ai donné un mouchoir. Il a mouché son nez, et il m'a regardée avec des yeux tellement enflés qu'on les voyait plus.

— Qu'est-ce que t'as aux yeux, Harpo ?

— C'est Sofia.

— Tu continues à lui faire des misères ?

— C'est ma femme.

— C'est pas une raison pour l'embêter. Sofia, elle t'aime. C'est une bonne épouse et une bonne mère. En plus elle est jolie. Une travailleuse, croyante, et honnête. Qu'est-ce que tu veux de plus ?

— Elle a qu'à faire ce que j' lui dis. Comme toi avec Papa, il fait en reniflant.

— Mon Dieu !

— Quand le Père te dit de faire ci ou ça tu le fais. Et quand il dit que tu dois pas le faire, tu l' fais pas. Si tu lui obéis pas, il te met une trempe.

— Ça arrive même qu'il me bat comme ça, pour rien.

— Je sais. Mais Sofia c'est pas pareil. Elle en fait qu'à sa tête. Je peux bien dire c' que j' veux ! Et si j'essaie de la corriger elle me met les yeux au beurre noir. Beu... eu... eu...

J'ai repris mon mouchoir, et j'ai failli le virer des marches, lui et ses coquarts. Je pensais à Sofia. Elle me plaît bien elle et son histoire de tirer le gibier à l'arc !

— Y a des femmes qui se laisseront jamais battre, et Sofia c'en est une. Par contre elle t'aime, ça c'est vrai. P'têt' même qu'elle serait contente de faire presque tout comme tu veux, mais faut savoir t'y prendre. C'est pas une garce, et elle a pas de rancune.

Il restait assis là, le nez baissé, l'air abruti.

— Harpo, je lui ai dit en le secouant, Sofia t'aime et toi tu l'aimes.

Il a levé ses yeux gonflés pour tâcher de me regarder.

— Et alors ?

— Mr... m'a mariée pour que je m'occupe de ses gosses. Et moi c'est mon père qui m'a forcée. Mais c'est pas de l'amour, lui et moi.

— T'es quand même sa femme, comme Sofia pour moi. Et la femme, elle doit obéir au mari.

— Tu crois que Shug obéit à Mr... ? C'est pourtant elle qu'il voulait marier. Elle l'appelle Albert, elle lui dit que son caleçon sent mauvais et tout ça. Comme il est pas très grand si il veut lui chercher des noises tu verras qu'elle en fera qu'une bouchée quand elle aura repris du poids.

J'aurais pas dû parler de poids. Harpo est reparti à pleurer. Et puis il a rendu par-dessus le bord de la marche. Rendu tout ce qu'il avait dans l'estomac, et même les restes de l'année dernière on aurait dit. Quand il a été bien vidé je l'ai mis au lit, à côté de la petite pièce de Shug. Il s'est endormi comme une masse.

☆

Cher bon Dieu,

J'ai été faire une visite à Sofia. Elle répare toujours le toit.

— Cette saleté de truc a des fuites, elle m'a expliqué.

Elle va à la réserve de bois, elle met un gros bloc carré sur le billot et elle coupe, elle fend, elle taille, pour faire des grandes lattes. Elle repose sa hache et m'offre un verre de citronnade. Pendant ce temps je la regarde de près. A part un bleu au poignet je vois pas une seule égratignure.

— Comment ça marche toi et Harpo ?

— Ben, il mange beaucoup moins ces temps. Mais ça veut pas dire que ça va durer.

— Pour moi, il veut devenir aussi costaud que toi.

Elle pince les lèvres un instant et puis finalement elle dit :

— C'est bien ce que je pensais.

Tous les gosses arrivent en criant : maman, maman, on veut de la citronnade. Elle remplit cinq verres pour eux et deux pour nous. On va s'asseoir toutes les deux sur la balançoire en bois qu'elle a fabriquée de ses mains l'été dernier et qu'elle a mise sur la véranda du côté à l'ombre.

— Harpo commence à me courir, elle me dit. Depuis qu'on est mariés il a qu'une chose dans la tête c'est de me forcer à lui obéir. C'est pas une femme qu'il veut, c'est un toutou.

— C'est quand même ton mari. T'es bien obligée de rester avec, sans ça qu'est-ce que tu feras ?

— Le mari de ma sœur Odessa est parti à l'armée. Ils ont pas d'enfants et elle, elle adore les gosses. Il l'a laissée toute seule dans leur petite ferme. J' pourrais aller là-bas quelque temps, avec les enfants bien sûr.

Et là j'ai pensé à ma sœur Nettie. C'est comme si je reçois un coup de couteau. Quelqu'un près de qui on va se réfugier... c'est si bon. Ça me fait mal rien que d'y penser.

— J'ai plus aucun plaisir à coucher avec lui maintenant, Sofia me dit avec un air sombre. Dans le temps il me touchait à peine que ça me rendait folle d'envie. Et à présent ça m'ennuie. J'en ai vraiment pas envie, quoi. Quand il est sur moi dans le lit je m' dis que c'est ça qu'y veut, lui dessus et moi en dessous. Avant, j'aimais bien (elle boit une gorgée de citronnade). Je lui courais après quand on rentrait du champ. Je tenais pas en place rien que de l' voir mettre les gosses au lit. J'avais le feu où je pense. Mais plus maintenant. Je suis toujours fatiguée. Et ça m'intéresse plus.

— Faut pas y penser comme ça. Attends un peu et ça reviendra p'têt.

Je lui dis ça histoire de dire quelque chose, vu que moi j'y connais rien du tout. Mr... me monte dessus, il fait sa petite affaire et en dix minutes c'est fini et on dort. Les seules fois où je sens un petit truc agréable en bas c'est quand je pense à Shug. Mais ça va pas plus loin que ça.

— C' qu'il y a de pire, dit Sofia, c'est qu'à mon avis Harpo se rend même pas compte de rien. Il me grimpe dessus, et il se prend son plaisir pareil qu'avant. Le mien il s'en occupe pas. Y en a que pour lui. Et les sentiments c'est même pas la peine d'en parler au milieu de tout ça. Des fois j'ai envie de l'étrangler.

A ce moment-là on a regardé toutes les deux vers chez nous au bout du chemin et on a vu Shug Avery et Mr... assis sur les marches de la véranda. Il lui retirait quelque chose des cheveux.

— Je me demande si je vais partir ou non, dit Sofia. Tout au fond de moi j' sais bien que j'aime encore

Harpo. Mais vrai de vrai j'en ai assez. Elle a bâillé un coup et puis elle a ri et elle a dit : Je crois que j'ai besoin de vacances.

Et la voilà repartie vers le tas de bois pour faire des lattes.

☆

Cher bon Dieu,

Sofia avait raison pour ses sœurs. Toutes des grandes filles costaudes pleines de santé, et l'air de pas avoir froid aux yeux. Elles sont arrivées de bonne heure le matin avec deux chariots pour chercher Sofia. Elle a pas lourd de bagages... les habits des gosses et les siens, un matelas qu'elle a fabriqué l'hiver passé, une glace, un fauteuil à bascule. Et puis les enfants bien sûr.

Harpo est resté assis sur les marches, de l'air que ça lui était bien égal. Il se bricolait une nasse pour ramener du poisson. De temps en temps il jetait un regard du côté de la rivière en sifflotant. Mais pas comme il siffle d'habitude. Un petit sifflet étranglé qui serait perdu au fond d'un puits.

Au dernier moment j'ai décidé de faire cadeau de la couette à Sofia. Je connais pas chez sa sœur, mais toute façon on a un sérieux coup de froidure depuis un bout de temps. Et là-bas ils coucheront peut-être par terre, elle et les petits.

— Alors tu la laisses partir ? j'ai demandé à Harpo.

Il m'a regardée l'air de dire : Faut-y être bête pour poser c'te question !

— Elle s'est fourré ça dans la tête, tu penses. Alors, comment que je pourrais l'en empêcher ? Elle a qu'à y aller, il a dit en jetant un regard de travers aux deux chariots.

On était assis sur les marches et on entendait des gros piétinements dans la maison. C'était les sœurs de Sofia qui faisaient trembler le plancher. On aurait dit un vrai régiment.

— Et où c'est qu'on va? a demandé l'aînée des petites.

— Chez la tante Odessa, a répondu Sofia.

— Papa vient aussi ?

— Non.

— Pourquoi papa y vient pas avec nous? un autre petit a demandé.

— Faut bien quelqu'un pour s'occuper de la maison et des bêtes.

Le gamin a été se planter devant son père et l'a regardé bien en face.

— Alors, tu viens pas ?

— Non, Harpo a répondu.

Le gamin a été vers la petite dernière qui se traînait par terre et il lui a dit tout bas :

— Papa vient pas avec nous. Qu'est-ce que t'en penses toi ?

Le bébé s'est tenu tranquille un instant, a forcé dur, et lâché un pet.

Nous on a ri bien sûr. Mais c'est bien triste quand même tout ça. Harpo a pris le bébé dans ses bras et a tâté sa couche.

— Je crois pas qu'elle est mouillée, Sofia lui a dit. C'est des gaz.

Mais Harpo a voulu quand même la changer et l'a emportée dans un coin de la véranda, loin des autres. Je l'ai vu qui s'est essuyé le coin de l'œil avec la couche sale.

Et puis il a donné le bébé à Sofia. Elle l'a pris sur un bras, et a passé un sac de couches et de provisions sur son épaule. Elle a rassemblé tous les autres gosses et leur a fait dire au revoir à leur père. Elle m'a serrée contre sa poitrine comme elle a pu, avec tout son barda. Et puis elle a monté dans le chariot. Chacune de ses sœurs avait un gosse entre les jambes sauf les deux qui conduisaient les mules. Et tout ce monde est parti de chez Harpo et Sofia, en silence.

☆

Cher bon Dieu,

Ça fait six mois que Sofia est partie, et Harpo c'est plus le même homme. Avant il était très popote. Maintenant il est toujours à courir partout. Je lui ai demandé ce qu'il faisait et il m'a juste dit : Celie, j'ai appris quelques petites choses.

D'abord, il a appris qu'il était joli garçon, et pas bête du tout. Et puis qu'il peut se faire des sous. Mais il m'a pas dit le nom du professeur.

Tous les soirs au retour du champ, il bricole dans la maison. J'entends les coups de marteau comme du temps que Sofia était là. Il démolit des trucs, il cloue des planches... Son ami Swain vient lui donner un coup de main. Ils travaillent toute la nuit. Mr... est bien forcé de leur crier d'arrêter tout ce boucan.

— Mais qu'est-ce que tu fais donc? je lui ai demandé.

— Je construis une boîte, avec un bar et de la musique.

— Dans ce coin perdu?

— Pas plus perdu que d'autres.

Je connais pas les autres moi, sauf le Lucky Star.

— Une boîte c'est parfait en plein bois, dit Harpo. Comme ça on peut faire de la musique aussi fort qu'on veut. Ça dérange personne. C'est peinard pour les danseurs. Et pour les bagarres.

— Les règlements de comptes, fait Swain.

— Et comme ça les flics sont pas au courant.

— Et Sofia elle va penser quoi de tout ça dans sa maison, je lui dis. Si elle revient avec les gosses, ils vont dormir où ça ?

— Ils reviendront pas, a répondu Harpo en clouant des planches pour faire un comptoir.

— Qu'est-ce que t'en sais ?

Il m'a pas répondu. Il a continué à bricoler avec Swain.

☆

Cher bon Dieu,

La première semaine, pas un client. La deuxième, trois, quatre. La troisième, un. Harpo est derrière son comptoir pendant que Swain gratte sa guitare. Il a une réserve de boissons fraîches, un barbecue, de la charcuterie, et du pain acheté au dehors. Il a cloué une pancarte sur le côté de la baraque avec « Chez Harpo » marqué dessus, et une autre au bord de la route. Mais y a toujours pas de clients.

Je prends le chemin de chez eux et je m'arrête dans la cour. Harpo me voit et me fait signe.

— Entre donc, Celie.

— Non, merci.

Mr... y va lui de temps en temps, boire un verre et écouter Swain. Miss Shug aussi elle y va. Elle porte toujours ses petites robes en coton, et je lui fais toujours ses petites tresses sur la tête. Mais ses cheveux ont bien poussé. Ils sont longs, et elle dit que bientôt faudra les repasser au fer pour les défriser.

Harpo la saisit pas bien. D'abord elle dit toujours ce

qu'elle a envie de dire, même si c'est pas poli. Des fois il la regarde un bon moment, quand il sait pas que je le vois.

Un jour il me dit :

— Personne vient par ici pour écouter Swain. J' me demande si je pourrais avoir la Reine. Tu crois, toi ?

— Ça j'en sais rien. Elle va bien mieux, c'est sûr. Elle chantonne tout le temps. Ça lui ferait peut-être plaisir de retravailler. Demande-lui donc.

Shug a répondu que sa boîte c'était pas grand-chose à côté de celles où elle passait dans le temps, mais que bon, elle y chanterait une fois comme ça pour lui faire une gentillesse.

Harpo et Swain ont décidé Mr... à leur donner les vieilles affiches de Shug qu'il renferme dans sa malle. Ils ont barré « Au Lucky Star » et l'adresse, et ils ont mis à la place « Chez Harpo » et ils ont cloué ça sur les arbres entre le tournant qui mène chez nous et la ville.

Le premier samedi y avait tant de monde qu'ils ont pas pu tous rentrer.

— Shug, Shug, ma belle, on te croyait morte, que cinq clients sur dix lui disaient.

— C'est vous, les têtes de morts, regardez-vous, elle répondait avec un grand sourire.

En tout cas finalement j'ai vu Shug dans son numéro. Pourtant Mr... voulait pas me laisser venir.

— C'est pas des endroits pour les épouses, il m'a dit.

— Ouais mais moi je décide que Celie va venir, Shug lui a envoyé pendant que je lui repassais les cheveux. Qu'est-ce que je ferais sans elle si y me prend un malaise en chantant, ou si ma robe se défait, hein ?

Elle portait une robe très collante avec des bretelles si fines qu'on aurait dit du fil à coudre.

Mr... a grogné en s'habillant : ma femme fera pas ci... ma femme fera pas ça... j'ai jamais laissé ma femme faire...

— Eh ben tant mieux pour toi que je suis pas ta femme, Shug a fait, et là Mr... a plus rien dit et on est partis tous les trois chez Harpo. Mr... et moi on s'est assis à la même table. Il a pris un whisky et moi une boisson sans alcool.

Shug a d'abord chanté un air d'une certaine Bessie Smith. C'est une chanteuse que Shug connaît. Une vieille copine à elle. Le titre c'est « Pas facile de trouver un mec bien ». Elle regarde Mr... de temps en temps pendant qu'elle chante. Lui, il se gonfle comme un crapaud qui voudrait se faire comme un bœuf. Tout juste s'il tombe pas de sa chaise. Moi je regarde Shug et j'ai le cœur serré. Je pose ma main dessus tant il me fait mal. Je pourrais bien pas être là du tout que ça serait du pareil au même pour eux. En plus je me trouve moche, mal fagotée et tout. J'ai que des habits pour l'église, moi. On dirait que Mr... va manger Shug des yeux. Elle a sa robe rouge qui colle bien à sa peau de satin noir, ses jolis petits souliers rouges ; et ses cheveux longs, si brillants maintenant.

Bientôt mon menton est tout mouillé de larmes. Je n' sais plus quoi penser. Ça lui plaît à Mr... de regarder Shug. Et moi aussi j'aime bien. Mais Shug elle aime le regarder lui, seulement lui. Enfin, c'est comme ça je sais bien. Mais alors pourquoi j'ai le cœur tellement serré ?

Je baisse le nez. Presque dans mon verre.

Et voilà que j'entends mon nom.

C'est Shug qui dit : Celie, Miss Celie... Alors je lève les yeux et elle répète mon nom encore. Elle dit : La chanson que je vais vous chanter maintenant s'appelle « Pour Celie », parce que c'est elle qui me l'a sortie du crâne quand j'étais malade.

Elle fredonne d'abord, comme à la maison, et puis elle commence à chanter vraiment, avec des paroles. Ça parle encore d'un sale type qui l'a fait souffrir. Mais là j'écoute pas vraiment. Je la regarde et je chantonne tout bas avec elle.

C'est la première fois qu'on donne mon nom à une bien belle chose.

☆

Cher bon Dieu,

Bientôt ça sera l'heure du départ pour Shug. Elle chante tous les week-ends « Chez Harpo » maintenant. Il se fait plein de sous grâce à elle. Mais elle s'en fait aussi. Elle a repris du poids et elle est plus solide. Les premiers soirs elle a bien chanté mais avec une voix un peu faiblarde. Tandis que là, elle vous balance ça à pleins poumons. On l'entend depuis la cour. C'est bien arrangé dans la boîte. Des petites tables autour de la pièce, avec des bougies dessus que j'ai fabriquées. Et aussi plein d'autres tables dehors, dans le jardin, près de la rivière. Des fois de chez nous, je pense qu'on dirait des rangs de vers luisants dans la maison de Sofia, et dehors aussi.

Shug tient plus en place quand c'est presque l'heure d'y aller. Mais un jour elle m'a dit :

— Celie, j' crois qu'il va être temps de partir d'ici.

— Quand ça ?

— Le mois prochain. En juin. C'est une bonne saison pour visiter le monde.

J'ai rien pu dire. Ça me faisait un peu comme quand Nettie est partie. Alors Shug a posé sa main sur mon épaule.

— C'est que, il me bat quand t'es pas là, j'ai dit.

— Qui ça, Albert ?

— Enfin, Mr..., pour moi.

— C'est pas possible !

Elle s'est assise sur le banc à côté de moi. Plutôt elle s'est écroulée.

— Et pourquoi il te bat ?

— Parce que je suis moi, et que je suis pas toi.

— Oh, ma Celie !

Et elle m'a serrée sur sa poitrine et on est restées comme ça presque une demi-heure. Et puis elle m'a embrassé l'épaule là où c'est dodu, et elle s'est levée.

— Je n' partirai pas avant d'être sûre qu'Albert te battra plus jamais. J'en fais mon affaire.

☆

Cher bon Dieu,

Maintenant qu'on sait tous qu'elle va partir un de ces quatre, ils couchent ensemble la nuit. Pas toutes les nuits, mais presque. Du vendredi au lundi.

Il va l'écouter « Chez Harpo ». Ou seulement la voir. Ils rentrent très tard. Je les entends rigoler, bavarder et se chahuter jusqu'au petit jour. Et là ils se couchent pour dormir vraiment jusqu'à l'heure où faut qu'elle se prépare pour aller chanter.

La première fois qu'ils ont remis ça tous les deux, c'était un accident. Leurs sentiments qui les ont emportés. C'est ça que Shug m'a dit. Mr... lui, il m'a rien dit.

Et puis elle m'a demandé : Tu vas me répondre bien franchement, Celie ça te gêne si je couche avec Albert ?

Je me pensais en moi que ça m'était bien égal. Qu'il peut même coucher avec n'importe qui. Mais je l'ai pas dit.

— Et t'as pas peur de te retrouver grosse encore ? j'ai demandé.

— Non. Je mets une petite éponge.

— Tu l'aimes toujours ?

— J'ai comme une passion pour lui. Si j'avais idée de me prendre un mari ça serait lui. Mais c'est un faible. Il sait pas c' qu'il veut. Et en plus tu me dis que c'est une brute. Enfin, il a des tas de choses que j'aime. Son odeur. Et puis il est tout petit. Il m'amuse aussi.

— Ça te plaît de coucher avec lui ?

— Ouais, j'avoue que ça m' plaît, Celie. J'adore ça, même. Pas toi ?

— Non. Il le sait, que ça me fait aucun plaisir. Ça revient à quoi pour moi, hein ? Il me monte dessus, il me retrousse la chemise jusqu'au ventre et il m'enfonce son truc. Moi, c'est comme si que j'étais pas là. Il s'en aperçoit même pas. Il m'a jamais demandé ce que je sens. Jamais. Il fait sa petite affaire, il redescend et il s'endort.

Shug est partie à rire :

— Faire sa petite affaire, enfin Celie, on dirait qu'il te prend pour la cuvette des cabinets.

— C'est comme ça que je le pense.

Elle a arrêté de rire.

— T'as jamais rien senti ? Même pas avec le père de tes enfants ?

— Jamais.

— Mais alors, Celie, tu es vierge ?

— Quoi ?

— Ecoute-moi, en bas là, dans ton zizou y a un petit bouton qui devient comme en feu quand tu fais ce que tu sais avec quelqu'un. Ça te brûle de plus en plus et puis d'un coup ça se mouille. Là, c'est agréable. Mais y' a d'autres bons moments aussi. On se suce partout, on se touche avec les doigts et la langue...

Un petit bouton ? Les doigts ? La langue ? J'en ai le visage tout en feu moi, du coup .

— Tiens, prends cette glace et regarde ton machin dedans. Tu l'as déjà regardé comme ça ?

— Non, jamais.

— Je parie que t'as jamais vu celui d'Albert non plus.

— J' l'ai juste senti.

Je reste là avec ma glace et elle me dit :

— Quoi ? T'as honte de te regarder ? T'es bien mignonne pourtant, pomponnée et parfumée pour aller chez Harpo. Mais t'as peur de regarder ton zizou...

— J' veux bien mais alors tu viens avec moi, je lui ai dit.

Et on a vite couru dans la chambre comme deux gamines qui font des bêtises.

— Surveille la porte.

— D'accord, elle a fait en pouffant de rire. Vas-y, y a personne en vue.

Je m'ai allongée sur le lit et j'ai relevé ma robe. Après, j'ai baissé ma culotte et j'ai mis la glace entre mes cuisses. Bah... c'est plein de poils autour de mon zizou tout noir. Mais dedans on dirait une rose mouillée.

— C'est plus joli que tu croyais, hein ? m'a dit Shug plantée près de la porte.

— C'est à moi en tout cas. Où est le bouton ?

— Tout en haut. Ça ressort un petit peu.

Je la regarde, et je touche mon bouton. J'ai comme un frisson. Oh, pas grand-chose, mais ça suffit pour que j'aie compris. Je le tripoterai plus longtemps la prochaine fois.

— Pendant que t'y es, regarde donc tes nichons aussi.

J'ai remonté ma robe jusqu'en haut et j'ai regardé le bout de mes nichons. Je pensais à quand mes enfants les suçaient. Et que ça me faisait un petit frisson aussi. Des fois, un plus fort. C'est le bon côté de nourrir ses petits.

— Voilà Albert et Harpo, elle a crié.

J'ai vite remonté ma culotte et baissé ma robe. J'avais l'idée qu'on avait fait quelque chose de pas beau.

— Ça me fait rien que tu couches avec lui, j'ai dit à Shug.

Elle m'a prise au mot, et je m'ai prise au mot moi aussi. Mais quand je les entends la nuit, je me tire la couverture par-dessus la tête et je me tripote mon bouton, et le bout de mes nichons. Et puis je pleure.

☆

Cher bon Dieu,

Un soir pendant que Shug chantait un truc qui chauffe, qui voit-on pas débarquer dans la boîte ? Sofia... avec un grand type balèze dans le genre champion de boxe. Elle, toujours costaude et pleine de vie.

— Ma petite Celie, ça me fait bien plaisir de te revoir. Et Mr... aussi, elle dit en lui serrant la main, malgré que sa poignée de main est un peu molle !

Lui, il avait l'air vraiment content de la voir.

— Sofia, venez vous asseoir ici. Qu'est-ce que vous buvez ?

— Donnez-moi un coup de tord-boyaux...

Le Champion se prend une chaise aussi et s'assoit en califourchon. Il fait plein de tendresses à Sofia, comme si y avait personne autour. Harpo arrive de l'autre bout de la salle, avec sa petite amie couleur café au lait. Il regarde Sofia comme si elle serait un fantôme.

— Je vous présente un bon ami, Henry Broadnax. On l'appelle Buster, dit Sofia.

— Salut tout le monde, fait Buster avec un grand sourire.

Nous on continue à écouter Shug. Sa robe dorée laisse voir presque le bout de ses seins et bien sûr tout le monde est là à attendre qu'une bretelle lâche. Mais ça tient bon.

— Au feu les pompiers ! C'est Buster qui plaisante en la regardant.

— Où sont les gosses ? demande Mr... tout bas à Sofia.

— Les miens ? Chez moi. Et les vôtres ?

Il ne répond pas. L'histoire, c'est que les deux filles se sont fait engrosser et sont parties. Et Bub, lui, il passe le plus clair de son temps en taule. Sans son grand-père, un Noir qui est l'oncle du shérif et que du coup Bub ressemble au shérif comme deux gouttes d'eau, y a belle lurette qu'il se serait fait lyncher.

J'en reviens pas de voir Sofia dans une forme pareille.

— Une femme avec cinq gosses à élever a toujours l'air usé avant l'âge, je lui dis quand Shug arrête de chanter. Mais toi, on dirait que t'es prête à remettre ça !

— C'est que j'en ai six maintenant, ma petite Celie.

— Six ! Ça me fait un coup.

Sofia jette un regard à Harpo par-dessus son épaule et me dit :

— C'est pas parce qu'on se quitte que la vie est finie, tu sais.

Moi ma vie, elle a fini quand j'ai quitté mon vrai chez moi. Enfin, c'est vrai qu'elle a fini avec Mr..., mais elle a recommencé à l'arrivée de Shug.

Shug vient vers nous. Sofia et elle se tombent dans les bras.

— Dis donc ma belle, t'en jettes un jus ! dit Shug.

C'est là que ça me frappe comment des fois Shug se conduit comme un homme. Parce que c'est vrai, y a que les hommes pour parler comme ça. Les femmes entre elles, elles parlent de leur petite santé, de leur coiffure, de combien elles ont de gosses et des dents qu'ils font.

Mais elles disent jamais à une amie qu'elle en jette un jus !

Dans la salle tous les types ont les yeux braqués sur le décolleté de Shug. Et moi aussi. Je sens mes bouts de seins qui pointent sous ma robe. Mon petit bouton dresse la tête aussi. Et je me dis en moi : Shug, ma belle, t'en jettes un jus !

— Qu'est-ce que tu viens faire ici ? Harpo demande.

— Ecouter Miss Shug. Dis donc, c'est chouette ta boîte Harpo.

Elle regarde partout autour, l'air de bien apprécier. Harpo lui dit :

— C'est du propre. Une mère de cinq enfants traîner la nuit dans les boîtes.

Sofia lui jette un regard de glace, de la tête aux pieds. Depuis qu'il se goinfre plus il a quand même pris du poids de partout, à force de boire de sa bière et de manger les restes du barbecue. Il est aussi costaud qu'elle maintenant.

— Une femme a le droit de s'amuser de temps en temps, dit Sofia.

— Une femme a que le droit de rester à la maison, fait Harpo.

— Et c'est ma maison, ici, dit Sofia, mais je la trouve bien mieux comme ça.

Harpo jette un regard vers le Champion. Le Champion recule un peu sa chaise, prend son verre et puis il dit :

— Je n' suis pas là pour régler les comptes de Sofia. Je suis là pour l'aimer et l'emmener où ça lui fait plaisir.

Harpo a l'air soulagé, d'un coup. Il se tourne vers Sofia.

— Tiens, on danse ?

Sofia se lève en riant et elle met ses bras autour du cou de Harpo. Les voilà partis tous les deux en se déhanchant lentement vers la piste.

La petite amie café au lait boude, derrière le comptoir. C'est une gentille fille, causante et tout, mais elle est comme moi avec Mr... Elle fait les quatre volontés d'Harpo. Il l'a baptisée Squeak, comme un cri de souris.

Finalement Squeak se prend de culot et va vers Sofia pour lui piquer son partenaire. Harpo s'arrange d'abord pour faire tourner le dos à Sofia. Mais Squeak est têtue. Elle tape sur l'épaule de Sofia.

— On change de partenaire !

Sofia et Harpo s'arrêtent tout près de notre table, et Shug fait hum... hum... comme si elle sent venir l'orage.

— Qui c'est celle-là ? fait Squeak de sa voix pointue.

— Tu sais bien qui c'est, dit Harpo.

Squeak se tourne vers Sofia.

— Tu ferais bien de lui fiche la paix, à Harpo, elle lui dit.

— Moi je veux bien.

Et Sofia va comme pour partir mais Harpo l'attrape par le bras.

— T'as pas à t'en aller, c'est chez toi ici, non ?

— Qu'est-ce que tu racontes que c'est chez elle ? Elle t'a plaqué. Elle a plaqué son foyer. Qu'elle se tire !

— Moi je veux bien, répète Sofia qui essaie de se dégager mais Harpo tient bon.

— Dis donc Squeak, un type a bien le droit de danser avec sa femme, non ?

— Pas si c'est mon homme. T'entends, espèce de garce, elle dit à Sofia.

Sofia commence à en avoir assez. Je le vois à ses oreilles qui remuent. Mais elle dit encore une fois, comme pour en finir : Moi je veux bien.

Et là, Squeak lui met une claque dans la figure. On sait pas pourquoi. La Sofia c'est pas le genre à perdre son temps avec des crêpages de chignon de bonnes femmes. Elle ferme le poing, balance son bras pour l'élan, et vlan, casse deux dents d'un seul coup à Squeak. Squeak roule par terre l'air qu'elle en voit trente-six chandelles. Y a une dent qui pend de sa bouche, et l'autre qu'a sauté dans mon verre. Et puis elle se met à envoyer des coups de talon dans les mollets à Harpo.

— Tu vas foutre cette garce dehors, elle crie. Et y a du sang et de la salive qui lui dégoulinent sur le menton.

Harpo et Sofia sont là à la regarder, mais c'est comme si qu'ils entendent pas. Harpo tient encore le bras à Sofia. Il se passe une bonne minute. Et puis Harpo lâche Sofia et se baisse pour ramasser la petite Squeak, il la prend dans ses bras et la cajole comme un bébé.

Sofia revient à la table chercher son Champion. Ils partent sans un regard pour personne. Et on entend un moteur qui démarre.

☆

Cher bon Dieu,

Harpo est là à passer l'éponge sur le comptoir, à essuyer, à frotter. Il allume une cigarette, il va mettre le nez dehors, il revient, il fait les cent pas. Il y a Squeak qui le suit partout en s'agitant sous son nez pour tâcher de lui tirer la tension. Mon chéri ceci, mon chéri cela, elle dit. Harpo la regarde mais c'est comme si elle est pas là. Il tire tout le temps sur sa cigarette.

Squeak vient dans le coin où on est Mr... et moi. Elle a deux dents en or d'un côté. On les voit bien parce qu'elle a toujours le sourire. Mais là elle pleurniche.

— Celie, qu'est-ce qu'il a Harpo ?

— Sofia est en prison, je lui réponds.

— En prison ? C'est comme si j'y avais dit Sofia est partie sur la lune.

— Et pourquoi qu'elle est en prison.

— Elle a dit des insolences à la femme du maire.

Squeak tire une chaise pour s'asseoir. Son regard m'arrive sous le menton.

— C'est quoi ton vrai nom, Squeak ? je lui demande.

— Mary Agnes.

— Demande donc à Harpo de t'appeler par ton vrai nom. Il verra p' têt que t'es là, même quand lui il a du tracas.

Elle m'a regardée, l'air bizarre. Et puis je lui dis ce qu'une des sœurs à Sofia nous a raconté à Mr... et à moi. Voilà : Sofia, son boxeur et les enfants vont faire un tour en ville dans la voiture du Champion. Ils s'arrêtent dans une rue. Ils descendent. Et ils ont de l'allure, eux tous et la voiture. Juste à ce moment y a le maire et sa femme qui passent.

— Regarde-moi tous ces enfants, dit la femme du maire en fouillant dans son porte-monnaie. Ils sont si mignons en plus. Elle s'arrête et elle pose la main sur la tête à un des gosses. Et regardez-moi ces belles dents bien blanches...

Sofia et le Champion, eux, disent rien. Ils attendent qu'elle passe. Le Maire aussi il attend un peu en arrière, en tapant du pied avec un petit sourire.

— Alors, Millie, toujours attendrie par les Noirs hein ? fait le maire.

Millie caresse la tête des petits, et puis elle regarde Sofia et son boxeur, l'automobile et le bracelet-montre à Sofia et elle dit.

— Ces enfants sont tellement bien tenus, c'est un bonheur. Ça vous plairait d'entrer à mon service ?

— Jamais de la vie ! Sofia lui répond.

— Pardon ? fait la femme du maire.

— Jamais de la vie ! Sofia répète.

Le maire la regarde, écarte sa femme, bombe le torse et dit à Sofia.

— Qu'avez-vous répondu à madame Millie ?.

— J'y ai dit : « Jamais de la vie », fait Sofia.

Et le maire lui met une gifle.

Là j'arrête mon histoire. Squeak est sur le bord de la chaise à attendre la suite, le regard à la hauteur de ma poitrine.

— Pas besoin d'aller plus loin, dit Mr... On sait c' qui arrive si on met une gifle à Sofia.

— Oh non ! fait Squeak qui devient blanche comme un linge.

— Oh que si ! je dis. Sofia a mis le maire K.O. les flics sont venus. Ils ont commencé par débarrasser le maire des gosses qui y étaient tombés dessus. Ils leur cognent un peu la tête entre eux. Alors là Sofia a vu rouge et elle a tapé, vraiment. Ils l'ont jetée par terre.

Là c'est moi qui peux plus raconter la suite. J'ai des larmes plein les yeux et comme une boule dans le gosier. La pauvre Squeak se fait toute petite sur sa chaise et tremble comme une feuille.

— Ils ont tabassé Sofia, continue Mr...

Squeak se lève d'un bond et court se réfugier dans les bras d'Harpo derrière le bar. Ils restent là à pleurer tous les deux.

— Et le boxeur, qu'est-ce qu'il faisait tout ce temps-là ? j'ai demandé à Odessa la sœur de Sofia.

— Il a voulu leur sauter dessus, mais Sofia y a dit « Non, emmène les gosses. » Les flics avaient leurs flingues braqués sur lui dès le départ. Un geste et ils l'étendaient raide mort. Z'étaient six, eux, quand même. Mr... a été trouver le shérif pour qu'il nous laisse voir Sofia. Avec Bub qu'a si souvent des ennuis, et qui ressemble comme deux gouttes d'eau au shérif, Mr... et le shérif c'est un peu comme de la même famille. Enfin, tant que Mr... il se souvient qu'il est noir, bien sûr. Le shérif a dit :

— La femme à votre fils, c'est une folle dangereuse, vous le savez ?

— Oui monsieur le shérif, qu'il a dit Mr... Ça fait des années que j'essaie de le dire à Harpo. Même avant qu'il la marie. C'est pas sa faute à Sofia. Sa famille est pas normale. Et puis, Shérif, vous savez comment sont les femmes...

— Ouais, ça je l' sais bien.

— Et même que si on peut la voir, on lui dira qu'elle est complètement folle, dit encore Mr...

— Eh ben, c'est une bonne idée. Et dites-lui donc qu'elle a de la veine d'être vivante.

On a été voir Sofia. Et c'est sûr qu'on s'est demandé comment elle est encore en vie. Elle a le crâne fendu, les côtes cassées, le nez au milieu de la joue, un œil complètement fermé. Elle est toute gonflée de la tête aux pieds. Avec une langue énorme qui lui sort de la bouche, et qu'on dirait un ballon de cailloudechou. Elle peut pas parler. Et elle est de la couleur d'une aubergine.

J'ai manqué lâcher mon cabas tant ça m'a fait un coup. Mais j'ai serré la poignée très fort. Et puis je l'ai posé par terre et j'ai sorti un peigne, une brosse, une chemise de nuit, du liniment et de l'alcool. Y a une gardienne noire qui m'a apporté de l'eau. Et je m'ai mise au travail. J'ai commencé par les yeux. On aurait dit des trous d'aiguille.

☆

Cher bon Dieu,

Ils ont mis Sofia à la blanchisserie de la prison. Elle lave du linge sale de cinq heures du matin à huit heures du soir. Les uniformes crasseux des détenus, des draps et des couvertures répugnants. Tout ça s'empile plus qu'elle peut en faire. Nous, on va la voir une demi-heure deux fois par mois. Elle a bien mauvaise mine, avec une peau toute jaunâtre et les doigts comme des boudins.

— Ici, tout est à vomir de dégoût, elle nous a dit. Même l'air qu'on respire. Et ce qu'y mettent dans la gamelle, y a d' quoi vous empoisonner. Et puis aussi y a des cafards partout, et des souris, des mouches, des poux, et même des petits serpents. Si on râle on vous met tout nu et on vous envoie dormir au trou, sur du ciment, et sans lumière.

— Comment que tu te débrouilles alors? j'ai demandé.

— Comme toi, Celie. Je fais tout ce qu'on me dit de faire. J'obéis sans discuter. Et vite.

Elle a eu un regard bizarre en disant ça. Un peu un regard de folle, avec son œil abîmé qui roule dans tous les coins.

Mr... a serré les dents. Harpo a grogné. Et Shug a lâché une bordée de jurons. Elle est revenue de Memphis rien que pour voir Sofia. Et moi, j'ai pas pu sortir les mots que j'avais dans mon cœur.

— Je suis une bonne détenue. La mieux depuis toujours, qu'ils m'ont dit. Ils veulent pas croire que j'ai été grossière avec la femme du maire, et que lui je l'ai mis K.O. Elle rit. Ça fait long quand même, douze ans à tenir le coup. On dirait les paroles d'un blues, vers la fin quand tout le monde s'en va et qu'on reste tout seul.

— P'têt' que tu sortiras avant pour ta bonne conduite, dit Harpo.

— La bonne conduite ça leur suffit pas. Faudrait ramper devant eux et leur lécher les bottes à longueur de journée. Ça me donne des idées de meurtre. Je rêve de meurtre la nuit, et même le jour.

On sait plus quoi lui dire. Alors on dit rien.

— Et les gosses, comment ça va ? Sofia demande.

— Ça va, répond Harpo. Odessa et Squeak s'en débrouillent bien.

— Dis merci à Squeak pour moi, et dis à Odessa que je pense bien à elle.

☆

Cher bon Dieu,

On est tous là autour de la table après le repas du soir, moi, Shug, Mr..., Squeak, le Champion, Odessa et deux autres sœurs à Sofia.

— Pour moi, Sofia n' va pas tenir le coup, dit Mr...

— C'est vrai ça. Elle m'a l'air un peu dérangée, fait Harpo.

— Et tout ce qu'elle nous a raconté, brrr... Seigneur ! dit Shug.

— Faut faire quelque chose, et vite, continue Mr...

— Mais quoi ? demande Squeak, un peu débordée avec tous les gosses à Sofia et Harpo à s'occuper. Mais elle tient bon. Les cheveux poisseux mal coiffés, la combinaison qui dépasse. Mais elle tient bon.

— Faut faire sauter la taule, propose Harpo. Y a qu'à piquer un paquet de dynamite aux gars qui construisent un pont là sur la route. On fait sauter la taule. Terminé, pour toujours.

— Dis pas de bêtises, fait Mr... Laisse-nous réfléchir.

— J'ai une idée, dit le boxeur, si on lui passait un revolver ? Il se frotte le menton et il ajoute : p'têt' une lime...

— Non, ça marche pas ça. Si elle se tire, ils la repiqueront, dit Odessa.

Squeak et moi on se tait. Je sais pas à quoi elle pense, mais moi je pense aux anges. Je vois le bon Dieu qui descend du ciel sur son grand char, et qui enlève Sofia pour la ramener chez elle. C'est comme si que j'y étais. Les anges tout en blanc, les cheveux blancs, des yeux blancs qu'on dirait des albinos. Le bon Dieu est blanc lui aussi, et il ressemble à un monsieur imposant qui travaille à la banque. Les anges frappent leurs grandes cymbales, et y en a un qui souffle dans une trompette. Dieu crache comme un nuage de feu, et Sofia est libre.

— Qui c'est la famille noire du directeur de la prison ? demande Mr... Personne lui répond. Et puis le Champion demande :

— Comment il s'appelle ?

— Hodges. Bubber Hodges, dit Harpo.

— Le fils au vieux Henry Hodges ? Il vivait sur les terres des Hodges dans le temps.

— Et il aurait pas un frère qui s'appelle Jimmy ? fait Squeak.

— Ouais, c'est ça. Marié avec la fille Quitman. Le père tient la quincaillerie. Tu les connais ?

Squeak baisse le nez et marmonne quelque chose.

— Qu'est-ce que tu dis ?

Squeak devient toute rouge et marmonne encore plus bas.

— Il est ton quoi ? demande Mr...

— Mon cousin, Squeak fait dans un murmure.

Mr... la regarde, comme si qu'elle a pas tout dit.

— Mon père, elle fait en louchant vers Harpo, et elle baisse les yeux.

— Il est au courant ? demande Mr...

— Ben oui. Il a eu trois gosses avec maman. Deux plus jeunes que moi.

— Et son frère, il est au courant ?

— Un jour il est venu à la maison avec monsieur

Jimmy. Il nous a donné des sous à chacun. Et il a dit qu'on était bien des Hodges.

Mr... balance sa chaise en arrière et regarde Squeak sur toutes les coutures. Elle repousse une mèche de ses cheveux poisseux.

— Ouais, maintenant je vois la ressemblance, Mr... fait en arrêtant de se balancer. Ben, comme qui dirait que c'est toi qui vas y aller.

— Aller où ça ?

— Voir le taulier. C'est ton oncle, après tout.

☆

Cher bon Dieu,

On a habillé Squeak comme une femme blanche, sauf que c'est tout de bric et de broc. Une robe repassée et amidonnée, des souliers à talons hauts avec des raflures, et un vieux chapeau que quelqu'un avait donné à Shug. On a déniché aussi un sac à main en tissu un peu défraîchi et avec des piqûres comme un édredon. Et puis une petite bible noire.

On lui a lavé les cheveux pour enlever le poisseux, et après je lui ai fait deux grosses tresses qui se croisent sur son crâne. On lui a donné un bain, et maintenant elle est si propre qu'elle sent le parquet bien ciré.

— Qu'est-ce que j' vais dire ? elle demande.

— Ben, que tu vis avec le mari de Sofia et qu'il dit que Sofia n'a pas été assez punie. Dis qu'elle rigole en racontant qu'elle se paye la tête des gardiens. Et qu'elle est très bien là où elle est, et même qu'elle est contente pourvu qu'elle a pas à être la bonne d'une Blanche.

— Seigneur, dit Squeak, comment je vais faire pour que ma langue s'embrouille pas dans tout ça ?

— Il te demandera qui tu es, et là faut lui rafraîchir la mémoire. Dis-lui comme ça t'a fait plaisir les sous qu'il t'a donnés une fois.

— Ouais, mais y a quinze ans de ça. Il se souviendra plus.

— Tâche moyen qu'il voie que t'es une Hodges, dit Odessa. Là, ça lui reviendra.

— Dis-lui que pour toi aussi la justice c'est sacré, fait Shug. Mais rentre-lui bien dans la tête que tu vis avec le mari à Sofia. Et débrouille-toi pour placer qu'elle est contente d'être là, et que le plus moche pour elle ça serait de devenir la bonne d'une Blanche.

— Quand même, dit le Champion, tout ça j' trouve que ça sent l'Oncle Tom à plein nez.

Shug est partie d'un gros rire.

— Et alors ? L'Oncle Tom y s'appelait pas oncle pour rien !

☆

Cher bon Dieu,

La pauvre petite Squeak est revenue en boitant, la robe toute déchirée, plus de chapeau et un talon cassé à sa chaussure.

— Ben, qu'est-ce qui t'est arrivé ? on lui demande.

— Il a bien vu que j'étais une Hodges et ça lui a pas plu du tout.

Harpo sort de la voiture à son tour et grimpe les marches, l'air furibard.

— D'abord on tabasse ma femme et puis on viole ma copine, qu'il dit. Si j' m'écouterais j'y retournerais avec un fusil, ou je ferais tout flamber avec ces salauds de Blancs dedans.

— La ferme Harpo, laisse-moi raconter, fait Squeak.

Et elle nous raconte.

— A la minute que je suis arrivée, il m'a reconnue.

— Et alors qu'est-ce qu'il a dit? on demande tous.

— Il a dit : Qu'est-ce que tu veux? Et j'ai dit : Je viens vous voir parce que moi je suis pour la justice. J' trouve que c'est bien de l'appliquer. Là il a redemandé : Qu'est-ce que tu veux au juste? Et moi j'ai dit ce que vous autres m'avez expliqué, que Sofia est pas assez punie pour ce qu'elle a fait, qu'elle est contente en prison, qu'elle est assez costaud pour supporter. Que le seul truc qui l'embête c'est à l'idée qu'on l'oblige à faire la bonne pour une Blanche. C'est ça qui a déclenché la bagarre, je lui ai dit. La femme du maire, elle a demandé à Sofia de faire la bonne chez elle. Et Sofia a dit qu'elle ferait jamais rien chez une Blanche, et surtout pas la bonne.

— Ah bon? il a dit en me regardant des pieds à la tête.

— Oui parfaitement. Alors moi je trouve qu'elle est bien en prison. Toute façon à la maison elle fait rien que laver et repasser pareil. Elle a six gosses, vous savez.

— Ah bon? il a dit.

Il fait le tour de son bureau et il vient me regarder sous le nez.

— Qui c'est ta famille?

Je lui dis le nom de ma mère, le nom de ma grand-mère, de mon grand-père.

— Et ton père, c'est qui? Hein? Les yeux, ça vient de qui?

— J'ai pas de père, je lui dis.

— Raconte pas de salades. Je t'ai déjà vue quelque part.

— Oui, m'sieu. Une fois y a dix ans je crois quand j'étais petite, vous m'avez donné des sous. J'étais rudement contente.

— Je me rappelle pas, il fait.

— Vous êtes passé à la maison avec l'ami à ma mère, un monsieur Jimmy.

Squeak s'arrête et nous regarde les uns après les autres. Elle respire un grand coup, et puis elle bredouille quelque chose.

— Qu'est-ce que tu dis ? Odessa lui demande.

— Vas-y, fait Shug. Si tu peux pas nous l' dire à nous, à qui c'est que tu l' diras ? Au bon Dieu peut-être ?

— Ben après, il a enlevé mon chapeau, raconte Squeak. Et il m'a dit de défaire ma robe.

Elle baisse la tête et cache sa figure dans ses mains.

— Seigneur Jésus ! fait Odessa, quand je pense que c'est ton oncle.

— Il a dit que si c'était mon oncle il me le ferait pas. Que ça serait un péché. Mais ça, c'était juste une petite fornication. Tout le monde le fait.

Elle lève la tête vers Harpo.

— Harpo, tu m'aimes pour de vrai ? Ou seulement ma couleur ?

— Je t'aime pour de vrai, Squeak, il dit et il se met à genoux pour lui passer les bras autour de sa taille.

Alors elle se met debout et elle lui dit :

— Je m'appelle Mary Agnes.

☆

Cher bon Dieu,

Six mois après qu'elle a essayé de sortir Sofia de prison, Mary Agnes s'est mis dans la tête de chanter. D'abord des chansons à Shug. Et puis des qu'elle a inventées elle-même. Elle a un genre de voix qu'on penserait jamais pour chanter. Fluette, haut perchée, une sorte de petit miaulement. Mais Mary Agnes, ça la gêne pas. Et nous, on s'est habitués. Et même, on s'est mis à aimer ça. Vraiment beaucoup. Harpo a été pris de court, là-dedans.

— Ça me fait drôle, il nous a dit à Mr... et à moi. Comme ça, d'un coup, qu'elle chante sans prévenir. Ça me fait penser à un phono. Ça dort dans un coin, c'est silencieux comme la tombe, et puis un jour on met un disque et ça revit.

— Je me demande si elle en a toujours après Sofia pour lui avoir cassé deux dents, je dis.

— Sûrement. Mais à quoi ça sert ? Squeak est pas méchante, et elle sait bien que la vie est pas drôle pour Sofia en ce moment.

— Et comment ça marche Squeak avec les enfants ? Mr... demande.

— Ils l'adorent, fait Harpo. Elle les laisse faire leurs quatre volontés.

— Ah, c'est pas bon ça, je dis.

— Mais les autres sœurs à Sofia, tu sais, les amazones, elles sont toujours dans le coin pour serrer un peu la vis. Elles élèvent les gosses comme ça serait à l'armée.

Et là, Squeak commence à chanter :

On m'appelle la Claire, comme si c'était un nom,
On m'appelle la Claire, comme si c'était un nom,
Pourtant si la Claire comme nom ça s' dit,
Pourquoi la Noire ça s' dirait pas aussi...
Mais si j' dis à une fille : « Hé toi, la Noire ! »
C'est sûr qu'elle va m' faire des histoires..

☆

Cher bon Dieu,

Sofia m'a dit aujourd'hui :

— J' comprends vraiment pas.

— Vraiment pas quoi ?

— Pourquoi on les a pas tous zigouillés.

Ça fait trois ans qu'elle s'est tirée de la corvée de linge sale à la prison, elle a récupéré son poids et sa mine comme avant, mais elle pense tout le temps qu'à tuer quelqu'un.

— Y en aurait trop à tuer, je lui dis. On a été écrasés dès le départ. Quand même, on en a bien descendu un par-ci par-là depuis le temps.

On est assises toutes les deux sur une vieille caisse près de la clôture du jardin chez ma'am Millie. Y a des clous rouillés qui dépassent du fond, et quand on bouge ils grincent.

Maintenant le boulot de Sofia c'est de surveiller les enfants. Ils jouent au ballon. Le petit garçon le lance à la petite qui essaie de l'attraper en fermant les yeux. Mais il va rouler aux pieds de Sofia.

— Renvoie-le-moi, dit le gamin, les mains sur les hanches. Renvoie le ballon.

Sofia marmonne entre ses dents, pour que j'entende quand même :

— J' suis là pour surveiller. Pas pour renvoyer le ballon.

Et elle fait pas un geste.

— Eh ben, tu m'entends pas ? le gamin crie.

Il a six ans environ, les cheveux bruns, les yeux bleu clair. Il fonce vers nous, l'air furieux, prend son élan et décoche un bon coup de pied en visant le mollet de Sofia. Mais elle écarte sa jambe, et le gamin se met à hurler.

— Qu'est-ce qu'y a ? je demande.

— Il s'a enfoncé un clou rouillé dans le pied, dit Sofia.

C'est vrai. On voit du sang sur sa chaussure. La petite sœur vient sous son nez le regarder pleurer. Il est de plus en plus rouge. Il appelle sa mère.

Ma'am Millie arrive en courant. Elle a peur de Sofia. Chaque fois qu'elle lui cause c'est comme si qu'elle s'attendait au pire. Et elle s'approche pas trop non plus. Elle s'arrête à quelques mètres de nous et fait signe à Billy de venir la voir.

— Mon pied ! il gémit.

— C'est la faute à Sofia ? elle demande.

— Non, c'est lui qui l'a fait tout seul, dit la petite fille. Il a voulu donner un coup de pied à Sofia.

La petite fille adore Sofia. Elle est toujours de son côté. Mais Sofia ça la touche même pas. Elle reste de bois avec la petite autant qu'avec le frère.

Millie lui jette un mauvais regard, prend Billy par les épaules et ils partent vers la maison en boitant. La petite les suit et nous fait au revoir de la main.

— Elle a l'air drôlement mignonne, je dis à Sofia.

— Qui ça ?

— Ben, la petite. Comment elle s'appelle déjà, Eleanor Jane ?

— Ouais, c'est ça, qu'elle me fait l'air surpris. Je m' demande pourquoi elle est venue au monde celle-là.

— En tout cas, je dis, c'est une question qu'on n'a pas à se poser pour nous autres les négros.

Elle rigole.

— Ma petite Celie, t'as vraiment de ces idées, toi des fois !

Je l'ai pas entendue rire comme ça depuis trois ans.

☆

Cher bon Dieu,

Sofia, elle ferait rire même un croque-mort, la façon qu'elle parle des gens chez qui elle travaille.

— Y z'ont le culot d' vouloir nous faire croire que l'esclavage ça a raté à cause de nous. Comme qui dirait, on n'était pas assez malins pour bien s'en sortir. On cassait tout le temps les manches de pelle, on laissait les mules courir dans les champs de blé, enfin tout ça. Ben moi je m' demande comment eux ce qu'y construisent ça peut durer plus qu'une journée. C'est des tarés, des maladroits, et en plus ils sont pas vernis. Tiens, que je te raconte : le maire a acheté une voiture neuve à sa femme, la madame Millie. Parce qu'elle a dit que si les Noirs ils peuvent s'en payer, c'est grand temps qu'elle elle en a une aussi. Alors le maire l'a achetée. Mais il veut pas lui apprendre à conduire. Tous les jours quand il rentre il jette un coup d'œil à ma'am Millie, et il regarde sa voiture par la fenêtre. Elle te plaît, Millie ? il lui demande. Elle se lève comme un ressort, et elle va dans la salle de bains en claquant la porte.

Cette femme, elle a pas d'amies. Alors un jour, ça fait deux mois que la voiture est dans le jardin, elle me dit : Sofia tu sais conduire, toi ?

Je crois qu'elle a le souvenir qu'elle m'a vue la première fois près de la voiture à Buster Broadnax.

— Oui, m'dame, je dis.

Je suis là comme une esclave à faire reluire le gros pilier en bas de l'escalier. Ils sont bizarres avec ce pilier, faut pas de marques de doigts dessus, rien, jamais.

— Tu crois que tu pourrais m'apprendre ?

A ce moment-là un des enfants de Sofia la coupe. Le plus vieux des garçons, bien bâti, et un beau visage. Toujours sérieux. Mais là, en colère.

— Dis pas Esclave, maman.

— Et pourquoi pas? lui lance Sofia. Ils me font

dormir dans un petit cagibi sous la maison, pas guère plus grand que la véranda d'Odessa et presque aussi froid l'hiver. Je suis à leur botte jour et nuit. Ils me laissent pas voir mes enfants. Ils me laissent pas voir un homme. Enfin au bout de cinq ans, y m' laissent te voir une fois par an. Alors moi j' trouve que je suis une esclave. T'appellerais ça comment, toi ?

— Une prisonnière, il dit.

Sofia continue son histoire, mais à son regard vers son gosse ça se voit qu'elle est fière de lui.

— Bon alors je dis, oui m'dame je peux vous apprendre si c'est le même genre de voiture que j'ai appris dessus.

Et du coup nous voilà ma'am Millie et moi sur la route à aller dans un sens et dans l'autre. D'abord c'est moi que je conduis et elle me regarde. Après c'est son tour et moi je la surveille. On fait des allers et retours sur la route. La minute que j'ai fini de faire le petit déjeuner, de le servir, de faire la vaisselle et de balayer, et juste avant d'aller chercher le courrier à la boîte au bord de la route, on y va pour la leçon.

Bon, au bout d'un certain temps elle attrape le coup ; plus ou moins. Et puis, elle s'y met vraiment. Et puis un jour qu'on revient de notre petit tour elle me dit :

— Je vais te conduire chez toi Sofia. Ouais comme ça, elle me le dit.

— Chez moi ? je fais.

— Oui chez toi. Tu n'y es pas allée et tu n'as pas vu tes enfants depuis longtemps, n'est-ce pas ? — Oui m'dame. Ça fait cinq ans.

— C'est une honte. Va chercher tes affaires tout de suite. Allez, c'est fête. Tu peux rester toute la journée.

— Pour la journée j'ai besoin que de c' que j'ai sur moi, je lui dis.

— Très bien, très bien, alors monte.

Tu vois, Celie, j'ai tellement l'habitude de m'asseoir

à côté d'elle pour les leçons que je fais pareil et je me mets devant. Madame Millie reste dehors, de l'autre côté, et elle toussote. Finalement elle dit avec un petit rire :

— Sofia, tu sais, on est dans le Sud.

— Oui, m'dame.

Elle s'éclaircit la voix et rit encore.

— Regarde où tu es assise, elle me fait.

— Ben, comme d'habitude, je dis.

— C'est bien ça l'ennui. Tu as jamais vu une personne blanche et une de couleur côte à côte dans une voiture, Sofia. Sauf quand une apprend à conduire à l'autre.

Alors je sors, j'ouvre la porte arrière et je monte. Elle s'assoit devant et nous voilà parties. Les cheveux de ma'am Millie flottent au vent par la portière.

— La campagne est vraiment jolie par ici, elle dit quand on arrive à la route pour aller chez Odessa à travers Marshall county.

— Oui m'dame, je dis.

Et puis on arrive et on entre dans le jardin. Tous les enfants se bousculent autour de la voiture. Personne leur a dit que je viens; alors ils savent pas qui je suis. Sauf les deux aînés. Ils se jettent sur moi et me serrent dans leurs bras. Et après, tous les petits se mettent à m'embrasser aussi. Je crois qu'ils ont même pas remarqué que j'étais sur le siège arrière. Quand Odessa et Jack sont sortis de la maison j'étais déjà descendue. Alors, ils ont pas vu.

Donc on est tous debout à s'embrasser et à se serrer dans les bras, et ma'am Millie regarde. Finalement elle met la tête à la portière et elle dit : Sofia, il ne vous reste que la fin de la journée. Je reviendrai vous prendre à cinq heures.

Les enfants me poussaient vers la maison et j'ai dit

par-dessus mon épaule : oui m'dame. Et là j'ai bien cru l'entendre repartir.

Mais une demi-heure plus tard Marion nous dit : la dame est toujours là.

— Peut-être qu'elle attend pour te remmener, dit Jack.

— Peut-être qu'elle est malade, fait Odessa. Y z'ont pas de santé ces Blancs vous savez.

Je ressors jusqu'à la voiture et devine quoi ? Bon, faut dire que la seule chose qu'elle connaît ma'am Millie c'est la marche avant. Et y a trop d'arbres dans le jardin pour sortir sans reculer.

— Sofia, elle me dit, comment fais-tu reculer cette machine ?

Je passe la tête par la fenêtre et je vais pour lui montrer comment on met le levier de vitesses. Mais elle s'énerve, avec Odessa, Jack et tous les gosses qui la regardent de la véranda.

Je fais le tour jusqu'à la fenêtre de l'autre côté. Je passe la tête et j'essaie de lui montrer encore une fois. Elle fait grincer les vitesses tant que ça peut maintenant. En plus elle a le nez qui brille comme un phare, et elle a l'air en colère et très agacée.

Je monte derrière et je me penche par-dessus le dossier toujours pour lui montrer comment y faut faire. Mais y se passe rien. Finalement, la voiture fait plus de bruit du tout. Moteur en panne.

— Vous en faites pas, je lui dis. Jack, le mari à Odessa va vous raccompagner. C'est sa camionnette là-bas.

— Oh, pas question de monter dans une camionnette avec un Noir que je ne connais pas.

— Je vais demander à Odessa de monter, en se serrant.

Et en moi je me pense que ça me donnera un peu plus

de temps avec les enfants. Mais elle dit : non, je ne la connais pas non plus.

Finalement c'est Jack et moi qu'on l'a ramenée chez elle dans la camionnette. Et après, Jack m'a emmenée en ville pour chercher un mécanicien et à cinq heures j'ai remonté dans la voiture à ma'am Millie et j'ai conduit jusque chez eux.

J'avais passé un quart d'heure avec mes enfants.

Et ça a duré des mois qu'elle se plaignait que j'avais aucune reconnaissance.

Les Blancs, c'est un vrai chagrin, dit Sofia.

☆

Cher bon Dieu,

Shug a écrit qu'elle a une grosse surprise pour nous et qu'elle va nous l'apporter à Noël. On se demande tous qu'est-ce ça peut bien être.

Mr... croit que c'est une voiture pour lui. Shug gagne plein d'argent maintenant. Elle met que des fourrures, des habits en soie et en satin, et des chapeaux tout en or.

Le matin de Noël on entend un moteur dans la cour. On jette un œil.

— Sacré nom de nom, dit Mr... qui saute dans son pantalon et court à la porte.

Moi je suis devant la glace à tâcher de faire quelque chose de mes cheveux. Trop courts pour les coiffer longs, trop longs pour une coiffure courte. Trop collés et trop crépus pour faire bien ondulés. Et pas de couleur bien nette non plus. Alors je laisse tomber et je me noue un fichu par-dessus.

J'entends Shug crier : Oh Albert ! et lui : Ah, Shug !

Et je sais qu'y se sont tombés dans les bras. Et puis, plus rien.

Je cours à la porte, et je dis aussi : Shug ! en lui tendant les bras. Mais j'ai le temps de rien faire qu'y a un grand type maigre avec la bouche pleine de dents, et des bretelles rouges qui me saute dessus. Et avant que je demande à qui c'est ce gros chien là il me serre contre lui.

— Mam'zelle Celie, mam'zelle Celie, il dit, on m'a tellement causé de vous que ça me fait comme si on s' serait toujours connus.

Shug reste un peu en arrière avec le sourire jusqu'aux oreilles.

— Voici Grady, elle fait. C'est mon mari.

La minute qu'elle dit ça je sais déjà que j'aime pas du tout ce Grady. J'aime pas sa dégaine, j'aime pas ses dents, ni comme il est habillé. Et en plus il sent mauvais.

— On a roulé toute la nuit. Pas un endroit pour s'arrêter, tu comprends. Enfin, on est là.

Elle va vers Grady et lui met les bras autour du cou. Elle le regarde en levant la tête comme si elle le trouve très beau, et lui il se penche et il l'embrasse.

Je regarde Mr... du coin de l'œil. Il a l'air que c'est la fin du monde. Et moi c'est pas tellement mieux.

— Voilà le cadeau que je nous ai fait pour notre mariage, dit Shug. La grosse voiture bleue, où y a écrit Packard sur le devant. Toute neuve.

Elle regarde Mr..., lui prend le bras d'un geste affectueux.

— Pendant qu'on va rester ici, elle lui dit, je veux que tu apprennes à conduire, Albert. Grady conduit comme un dingue, elle fait en riant. J'ai cru que les flics allaient nous arrêter.

D'un coup, Shug semble remarquer que je suis là moi aussi.

— Nous voilà des dames mariées à présent, toutes les deux. Oui, des dames mariées. Bon, et puis on a faim aussi. Qu'est-ce qu'y a à manger ?

☆

Cher bon Dieu,

Mr... arrête pas de boire toute la journée de Noël. Lui et Grady, pareil. Moi et Shug on fait la cuisine, on bavarde, on fait le ménage, on bavarde, on arrange le sapin, on bavarde, on se réveille le lendemain et on bavarde encore.

Elle chante dans tout le pays maintenant. Tout le monde la connaît. Et elle connaît tout le monde bien sûr. Sophie Tucker, Duke Ellington, et d'autres gens dont j'ai jamais entendu parler. Et alors l'argent, elle en gagne tant qu'elle sait pas quoi en faire. Elle a une belle maison à Memphis, et une autre voiture. Elle a même plus que cent robes. Et des chaussures plein une pièce. Elle paye à Grady tout ce qu'il a envie.

— Où tu l'as trouvé ? je lui demande.

— Un jour sous ma voiture. Celle que j'ai là-bas chez moi. J'ai roulé avec et y avait plus d'huile alors j'ai grillé le moteur. Et c'est lui qu'est venu réparer. Au premier regard ça y était.

— Mr... a de la peine, je dis. Je parle pas de moi.

— Oh ! ça c'est de la vieille histoire. Toi et Albert maintenant c'est comme ma famille. D'abord quand tu m'as dit qu'il te battait et qu'il travaillait jamais je l'ai plus vu pareil. Si t'étais ma femme, je te couvrirais de baisers et pas de bleus. Et je travaillerais dur pour toi.

— Il m'a plus beaucoup battue depuis que tu l'as fait s'arrêter. Juste une petite claque de temps en temps quand il a rien d'autre à faire.

— Et au lit ça va mieux ? elle demande.
— On tâche bien. Il tripote le bouton, mais il a les doigts tout secs. Alors ça va pas loin.
— T'es toujours vierge, quoi, elle fait.
— Ben, j' crois que oui.

☆

Cher bon Dieu,

Mr... et Grady sont partis en voiture ensemble. Shug m'a demandé de venir coucher avec moi vu qu'elle a froid toute seule dans leur grand lit. On parle de ci, de ça. Bientôt on parle de faire l'amour. Shug dit pas faire l'amour, elle dit un vilain mot : baiser.
— Comment c'est arrivé avec le père de tes enfants ? elle me demande.
— Nous les filles on avait une petite chambre rien que pour nous. Tout à fait à part, et reliée à la maison par un genre de passerelle en planches. Personne y venait jamais sauf maman. Mais un jour qu'elle était pas là, il est venu. Il voulait que je lui coupe les cheveux, qu'il a dit. Il avait amené des ciseaux, un peigne, une brosse et un tabouret. Pendant que je coupais il m'a regardée d'une drôle de façon. Et il avait l'air un peu énervé aussi, je savais pas pourquoi. Finalement il m'a attrapée pour me mettre entre ses jambes.
J'entends Shug qui respire allongée à côté de moi.
— Ça m'a fait mal, tu sais, je continue. J'avais pas tout à fait quatorze ans. Et j'avais jamais pensé que les hommes ils avaient un truc aussi grand là en bas. J'ai eu très peur rien que d' le voir. Et puis, comment ça a grandi !

D'un coup Shug est si calme que je crois qu'elle dort.

— Quand il a eu fait sa petite affaire, il m'a forcée à finir de lui couper les cheveux.

Je glisse un œil vers Shug.

— Oh, ma petite Celie, elle fait en m'entourant de ses bras qui sont doux et d'un beau noir luisant sous la lampe.

Je commence à pleurer. Et je pleure, et je pleure et je peux plus m'arrêter. Tout ça me revient d'un seul coup, là entre les bras de Shug. Que ça m'avait fait si mal et que j'avais été surprise. Aussi, comme ça m'a brûlé pendant que je lui coupais encore les cheveux. Et comme le sang avait coulé le long de ma jambe et taché mon bas. Comment il m'a plus jamais regardée en face après ça. Ni Nettie non plus.

— Pleure pas Celie, Shug dit, pleure pas.

Et elle se met à embrasser les larmes qui me coulent dessus la figure. Au bout d'un moment je continue à tout lui raconter.

— Maman a quand même demandé comment ça se fait qu'elle avait trouvé de ses cheveux dans la chambre des filles, vu qu'y allait jamais qu'il disait. C'est là qu'il a dit que j'avais un type. Un garçon que soi-disant il aurait vu sortir par la porte de derrière. C'est les cheveux à ce garçon, il a dit, pas les miens. Et aussi : Tu sais bien qu'elle aime couper les cheveux à tout le monde.

C'est vrai que j'aimais ça, je dis à Shug. Depuis quand j'étais toute petite. Je courais chercher les ciseaux dès qu'y avait des cheveux dans les environs, et je taillais, je coupais tant que je pouvais. C'est pour ça que c'était moi que je lui coupais les cheveux. Mais c'était toujours sur la véranda. Après ce que tu sais, chaque fois que je le voyais arriver avec les ciseaux, le peigne et le tabouret voilà que j' me mettais à pleurer.

— Ben, et moi qui croyais qu'y avait que les Blancs

pour faire des trucs de malade comme ça ! fait Shug.

— Ma mère est morte après, je raconte à Shug. Et ma sœur Nettie elle s'est enfuie. Mr... est venu me chercher pour que je m'occupe de ses maudits gosses. Il m'a jamais rien demandé sur moi. Il me grimpe dessus et il baise comme tu dis, il baise, même la fois où j'avais la tête bandée. Personne m'a jamais aimée.

— Ben si, je t'aime moi, ma Celie, dit Shug.

Elle se soulève un peu et elle m'embrasse sur la bouche.

— Mmmm, elle fait comme à une bonne surprise.

Je l'embrasse aussi et je fais : Mmmm, pareil. On s'embrasse encore et encore jusqu'on en peut plus. Après, on se touche.

— Je sais rien faire tu vois, je dis à Shug.

— Ben moi pas grand-chose non plus, elle dit.

Et là je sens quelque chose de très doux et d'humide sur un de mes seins. Un peu comme la bouche d'un de mes petits bébés disparus. Et après un bon bout de temps moi aussi je me conduis comme un tout petit bébé.

☆

Cher bon Dieu,

Voilà Grady et Mr... qui rentrent au petit jour en marchant tout de travers. Moi et Shug on dormait comme des souches. Je m'avais tassée contre son dos avec mes bras autour de sa taille. Quel effet ça fait ? C'est comme de dormir avec sa maman, sauf que j' crois pas avoir dormi une seule fois avec elle. Ou comme dormir avec Nettie, mais c'était quand même pas aussi bien. Avec Shug c'est chaud et rembourré, et je sens ses gros nichons déborder dessus mes bras et c'est doux comme de la mousse de savon.

L'impression c'est d'être au ciel. Voilà ce que ça me fait penser. Pas du tout comme de coucher avec Mr...

— Sugar, debout vite, ils arrivent.

Shug se retourne, me serre dans ses bras et se lève en trébuchant pour aller dans l'autre chambre. Elle tombe sur leur lit en même temps que Grady. Mr... s'affale à côté de moi, rond comme une bille, et il ronfle avant d'avoir tiré la couverture.

Je fais des tas d'efforts pour faire bonne figure à Grady. Même avec ses bretelles rouges et ses nœuds à la papillon. Même si y dépense l'argent de Shug comme si c'est lui qui le gagne. Et même quand il prend le parler des gens du Nord. Memphis, dans le Tennessee, c'est pas le Nord. Même moi je sais ça. Mais y a un truc que je supporte vraiment pas, c'est quand il appelle Shug « Maman ».

— Je suis pas ta putain de mère, Shug râle des fois.

Mais il s'en fiche. Ou comme quand il roule des yeux de poisson frit à Squeak, et Shug le fait bisquer. Alors il dit : Allons maman, tu sais bien que je pense pas à mal.

Shug aime bien Squeak elle aussi. Elle tâche de l'aider pour son chant. Elles s'assoient dans la pièce de devant, chez Odessa, avec tous les gosses autour, et elles chantent, elles chantent. Des fois, Swain vient avec sa gratouillette, Harpo fait le dîner, et moi, Mr... et le Champion, on fait le public. C'est des bonnes soirées.

Shug dit à Squeak, enfin à Mary Agnes, qu'elle devrait chanter devant un vrai public. Mary Agnes dit que non, qu'elle a pas une bonne voix qui porte comme Shug et que personne voudra l'écouter. Shug dit qu'elle se trompe.

— Et toutes ces voix pas croyables que t'entends à

l'église, fait Shug. Et des tas de sons qui accrochent bien l'oreille mais qui ressemblent pas à ce que t'attends qui sorte d'un gosier humain ? Qu'est-ce t'en penses ?

Là-dessus elle pousse un drôle de gémissement. On dirait la mort qui approche, et que même les anges pourraient pas l'arrêter. Ça vous fait dresser les cheveux sur la tête. Ou aussi, comme une panthère qui saurait chanter.

— Je vais même te dire autre chose, fait Shug à Mary Agnes, quand les gens t'écoutent chanter ça leur donne envie de tirer un bon coup.

— Oh, Shug ! dit Mary Agnes qui change de couleur.

— Ben quoi, t'es trop timide, t'as honte de mettre dans le même panier chanter, danser, et baiser ? elle fait en riant. C'est pour ça que c' qu'on chante ils appellent ça de la musique de diables. Les diables ça adore baiser. Tiens, on va aller un soir « Chez Harpo ». Ça me rappellera le bon vieux temps. Et si moi je te présente au public, y fera bien d'écouter avec respect. Ces nègres savent pas se tenir, mais si tu arrives à chanter seulement la moitié de la première chanson, c'est gagné.

— Tu crois vraiment ? fait Mary Agnes qui ouvre des grands yeux et qui est toute contente.

— Je suis pas sûr que j'aie envie qu'elle chante, dit Harpo.

— Et pourquoi ça ? Shug demande. La fille que t'as en ce moment dans ta boîte a toujours la moitié de son cul à l'église. Les gens savent pas si faut danser ou aller pleurer les morts. En plus si tu fringues Mary Agnes comme il faut, tu ramasseras du fric à pleins pots de chambre. Avec sa peau café au lait, ses cheveux raides et son regard voilé, les types vont tomber comme des mouches. Pas vrai Grady ?

Grady est pas trop à son aise. Il sourit quand même.

— Maman, t'en rates pas une, il dit.

— T'as raison, fait Shug, et tâche de pas l'oublier.

☆

Cher bon Dieu,

Voilà la lettre que j'ai à la main.

« Chère Celie,

Je sais que tu me crois morte. Eh bien non. Je t'ai écrit au long de toutes ces années, mais Albert avait décidé que tu n'entendrais plus jamais parler de moi, et comme je n'ai pas reçu de nouvelles de toi pendant tout ce temps, j'imagine qu'il savait ce qu'il disait.

Maintenant j'écris seulement à Noël et à Pâques, parce que j'espère toujours que ma lettre passera inaperçue au milieu des cartes de vœux, ou que peut-être Albert sera touché par la grâce pendant la période des fêtes et qu'il aura pitié de nous.

J'ai tant de choses à te dire que je ne sais pas par où commencer. De toute façon tu ne recevras probablement pas non plus cette lettre-ci. Je suis certaine que c'est toujours Albert, et lui seul, qui va prendre le courrier dans la boîte.

Au cas où celle-ci te parviendrait, je veux que tu saches une seule chose : je t'aime, et je ne suis pas morte. Aussi, Olivia va très bien ainsi que ton fils.

Nous reviendrons au pays avant la fin de l'année prochaine.

Ta sœur qui t'aime
Nettie. »

Un soir au lit, Shug m'a demandé plein de choses sur Nettie. Comment elle est, où elle est. Je lui raconte comment Mr... a voulu coucher avec. Que Nettie l'a envoyé balader, et qu'il a dit qu'elle avait plus qu'à s'en aller.

— Et elle est allée où ? Shug me demande.
— J'en sais rien. Elle est partie d'ici.
— Et t'as jamais eu de nouvelles ?
— Non. Tous les jours quand Mr... revient de la boîte aux lettres j'espère qu'y en aura. Mais jamais rien. Elle doit être morte. A ce moment-là Shug m'a dit :
— Elle serait pas dans un pays où y a des drôles de timbres ? Parce que des fois quand Albert et moi on allait à la boîte ensemble y avait une lettre avec un tas de timbres bizarres. Il disait jamais rien sur la lettre. Il la mettait direct dans sa poche intérieure. Une fois j'ai voulu regarder les timbres et il m'a dit qu'il la ressortirait plus tard. Mais il l'a jamais fait.
— Elle devait juste partir en ville, je dis. Et ici les timbres c'est tous les mêmes. Des figures de Blancs avec des cheveux longs.
— Mmmm..., Shug fait, je crois qu'y en avait un avec une petite dame blanche dessus, plutôt grassouillette. Nettie, elle est intelligente ?
— Seigneur, oui ! Très intelligente. Elle lisait déjà les journaux qu'elle parlait pas depuis bien longtemps. Et elle comptait les chiffres aussi, comme si c'était facile. Elle parlait vraiment bien. Et elle était si gentille. Y en a pas de plus gentille qu'elle au monde. La gentillesse lui sortait de partout. Elle m'aimait vraiment.
— Grande ou petite ? Shug demande. Qu'est-ce qu'elle aimait comme robes ? C'est quand son anniversaire ? Quelle couleur elle préfère ? Elle fait bien la cuisine ? Elle coud ? Et ses cheveux ?
Elle voulait tout savoir sur Nettie. Je parle et je parle que j'en ai plus de voix.
— Pourquoi tu veux savoir tant de choses sur Nettie ? je demande.
— Parce qu'y a qu'elle que t'as aimée, à part moi.

☆

Cher bon Dieu,

Voilà que tout d'un coup Shug a refait ami-ami avec Mr... Ils restent souvent assis sur les marches, ils vont « Chez Harpo » ensemble ou à la boîte aux lettres. Shug éclate de rire à n'importe quoi qu'il dit, en montrant toutes ses dents. Elle montre aussi pas mal de ses nichons.

Moi et Grady on tâche de faire les gens bien élevés. Mais c'est dur. Quand j'entends Shug rire comme ça, j'ai envie de l'étrangler et de flanquer ma main sur la figure à Mr...

Cette semaine j'ai vraiment souffert. Grady et moi on est si à plat qu'il se met à fumer des joints et moi à prier de tout mon cœur.

Et puis samedi matin Shug a posé la lettre de Nettie sur mes genoux. Y a des timbres avec la petite reine grassouillette dessus, c'est celle d'un pays qui s'appelle Angleterre. Et y en a d'autres en plus, avec des images d'arbres et des plantes pas d'ici. Et c'est écrit Afrique. Je n' sais pas où c'est l'Angleterre et l'Afrique non plus. Alors je sais toujours pas où est Nettie.

— Voilà, il a gardé les lettres, Shug me dit.

— Non, c'est pas possible, je réponds. Mr... je l'ai vu être méchant mais pas autant que ça.

— Eh ben si, autant que ça, elle me dit.

— Mais comment il a pu faire une chose pareille ? Il sait que Nettie c'est tout ce que j'ai dans ce monde.

Shug dit qu'elle en sait rien mais qu'on va bien voir.

On recolle la lettre et on la remet dans la poche de Mr... Toute la journée il va et vient avec la lettre dans son veston. Mais il en parle pas. Il bavarde et il rigole avec Grady, Harpo et Swain. Et aussi il apprend à conduire la voiture de Shug.

Je le quitte pas des yeux, tellement que je sens comme un éclair qui me déchire le crâne. Et voilà que sans même que j'y pense je me retrouve derrière sa chaise avec son rasoir à la main.

Alors j'entends Shug éclater de rire, comme pour quelque chose de trop drôle.

— Je sais bien que je t'ai demandé un truc pour couper cette petite peau à mon ongle, mais Albert supporte pas quand on touche à son rasoir, elle dit :

Mr... jette un regard par-dessus son épaule et me voit.

— Va ranger ça tout de suite, il crie. Vous les femmes vous avez toujours envie de couper ou de raser quelque chose, et à chaque fois ça esquinte mon rasoir.

Shug m'a pris le rasoir des mains.

— Toute façon il a pas l'air de bien couper, qu'elle fait.

Et elle va le ranger dans la trousse à raser.

Toute la journée j'ai l'impression de devenir un peu timbrée, comme Sofia. Je bafouille, je me parle toute seule, je tourne en rond dans la maison avec qu'une idée en tête, c'est d'avoir la peau de Mr... Je m' le représente qui meurt de trente-six façons. Le soir je n' peux même plus parler. Quand j'ouvre la bouche il sort rien qu'un genre de hoquet.

Shug dit à tout le monde que j'ai la fièvre et elle me met au lit.

— Tu ferais mieux de coucher ailleurs, elle fait à Mr... vu que c'est sans doute contagieux.

Mais elle, elle reste avec moi toute la nuit. J' dors pas, j' pleure pas non plus. Je bouge pas et je fais rien. J'ai froid. J' pense même que peut-être je suis morte.

Shug me serre contre elle, et elle se met à parler.

— Y a une chose qui a fait que ma mère me détestait,

c'est que j'aimais trop baiser. Elle a jamais supporté n'importe quoi où il fallait toucher quelqu'un. Quand je voulais l'embrasser, elle détournait la tête et elle me disait : arrête Lillie.

Lillie c'est le vrai nom de Shug. Mais Shug c'est plus mignon, et coquin aussi. Ça lui va mieux.

— Mon père, il aimait bien que je l'embrasse, elle continue. Et aussi que je me serre contre lui. Mais à elle ça lui plaisait pas. Alors quand j'ai connu Albert et que je me suis retrouvée dans ses bras, j'y suis restée. Et c'était bien bon, en plus. Tu sais, pour avoir trois enfants avec Albert qu'est plutôt pas costaud, fallait que ça marche nous deux. J'ai eu mes trois gosses à la maison. La sage-femme était là, le prêtre aussi, et aussi quelques braves dames de l'église. Quand j'ai eu si mal que je savais même plus où j'étais, ils ont tous trouvé que c'était le bon moment pour me parler de repentir.

Shug éclate de rire.

— J'étais bien trop tarée pour me repentir, tu penses. Et puis, bon, j'aimais un certain Albert... c'est tout.

Moi je reste là à rien dire. Je n'veux même pas ouvrir la bouche. Je suis comme ailleurs, et là c'est la paix, le calme. Pas d'Albert, pas de Shug. Rien.

— C'est au dernier bébé que tout s'est gâté, elle continue. Après, ils m'ont jetée dehors. Alors j'ai été vivre avec la sœur de ma mère à Memphis, celle qui mène une drôle de vie. Maman m'a toujours dit que sa sœur c'était comme moi. Qu'elle boit, qu'elle aime la bagarre, et qu'elle aime les hommes à en crever. Elle travaille dans un restau sur une grande route. Elle fait la cuisine. Elle nourrit cinquante mecs et elle couche avec cinquante-cinq.

Shug arrête plus de parler maintenant.

— Et la danse. Personne dansait comme Albert du temps qu'il était jeune. Des fois on guinchait collés l'un contre l'autre pendant une heure. Après ça y avait plus qu'à aller au pieu. Et drôle, avec ça. Très drôle. Il me faisait rire tout le temps. Comment ça se fait qu'il est plus drôle aujourd'hui ? Comment ça se fait qu'il rit presque plus ? Et qu'il danse plus. Seigneur, ma petite Celie, qu'est-ce qu'est arrivé à l'homme de ma vie ?

Elle parle plus pendant un moment. Et puis elle remet ça.

— Quelle surprise quand j'ai su qu'il allait épouser Annie Julia ! J'ai eu trop la surprise pour que ça me fasse du mal. J'y croyais pas. Quand même, Albert savait bien que ce genre d'amour ça allait être dur pour enterrer le nôtre. Parce que le nôtre, on peut pas faire mieux. C'est ce que je pensais, tu vois. Seulement Albert, c'est un faible. Son père lui a dit que j'étais une traînée, et ma mère avant moi aussi. Son frère lui a dit pareil. Albert a tâché de nous défendre mais y s'est fait rembarrer. Et une de leurs raisons pour l'empêcher de se marier avec moi c'est que j'avais des gosses ! Mais ils sont de lui, j'ai dit au vieux. Qu'est-ce qu'on en sait ? il m'a envoyé.

Shug s'arrête un petit moment et puis elle continue :

— Je plains la pauvre Annie Julia. Elle avait pas une chance de s'en sortir, ni au début ni après. J'ai été méchante. Une vraie furie. J'allais raconter partout : Je me fous avec qui il est marié, je coucherai avec lui quand même. Et je l'ai fait, bien sûr. On a tellement baisé tous les deux, et on s'est tellement pas cachés de le faire que c'en était presque un scandale. Mais il couchait aussi avec Annie Julia. Pourtant elle avait pas de sentiment pour lui, rien, il lui plaisait même pas. Une fois qu'ils ont été mariés, sa famille à elle s'en est plus occupé. Ils l'ont oubliée, complètement. Et puis Harpo et les autres gosses sont arrivés. Finalement, elle s'est mise avec ce type qui l'a descendue un jour. Albert la battait, les enfants lui tapaient sur les nerfs. Des fois je m' demande à quoi elle a pensé en mourant.

Moi je sais à quoi je pense en ce moment. Je pense à rien du tout, et aussi fort que je peux, pour pas avoir mal. Shug reprend :

— J'avais été à l'école avec Annie Julia. Elle était jolie, tu sais. D'un beau noir bien noir avec une peau de satin. Et des grands yeux comme des lunes. Gentille, en plus. Merde, je l'aimais bien cette fille. Pourquoi je lui ai fait tant de mal ? Des fois je laissais pas Albert rentrer chez lui pendant une semaine entière. Annie Julia venait lui réclamer des sous pour acheter à manger aux gosses. Bien triste tout ça !

Et là elle s'arrête encore, et je sens comme des gouttes me tomber sur la main.

— Même quand je suis venue ici, Shug reprend, j'ai été vraiment garce avec toi. Comme si t'étais la bonne. Et tout ça parce qu'Albert t'avait épousée. En plus j'en voulais même pas comme mari. J'ai jamais pensé sérieusement à l'épouser. Mais je voulais que lui il me demande ma main, parce la nature avait déjà fait le reste. La nature elle avait décidé : vous deux, mettez-vous ensemble, vous êtes un bon exemple de comment faudrait que ça soit. Et moi je voulais voir rien se mettre en travers de ça. Mais la vérité c'est que c'était nos corps qui s'entendaient bien ensemble. Oui, parce que l'Albert qui n' danse pas, qui rit presque pas, qui parle jamais de rien, qui te tape dessus et qui cache les lettres de ta sœur, moi je le connais pas. C'est qui cet Albert-là ?

J'en sais vraiment rien, moi. Et j'en suis bien contente.

☆

Cher bon Dieu,

Maintenant qu' je sais qu'Albert cache les lettres de Nettie, je sais aussi où ça. Elles sont dans sa malle. Tout ce qui compte pour lui il l'enferme dans sa malle. A clef. Mais Shug sait comment lui piquer la clef.

Un soir que Mr... et Grady sont de sortie, on a ouvert la malle Shug et moi. On a trouvé des dessous à Shug, des photos cochonnes, et tout au fond sous son tabac, les lettres de Nettie, des paquets de lettres. Des grosses enveloppes, des minces, des ouvertes et d'autres pas.

— Comment on va faire ? je demande à Shug.

— Facile. On sort les lettres des enveloppes et on laisse les enveloppes là où elles sont. J' crois pas qu'il y regarde bien souvent dans ce coin-là.

J'ai allumé la cuisinière et j'ai mis la bouilloire à chauffer. On a décollé, décollé à la vapeur jusqu'à ce qu'on a eu toutes les lettres étalées sur la table. Et après on a remis les enveloppes dans la malle.

— J' vais essayer de ranger ces lettres dans un genre d'ordre, a dit Shug.

— D'accord mais pas ici. On va dans ta chambre.

Shug s'est tiré une chaise près du lit, avec toutes les lettres de Nettie étalées par terre. Et moi je m'ai mise sur le lit avec le dos calé contre les oreillers.

— Tiens, voilà les premières, Shug m'a dit. Ça se voit au tampon de la poste.

☆

Ma chère Celie (c'est la première lettre),

Il faut te rebeller et quitter Albert. C'est un vilain personnage. Quand je suis partie de chez vous il m'a suivie à cheval. Et quand on a été hors de votre vue, il m'a rattrapée et il a commencé à me parler. Tu sais comment il s'y prend : Ma petite Nettie, tu es si mignonne, etc. J'ai fait la sourde oreille et j'ai marché plus vite. Mais mon baluchon était très lourd, et le soleil tapait dur. Finalement j'ai dû faire halte pour me reposer. Alors il est descendu de son cheval et a essayé de m'embrasser et de me traîner dans le bois.

Je me suis débattue, et grâce à Dieu, j'ai réussi à lui faire assez mal pour qu'il lâche prise. Mais il était fou de rage et c'est là qu'il a dit qu'il me ferait payer ça, et que jamais je n'aurais de tes nouvelles, ni toi des miennes.

J'étais folle de rage moi aussi. Au point que j'en tremblais de tout mon corps. J'ai fini par arrêter un chariot qui m'a emmenée jusqu'à la ville, et le conducteur m'a indiqué la maison du Révérend. Imagine ma surprise quand la porte s'est ouverte, et que je me suis trouvée en face d'une petite fille qui avait exactement ton visage éclairé par tes yeux.

Je t'embrasse
Nettie

☆

Lettre suivante

Ma chère Celie,

Je me répète que c'est trop tôt pour espérer une lettre de toi. Et puis je sais que tu es déjà tellement occupée avec tous les enfants de Mr... et la maison ! Tu me manques énormément. Je t'en prie, écris-moi dès que tu auras un moment de répit. Je pense à toi tous les jours, à chaque instant.

La dame que tu avais rencontrée un jour en ville s'appelle Corrine.

La petite fille , Olivia. Le mari c'est Samuel, et le petit garçon Adam. Ils appartiennent à l'Eglise Sanctifiée, et ils sont pleins de bonté envers moi. Ils habitent une belle maison à côté de l'église où Samuel prêche. Nous consacrons beaucoup de temps à toutes les questions en relation avec l'église, de près ou de loin. Je dis « nous » parce qu'ils cherchent toujours à m'inclure dans tout ce qu'ils font, pour que je ne me sente pas tenue à l'écart.

Mais tu ne peux pas savoir combien tu me manques, ma Celie. Je repense souvent à la fois où tu t'es sacrifiée pour moi.

Je t'aime de tout mon cœur
Ta Nettie

☆

Lettre suivante

Bien chère Celie,

Je sens que je deviens folle. Je commence à croire qu'Albert ne mentait pas, et qu'en fait il ne te remet pas mes lettres. La seule personne qui pourrait nous venir en aide c'est papa. Mais je ne veux pas qu'il sache où je me trouve. J'ai demandé à Samuel d'aller vous rendre visite, à Mr... et à toi, juste pour me donner des nouvelles. Mais il m'a dit qu'il ne pouvait pas risquer de semer la discorde entre époux, surtout ne vous connaissant ni l'un ni l'autre. Et du coup j'ai regretté de lui en avoir parlé, parce qu'ils sont tellement gentils avec moi, lui et Corrine. Mais je suis brisée par le chagrin. Je souffre d'être séparée de toi. De plus, je ne trouve pas de travail en ville, et je vais être obligée de partir. Alors quand je serai au loin, qu'allons-nous faire ? Comment saurons-nous ce que nous devenons l'une et l'autre ?

Corrine, Samuel et les enfants font partie d'un groupe de gens qu'on appelle des missionnaires, de la Société des missionnaires d'Afrique et d'Amérique. Ils ont aidé les Indiens dans l'Ouest, et s'occupent maintenant des pauvres de cette ville. Tout cela en prévision de la grande tâche qui, selon eux, leur incombe sur cette terre : devenir missionnaires en Afrique.

Je redoute de les quitter car en si peu de temps ils sont devenus comme ma famille. Enfin, comme ma famille aurait pu être.

Ecris-moi si tu peux. Je joins quelques timbres à cette lettre.

Bien à toi
Nettie

☆

Lettre suivante, longue,
datée de deux mois plus tard.

Ma chère Celie,

Je t'ai écrit presque chaque jour sur le bateau qui nous emmenait en Afrique. Mais au moment de l'arrivée à quai j'étais si démoralisée que je les ai déchirées en petits morceaux que j'ai jetés à l'eau. Albert ne te laissera jamais recevoir mes lettres. Alors, à quoi bon les écrire. Du moins, c'était ma pensée quand je les ai déchirées et confiées aux vagues. Mais maintenant j'ai changé d'avis.

Je me suis rappelé ce jour où tu m'as dit que ta vie te

faisait tellement honte que tu ne pouvais même pas en parler au bon Dieu, ou alors seulement par lettre malgré ce que tu pensais de ta façon d'écrire. A présent, je comprends ce que tu voulais dire. Que Dieu lise tes lettres ou non, je sais que tu continueras à les écrire. Et c'est toi qui me montres la voie. De toute façon quand je ne t'écris pas je me sens mal, comme quand je ne dis pas mes prières. Je me retrouve enfermée en moi-même, étouffée par les battements de mon propre cœur. Ma Celie, je suis tellement seule !

La raison pour laquelle je suis en Afrique est qu'une des missionnaires qui devait partir avec Corrine et Samuel pour s'occuper de leurs enfants et aider à l'installation d'une école, a épousé un homme qui avait peur de la laisser partir seule mais refusait de la suivre. Corrine et Samuel se sont donc retrouvés fin prêts pour le départ, avec un billet sans propriétaire et pas de missionnaire à qui le donner. A la même époque, je n'arrivais pas à trouver le moindre travail en ville. Mais je n'aurais jamais imaginé de partir pour l'Afrique ! Dans ma tête ça ne représentait pas un endroit qui existait réellement, même si Corrine, Samuel et les enfants en parlaient tout le temps.

Miss Beasley racontait que c'était un endroit rempli de sauvages qui ne portaient pas de vêtements. Même Corinne et Samuel le pensaient aussi par moment. Mais ils en savent bien plus sur l'Afrique que Miss Beasley et nos autres maîtres d'école. Et puis, ils ont expliqué tout le bien qu'ils pourraient faire pour ces peuplades opprimées dont en fait ils sont issus. Des gens qui ont grand besoin du Christ, et de conseils sérieux sur le plan médical.

Un jour où j'étais en ville avec Corrine, nous avons vu la femme du maire et sa bonne. La femme du maire faisait des courses, allant d'une boutique à l'autre, et la bonne l'attendait dans la rue pour porter les paquets. Je ne sais pas si tu as déjà vu la femme du maire. Elle a l'air d'un chat mouillé. Et la bonne, elle, a vraiment l'air de la dernière personne que l'on s'attendrait à voir au service de quelqu'un... surtout quelqu'un de ce genre-là.

Je lui ai adressé la parole. Mais le seul fait d'avoir à me répondre a semblé la gêner et elle a brusquement effacé sa personnalité, comme avec une gomme. C'était très curieux. J'étais en train de dire bonjour à une jeune femme pleine de vie, et l'instant d'après toute trace de vie avait disparu. Il ne restait qu'un fantôme.

J'y ai pensé toute la nuit. Et puis Samuel et Corrine m'ont raconté ce qu'ils savaient sur la raison pour laquelle elle était devenue la bonne du maire. Qu'elle avait attaqué le maire en pleine rue, et que par la suite, lui et sa femme l'avaient sortie de prison pour la prendre à leur service.

Le lendemain j'ai commencé à poser des questions sur l'Afrique, et à dévorer tous les livres que Samuel et Corrine possédaient sur ce sujet.

Savais-tu qu'il existait de très grandes villes en Afrique il y a des milliers d'années de cela, des villes plus grandes que Milledgeville et même Atlanta ? Que les Egyptiens, qui ont construit les pyramides et réduit les Israélites en esclavage, étaient des gens de couleur ? Que l'Egypte est en Afrique ? Et que l'Ethiopie, dont la Bible nous parle, représentait en réalité toute l'Afrique ?

J'ai lu et lu encore jusqu'à m'en user les yeux. J'ai appris comment les Africains nous ont vendus, parce qu'ils aimaient l'argent plus encore que leurs propres frères et sœurs de race. Comment nous sommes venus en Amérique sur des bateaux. Et comment on nous a forcés à travailler pour des maîtres.

Je ne me rendais pas compte à quel point j'étais ignorante, Celie. Ce que je savais auparavant n'était qu'une goutte d'eau dans l'océan. Quand je pense que Miss Beasley disait de moi que j'étais l'élève la plus douée qu'elle ait jamais eue. En tout cas il y a une chose dont je lui suis reconnaisante, c'est de m'avoir appris à m'instruire toute seule, en lisant, en étudiant, en m'appliquant à bien écrire. Et aussi, d'avoir fait naître en moi cette soif de connaissance. Alors quand Corrine et Samuel m'ont proposé de venir avec eux pour les aider à créer une école au cœur de l'Afrique, j'ai dit oui. Mais à la condition qu'ils m'apprennent tout ce qu'ils savaient, pour faire de moi une missionnaire utile et une personne dont ils n'auraient pas honte comme amie. Ils ont accepté, et mes vraies études ont commencé à partir de ce moment-là. Ils ont tenu parole, et j'étudie nuit et jour.

Celie, dans le vaste monde il existe des Noirs qui souhaitent nous voir instruits, qui veulent que nous progressions et que la lumière se fasse en nous. Ils ne sont pas tous mauvais comme papa et Albert, ou vaincus d'avance comme maman. Le mariage de Corrine et Samuel est une réussite. Leur seul chagrin, au début, était de ne pouvoir avoir d'enfants. Et puis, disent-ils, « Dieu » leur a envoyé Olivia et Adam.

J'ai eu envie de leur dire « le Seigneur vous a envoyé leur sœur et leur tante », mais je ne l'ai pas fait. Oui, ces enfants « envoyés par le Seigneur », sont tes enfants, Celie. Ils sont élevés dans l'amour, la charité chrétienne, et la connaissance de Dieu. Et à présent le Seigneur m'a envoyée à mon tour pour veiller sur eux, les protéger et les chérir. Pour leur prodiguer tout l'amour que j'ai pour toi. N'est-ce pas un miracle ? Sans doute à tes yeux une chose impossible à croire.

D'un autre côté, si tu arrives à croire que je suis en Afrique, et j'y suis, tu peux croire n'importe quoi.

Ta sœur qui t'aime
Nettie

☆

La lettre suivante disait :

Chère Celie,

Pendant que nous étions en ville, Corrine a acheté du tissu pour me faire deux ensembles de voyage. Un vert olive et l'autre gris. Des jupes longues à godets, et des vestes assorties à porter avec des chemisiers de coton blanc et des bottines à lacets. Elle m'a aussi acheté un canotier orné d'un ruban à carreaux.

Bien que je travaille pour Corrine et Samuel et que je m'occupe des enfants, je ne me considère pas comme une bonne à tout faire. Sans doute parce qu'ils veillent à mon éducation, et moi à celle des enfants. Tout le monde enseigne aux uns, apprend des autres, et le travail se fait dans un esprit de communauté.

Les adieux à notre groupe religieux furent déchirants, mais aussi pleins d'optimisme. Nous avons tous de tels espoirs sur ce qui peut être accompli en Afrique ! Au-dessus de la chaire on lit cette inscription : *L'Ethiopie tendra les mains vers Dieu.* Songe à ce qu'elle signifie, Celie, si l'Ethiopie est en fait l'Afrique. Tous les Ethiopiens de la Bible étaient noirs. Cela ne m'était jamais venu à l'idée. Pourtant, à la lecture de la Bible c'est absolument évident si l'on s'en tient uniquement au texte. Ce sont les images qui sont trompeuses, celles qui illustrent le texte, car tous les personnages sont des Blancs et on en vient à penser que tout le monde est ainsi dans la Bible. Mais les Blancs vraiment blancs vivaient dans d'autres régions à l'époque. C'est pour cela que la Bible raconte que Jésus-Christ avait des cheveux comme de la laine d'agneau. Réfléchis, Celie, la laine d'agneau n'est pas raide, et elle est même plus que bouclée.

Que pourrais-je te dire de New York ? Il y a tant à raconter, y compris sur notre voyage en train pour y aller. Nous avons dû nous contenter de places assises, mais il y a des lits dans le train, Celie ! Et un restaurant, et des toilettes ! Les lits se rabattent des parois au-dessus des sièges, et on les appelle des couchettes. Seuls les Blancs ont le droit de les utiliser et d'aller au restaurant. Les toilettes sont séparées pour les Blancs et les Noirs.

En Caroline du Sud, sur le quai où nous étions descendus pour prendre l'air et secouer la poussière de nos vêtements, un Blanc nous a demandé où nous allions. Quand nous lui avons répondu « en Afrique », il a semblé à la fois choqué et amusé. « Des nègres qui vont en Afrique, on aura tout vu ! » il a dit à sa femme.

A l'arrivée à New York nous étions sales et fatigués, mais très excités aussi. New York est une ville magnifique, Celie. Les Noirs en occupent tout un quartier qui s'appelle Harlem. Et on en voit dans des automobiles luxueuses comme jamais je n'aurais pensé qu'il en existait. Certains habitent dans des maisons plus belles que celles des Blancs de chez nous. Il y a plus de cent églises, que nous avons toutes visitées. J'ai été présentée, avec Samuel, Corrine et les enfants, à chacune des congrégations. Et souvent, nous sommes restés bouche bée devant la générosité de cœur de ces gens de Harlem. Ils vivent dans la bonté et la dignité, Celie. Et ils donnent, ils donnent tout ce qu'ils peuvent. C'est tout juste s'ils ne retournent pas leurs poches quand on prononce le mot Afrique.

Ils adorent cette terre d'Afrique. Ils la défendent sans la moindre hésitation. Si nous avions fait circuler nos chapeaux, ils n'auraient pas été assez grands pour recevoir les dons destinés à notre projet. Même les enfants avaient cassé leur tirelire. « Vous donnerez ça aux petits Africains », nous disaient-ils. Ils étaient si bien habillés, Celie. J'aurais voulu que tu les voies. Actuellement à Harlem la mode pour les garçons est à ce qu'on appelle des « knickers », un genre de pantalon aux jambes larges serrées juste au-dessous du genou ; quant aux filles, elles portent des guirlandes de fleurs dans les cheveux. Ce sont sûrement les plus beaux enfants de la terre. Adam et Olivia ne pouvaient en détacher leur regard.

Et puis on nous a invités à toutes sortes de repas, petits déjeuners, déjeuners, dîners. J'ai pris deux kilos, rien qu'à goûter les plats. J'étais trop excitée pour manger vraiment.

Tout le monde a des toilettes à l'intérieur des maisons et des appartements ; et aussi, l'éclairage au gaz ou à l'électricité.

Nous avions deux semaines pour étudier le dialecte olinka que parlent les gens de la région où nous allons. Nous avons aussi été examinés par un docteur (un Noir !), et avons reçu de la Société des missionnaires de New York du matériel et des médicaments pour nous-mêmes et pour le village qui nous accueillera. Cette société est dirigée par des Blancs qui ne parlent jamais de l'intérêt qu'ils portent à l'Afrique, mais de devoir humain. Il y a déjà une missionnaire blanche non loin du village en question. Elle vit en Afrique depuis vingt ans et il paraît qu'elle est très aimée par les indigènes qu'elle considère pourtant comme une espèce très différente de celle qu'elle nomme les Européens. Ces derniers sont des Blancs qui vivent dans un lieu appelé Europe. C'est de là que sont venus les Blancs de chez nous. Cette femme explique qu'une pâquerette d'Afrique et une pâquerette d'Angleterre sont toutes deux des fleurs, mais de variété complètement différente. Le membre de la Société qui nous a parlé d'elle affirme qu'elle a réussi là-bas parce qu'elle ne dorlote pas ses protégés comme des enfants irresponsables. Et puis, elle parle leur dialecte. Il est blanc lui aussi, et il avait l'air de penser que nous ne réussirions jamais à apporter autant aux Africains que cette femme.

Mon moral est un peu retombé après notre visite à la Société. Sur chaque mur ils avaient punaisé la photo d'un Blanc illustre. Un nommé Speke, un certain Livingstone, un autre nommé Daley ou peut-être Stanley ? J'ai cherché une photo de cette missionnaire blanche, mais en vain. Samuel m'a semblé un peu triste lui aussi, mais il s'est ressaisi et nous a rappelé que nous avions malgré tout un avantage considérable : nous n'étions ni blancs, ni européens, mais noirs comme les Africains. Et nous allions œuvrer avec eux dans un but commun : l'ascension du peuple noir dans le monde entier.

Ta sœur qui t'aime
Nettie

☆

Chère Celie,

Samuel est un homme imposant par sa taille et sa carrure. A part son col blanc d'ecclésiastique il est presque toujours vêtu de noir. Et bien sûr, il est noir de peau aussi. On peut lui trouver l'air sévère, même dur, tant qu'on ne rencontre pas son regard. Mais ses yeux marron sont pleins de douceur et de bienveillance. Il a un ton serein et rassurant. Il ne dit jamais rien sans réfléchir, et jamais rien qui risque de décourager ou de blesser. Corrine a bien de la chance de l'avoir pour mari.

Il faut que je te parle du bateau qui nous a emmenés, le *Malaga,* haut comme un immeuble de trois étages ! Nous avions des chambres qu'on appelle des cabines, avec des lits. Celie, être couchée dans un lit au milieu de l'océan, tu te rends compte ! Et l'océan ! Tant d'eau en une même étendue, c'est inimaginable ! La traversée a pris deux semaines, et nous sommes arrivés en Angleterre, un pays peuplé de Blancs, dont certains très gentils, et qui ont leur propre Société de missionnaires contre l'esclavage. Les gens d'Église là-bas étaient très désireux de nous prêter leur concours, et de nombreux Blancs, hommes et femmes, (qui ressemblaient tout à fait à ceux de chez nous) nous ont invités à des réunions, ou même chez eux pour prendre le thé et parler de notre mission. Pour les Anglais, le thé est un vrai pique-nique en chambre ; avec des piles de sandwiches et de petits gâteaux, et bien sûr du thé brûlant. Tout le monde avait les mêmes tasses et assiettes.

On m'a trouvée bien jeune pour être missionnaire, mais Samuel a dit que j'étais pleine de bonne volonté, et que de toute façon mes fonctions principales seraient de m'occuper des enfants et d'enseigner à une ou deux classes de maternelle.

La nature de notre tâche est devenue un peu plus précise en Angleterre, parce que les Anglais envoient des missionnaires en Afrique, en Inde, en Chine et Dieu sait où encore, depuis plus de cent ans. Et si tu voyais ce qu'ils ont rapporté ! Nous avons passé une matinée dans un de leurs musées rempli de bijoux, de mobilier, de tapis, de fourrures, de sabres, de vêtements et même de *tombeaux* de tous ces pays où ils sont allés. Ainsi, d'Afrique ils ont ramené des *milliers* de vases, de cruches, de masques, de jattes, de paniers, de statues, tant de belles choses qu'on a du mal à s'imaginer que les peuples qui les ont faites ont disparu. C'est ce que les Anglais affirment. Bien que les Africains aient eu jadis une civilisation plus avancée que celle des Européens (naturellement, ça les Anglais ne le disent pas ; je l'ai lu dans un livre d'un certain J. A. Rogers), ils ont connu depuis des temps difficiles. « Des temps difficiles » est une expression que les Anglais adorent utiliser en parlant de l'Afrique. Et on a tendance à oublier que ces « temps difficiles » ont été rendus encore plus « difficiles » par leur faute : des millions et des millions d'Africains, capturés et vendus comme esclaves ! Toi et moi, Celie ! Des cités entières détruites au cours de guerres qui étaient de véritables chasses aux esclaves. Aujourd'hui les peuples d'Afrique, ayant assassiné ou vendu en esclavage leurs enfants les plus solides, sont la proie des maladies et des troubles de l'esprit. Ils ont le culte du diable et des morts. Et ils ne savent ni lire ni écrire.

Pourquoi nous ont-ils vendus ? Comment ont-ils pu faire une chose pareille ? Et nous, comment pouvons-nous encore les aimer ? Voilà à quoi je pensais en marchant dans l'air glacé des rues de Londres. J'ai étudié l'Angleterre sur une carte. Tout y est impeccable et serein. Et au fond de moi, malgré tout, je crois en des jours meilleurs pour l'Afrique, à force de travail et de bonnes dispositions d'esprit. Peu après, nous nous sommes embarqués pour l'Afrique. Partis de Southampton en Angleterre le 24 juillet, nous sommes arrivés le 12 septembre à Monrovia, au Liberia, après des escales à Lisbonne au Portugal et Dakar au Sénégal.

Monrovia fut notre dernier contact avec des gens auxquels nous sommes relativement habitués, car c'est situé dans un pays d'Afrique fondé par d'anciens esclaves d'Amérique revenus s'y installer. Je me suis demandé si certains de leurs parents ou ancêtres avaient été vendus à Monrovia même, et ce qu'ils pouvaient ressentir, le cas échéant, en s'y retrouvant maintenant parmi les dirigeants, tout en gardant des liens étroits avec le pays qui les avait achetés.

Celie, il faut que je m'arrête. Le soleil est déjà moins chaud et je dois me préparer pour les classes de l'après-midi et les vêpres.

Je voudrais tant que tu sois près de moi, ou moi près de toi !

Ta sœur qui t'aime
Nettie

☆

Bien chère Celie,

Ce fut très amusant de faire une escale à Monrovia après l'avant-goût de l'Afrique que j'avais eu au Sénégal, dont la capitale est Dakar. Les gens y parlent leur propre langue, qui doit s'appeler le sénégalais, et aussi le français. Ils sont plus noirs que tous ceux qu'on voit habituellement. Un peu comme ceux dont nous disons : « untel est plus que noir, il est noir-bleu ». Si noirs, Celie, qu'ils reluisent, comme on dit aussi chez nous. Essaie quand même d'imaginer une ville remplie de ces gens à la peau noir-bleu, luisante, vêtus de longues robes bleu vif ornées de dessins comme ceux des couettes de luxe. Ils sont grands, minces, avec un long cou et le dos très plat. Peux-tu te les représenter ? Moi, j'ai eu l'impression de voir des Noirs pour la première fois. Mais il y a aussi un côté magique, Celie. Parce que leur noir est si noir que l'œil en est ébloui, et que le reflet brillant semble venir du clair de lune, tant il a de luminosité. En fait, leur peau brille même au soleil.

A vrai dire je n'ai pas été très attirée par les Sénégalais que j'ai vus au marché. Ils ne pensaient qu'à vendre leurs produits, et si on ne leur achetait rien ils semblaient nous ignorer comme ils le font avec les Français blancs qui vivent là-bas. Je ne sais pourquoi je ne m'attendais pas à voir des Blancs en Afrique, mais il y en a, beaucoup. Et ce ne sont pas tous des missionnaires.

Il y en a énormément à Monrovia aussi, et le président — dont le nom de famille est Tubman — en a plusieurs dans son cabinet ministériel qui comprend aussi de nombreux Noirs bien sûr, mais blancs d'apparence. Pour notre seconde soirée à Monrovia nous avons pris le thé au palais présidentiel, qui ressemble beaucoup à la Maison-Blanche de notre pays (là où habite notre président), a dit Samuel. Le président a assez longuement parlé de ses efforts pour le développement du pays, et de ses problèmes avec les indigènes qui ne veulent pas travailler dans ce but. C'était la première fois que j'entendais un Noir employer ce mot. Pour les Blancs je sais que tous les gens de couleur sont des indigènes, mais de la part d'un Noir cela m'a étonnée. Enfin il a toussoté et nous a dit qu'il voulait simplement parler des gens nés au Liberia. Je n'ai vu aucun de ces « indigènes » parmi les membres du cabinet, et aucune femme de ministre ne risque d'être prise pour telle. Elles étaient toutes vêtues de soieries et couvertes de perles. A côté, Corrine et moi paraissions bien mal habillées, surtout pour ce genre de réception. Je crois que ces femmes doivent passer beaucoup de temps à s'occuper de leur toilette. Et pourtant, elles ne semblent pas heureuses, contrairement à ces maîtresses d'école pleines d'allant et de gaieté que nous avons aperçues en train d'accompagner leurs élèves à la plage pour se baigner.

Avant de partir nous avons visité une de leurs grandes plantations de cacao. Que des cacaoyers à perte de vue, et des villages entiers construits en plein milieu des champs. Nous avons vu des familles revenir du travail, l'air épuisé, portant à pleines mains des paniers remplis de graines de cacao (les mêmes qui serviront à emporter le déjeuner le lendemain). Parfois, les femmes portent leurs enfants attachés sur leur dos. Et pourtant, même fatigués, ils chantent tous, Celie ; comme nous dans notre pays. J'ai demandé à Corrine pourquoi les gens fatigués chantent-ils toujours ? Elle pense qu'ils ne peuvent rien faire d'autre, vu leur état. Et de plus, Celie, ils ne sont pas propriétaires des plantations. Même le président Tubman ne l'est pas. Elles appartiennent à des gens qui vivent dans un pays appelé la Hollande et qui fabriquent du chocolat. Il y a aussi des surveillants chargés de veiller à ce que tout le monde travaille dur, et qui habitent dans des maisons en pierre en bordure des champs.

Il faut encore que je te quitte. Ils sont tous couchés, et je t'écris à la lumière d'une lampe, mais elle attire tant d'insectes que je suis dévorée vive. J'ai des piqûres partout, même sur la peau du crâne et la plante des pieds.

Mais... t'ai-je parlé de ma première vision de la côte africaine ? Quelque chose a résonné en moi, Celie, comme une énorme cloche, et mon âme a vibré. Corrine et Samuel ont ressenti la même chose. Nous nous sommes tous agenouillés sur le pont du bateau et nous avons remercié Dieu de nous avoir permis de voir cette terre pour laquelle nos parents ont vécu, ont pleuré, et sont morts avec au cœur le désir de la revoir.

Ma Celie, arriverai-je jamais à tout te raconter ?

Je n'ose y croire. Mieux vaut s'en remettre à la grâce de Dieu.

Ta sœur qui t'aimera toujours
Nettie

☆

Cher bon Dieu,

C'est qu'entre le choc au départ, et puis pleurer un bon coup, me moucher après, et tâcher de comprendre des tas de mots que je connais même pas, ça a pris un drôle de temps pour lire seulement les deux ou trois premières lettres. Et juste quand on en était là où elle raconte qu'elle est bien installée en Afrique, Mr... et Grady sont rentrés.

— Ça va aller ? Shug m'a demandé.

— Ben, comment je vais faire pour pas le tuer ?

— Faut tuer personne, Celie, jamais tuer. Nettie va revenir au pays. Elle doit pas te voir comme nous on voit Sofia. Tu comprends ?

— C'est vraiment dur, Shug, je lui dis pendant qu'elle va vider sa valise pour ranger les lettres dedans.

— C'est dur d'être Jésus-Christ aussi, elle me répond, mais il y arrive, lui. N'oublie pas ça, Celie : Tu ne tueras point, il a dit. Probable qu'il aurait voulu en dire encore plus, comme à moi par exemple. Il savait bien à quelle bande d'imbéciles il avait affaire.

— Ouais, mais Mr... c'est pas Jésus-Christ, et moi non plus.

— Tu es quelqu'un d'important pour Nettie, et elle serait drôlement pas contente si elle te retrouve pas pareille juste comme elle revient.

On entend Mr... et Grady fourgonner dans la cuisine, et la porte du garde-manger qui se referme.

— J' crois que j' me sentirai mieux si je le tue, je dis à Shug. Parce que là je suis pas du tout dans mon assiette. Toute mal.

— Ecoute donc, faut pas. Personne va mieux après qu'il a tué quelqu'un ou n'importe quoi. On sent un quelque chose, c'est tout.

— C'est mieux que rien.

— Celie, y a pas que Nettie à qui tu dois penser.

— Comment ça ?

— Y a moi, Celie. Pense un petit peu à moi. Si tu zigouilles Albert, il me restera plus que Grady et toutes ses dents. Je supporte même pas l'idée !

Elle m'a fait rire, rien que penser au râtelier de Grady !

— Alors tâche au moins qu'Albert me laisse dormir avec toi tant que tu restes ici.

Je sais pas comment elle a fait, mais ça marche.

☆

Cher bon Dieu,

Shug et moi on dort ensemble comme deux sœurs. J'ai beau être près d'elle, la dévorer des yeux et tout, ça me fait pas d'effet. Mes nénés pointent pas et mon petit bouton non plus. Pour moi, je suis comme morte. Mais Shug dit que non, que c'est le chagrin, la colère, l'envie d'étrangler quelqu'un, que tout ça me met dans cet état. Et que y a pas de quoi me faire du souci. Mon bouton et mes nénés se redresseront tout seuls un de ces jours.

— Toute façon, j'ai juste envie de te serrer et de te faire des câlins, m'a dit Shug. Rien d'autre.

C'est vrai que seulement ça, c'est bien bon.

— Y a des moments de repos comme maintenant où faut trouver quelque chose à faire, elle m'a dit. Quelque chose de spécial.

— Et quoi donc ?

— Ben, par exemple on pourrait te tailler un pantalon, elle a fait en me regardant de la tête aux pieds.

— Un pantalon ? Et ça me servirait à quoi ? Je suis pas un bonhomme, moi

— Monte pas sur tes grands chevaux comme ça. T'as pas de robe vraiment chouette, mais t'as pas vraiment l'allure pour ça non plus, faut reconnaître.

— Je m' demande, quand même. Et puis Mr... voudra sûrement pas voir sa femme porter un pantalon !

— Et pourquoi pas ? Shug a fait. C'est toi qui te tapes tout le turbin ici, que c'en est une honte. Quand je pense que tu retournes le champ en petite robe ! Je sais pas comment tu te l'es pas déjà coincée dans la charrue, ou que t'es pas tombée cul par-dessus tête !

— C'est vrai ?

— Ouais, c'est un miracle. Et puis si ça peut te rassurer, du temps où Albert me fréquentait, je mettais ses pantalons, moi. Ça l'amusait, et même une fois lui il a mis une robe à moi.

— Là, j' te crois pas.

— Puisque j' te l' dis. C'était un joyeux luron Albert à l'époque. Pas comme maintenant. Ça l'excitait de me voir en pantalon. Un peu comme le rouge pour un taureau, tu saisis ?

— Ouais.

Je voyais bien la scène, mais ça me faisait pas du tout plaisir.

— Enfin, tu sais comment ils sont les bonshommes, Shug a fait.

— Bon, on va me tailler un pantalon, je lui ai dit.

— Faudrait dénicher un uniforme de troufion. Pour s'entraîner, tu vois ? C'est du bon gros tissu bien solide, et c'est à l'œil.

— Je sais, Jack, le mari d'Odessa...

— Parfait. Et comme ça tous les jours on pourra lire les lettres de Nettie en cousant.

Moi je crois que Shug veut surtout me voir avec une aiguille dans les mains, et pas un rasoir.

Elle a rien dit de plus. Elle m'a juste serrée contre elle.

☆

Cher bon Dieu,

Maintenant que je sais que Nettie est vivante, je commence à reprendre du poil de la bête. C'est que, je me dis qu'à son retour on partira d'ici. Elle, moi, et mes deux enfants. Je voudrais bien savoir à quoi ils ressemblent. Mais c'est dur d'y penser, vu que j'en ai la honte. Plus de la honte que de l'amour, faut vous dire. Et puis je me demande comment ils sont, rapport à dans leur tête. Si ça fonctionne bien là-dedans et tout ça. Parce que Shug dit que les enfants d'un insexe ils sont toujours tarés. Et l'insexe c'est un tour du diable, qui en a d'autres dans son sac.

Alors je pense à Nettie, pour me remonter.

Il fait très chaud ici, Celie, c'est ce qu'elle m'a écrit. Plus qu'en juillet. Plus qu'en août et en juillet. Chaud comme quand on fait à manger sur une grosse cuisinière dans une petite cuisine en août et en juillet. Vraiment, vraiment chaud !

« Chère Celie,

Un Africain du village où nous allons nous installer est venu nous accueillir sur le bateau. Son prénom est Joseph. Il est petit et gros, et on dirait que ses mains n'ont pas d'os. Quand il a serré la mienne j'ai eu l'impression d'avoir saisi une chose molle et humide qui tombait. Il parle un peu anglais, enfin ce qu'ils appellent du pidgin. C'est très loin de notre langue, mais avec des points communs, et ça sonne familier. C'est drôle parce qu'il y a des gens qui appellent cela parler petit-nègre !

Bref, il nous a aidés à transporter nos affaires du grand bateau dans les petits qui nous attendaient. Ce sont des pirogues, creusées dans des troncs d'arbre, comme les canoës des Indiens qu'on voit sur les images. Il en a fallu trois pour nous et nos bagages, et une pour l'équipement médical et scolaire.

Dans les pirogues on a eu droit au chant des pagayeurs, qui se coursaient pour atteindre la rive en premier. Ils ne s'intéressaient guère à nous et à nos bagages. Une fois arrivés au rivage ils n'ont pas fait le moindre effort pour nous aider à descendre de la pirogue, et ils ont même débarqué certains colis directement dans l'eau ! Dès qu'ils ont eu extorqué au pauvre Samuel un pourboire — bien trop gros, d'après Joseph — ils sont vite partis vers un autre groupe de gens qui attendaient d'être convoyés au bateau.

Le port est charmant, mais pas assez profond pour les gros bateaux. Du coup, cela fournit du travail aux piroguiers pendant la saison où les navires arrivent. Ils étaient tous bien plus grands et musclés que Joseph. Mais tous y compris lui sont couleur chocolat foncé. Pas noirs comme les Sénégalais. Et si tu savais les belles dents qu'ils ont ! Solides, bien alignées, et tellement blanches. Il faut te dire que les dents ont été ma hantise pendant la traversée, parce que les miennes m'on fait horriblement souffrir presque tout le temps. Tu sais que mes dents du fond sont toutes gâtées. En Angleterre, j'ai été frappée par leurs dents. Si mal plantées en général, et noirâtres, pas saines. Je me suis demandé si c'était l'eau du pays. Tandis que les Africains ont des dents comme celles des chevaux, bien formées, droites et solides.

La « ville » autour du port est en fait tout entière contenue dans le bazar local, divisé en éventaires où l'on trouve toutes sortes de choses : tissus, lampes-tempête, pétrole, toile à moustiquaire, lits de camp, hamacs, haches, binettes, machettes et autres outils. Le bazar est tenu par un Blanc, mais certains éventaires sont loués à des Africains. Joseph nous a montré tout ce dont nous avions besoin : un grand pot pour faire bouillir l'eau, et pour nos vêtements une grande bassine en zinc ; de la toile pour les moustiquaires, des clous, un marteau, une scie et une pioche ; des lampes et du pétrole.

Comme il n'y avait aucun endroit pour dormir, Joseph a engagé des porteurs parmi des jeunes qui traînaient autour du bazar, et nous sommes partis sans attendre pour Olinka, à quatre jours de marche à travers leur forêt. Ce que nous on appelle la jungle. Sais-tu ce que c'est la jungle, Celie ? Des arbres, des arbres et encore des arbres. Très grands. Si grands qu'on dirait qu'ils ont été construits. Et puis des lianes, et toutes sortes de hautes fougères et de palmes. On y trouve des petits animaux, des grenouilles, des serpents aussi d'après Joseph. Dieu merci nous n'en avons vu aucun. Seulement des lézards à bosse, gros comme le bras, que les gens d'ici attrapent pour les manger.

Ils adorent la viande. Tous, dans le village. Si tu n'arrives pas à leur faire faire quelque chose, après avoir tout essayé, tu n'as qu'à parler de viande, d'un petit morceau qui te reste par exemple. Ou si tu veux leur faire faire un truc vraiment important, tu leur parles de barbecue. Oui, Celie, de barbecue. On se croirait chez nous !

Finalement nous sommes arrivés à destination. J'ai cru que je ne me remettrais jamais de mes courbatures, après avoir été portée en hamac tout le long du chemin. Les gens du village se sont aussitôt assemblés autour de nous. Ils sortaient de petites huttes rondes recouvertes de ce que j'ai d'abord pris pour de la paille. Mais en fait ce sont de larges feuilles, un genre de palmes, qui poussent partout. Ils les ramassent, les font sécher et les disposent sur le toit de manière à ce qu'elles se recouvrent et arrêtent la pluie. C'est le travail des femmes. Les hommes, eux, enfoncent les pieux et parfois aident à construire les murs des cases avec de la boue et des pierres qu'ils prennent dans les cours d'eau.

Je n'avais jamais vu des regards aussi ahuris que ceux des villageois qui nous entouraient. D'abord ils nous ont seulement dévisagés avec curiosité, et puis une ou deux femmes ont touché ma robe et celle de Corrine. La mienne était si sale dans le bas que j'avais honte. Il faut dire que depuis trois jours je la traînais dans la poussière, à faire la cuisine autour d'un feu de camp. Et puis j'ai vu leurs robes à elles. On aurait dit que des cochons les avaient traînées sur de la terre battue. En plus, elles n'étaient pas du tout ajustées. Les femmes ont fini par s'approcher un peu. Personne n'avait encore dit un mot. Elles ont touché nos cheveux, regardé nos chaussures. Et nous, nous avons jeté un regard interrogateur vers Joseph. Il nous a dit qu'elles se conduisaient ainsi parce que tous les missionnaires qui nous avaient précédés étaient des Blancs. Alors elles pensaient que tous les missionnaires étaient blancs et aussi, que tous les Blancs étaient missionnaires, mais oui. Les hommes étaient déjà allés jusqu'au port, certains en tout cas. Ils avaient vu le marchand, qui est un Blanc ; et ils savaient donc que les Blancs pouvaient faire autre chose. Mais les femmes ne sortaient pas du village et de ses environs, et le seul Blanc qu'elles aient jamais vu était un missionnaire qu'elles avaient enterré un an plus tôt. Samuel a demandé à Joseph si elles connaissaient la femme missionnaire, à quelque trente kilomètres de là ; mais il a répondu que non. Trente kilomètres dans la jungle c'est un très long voyage. Les hommes s'aventurent pour chasser jusqu'à environ quinze kilomètres du village, mais les femmes restent près des huttes et des champs.

Finalement, une femme a posé une question, et nous nous sommes tournés vers Joseph. Il a dit qu'elle demandait si les enfants étaient à moi, à Corrine, ou à nous deux. Joseph lui a répondu qu'ils étaient à Corrine. La femme nous a regardées longuement toutes les deux, et a encore dit quelque chose. Toujours d'après Joseph elle trouvait qu'ils me ressemblaient tous les deux. Nous avons tous ri poliment. Et puis, une autre femme a posé aussi une question. Elle voulait savoir si j'étais la femme de Samuel. Joseph a répondu non, que j'étais une missionnaire, comme Samuel et Corrine. Et là, quelqu'un a dit qu'il n'aurait jamais cru que les missionnaires pouvaient avoir des enfants. Et un autre : qu'il n'aurait jamais rêvé que des missionnaires puissent être noirs. Et là, un homme a affirmé que ces nouveaux missionnaires, des Noirs dont deux femmes, il en avait eu la vision exacte la nuit passée, en rêve.

Il commençait à y avoir tout un remue-ménage alentour. Des petites têtes se montraient derrière les jupes de leurs mères, et par-dessus les épaules des grandes sœurs. Nous nous sommes retrouvés portés par une sorte de marée des gens du village, trois cents environ, jusqu'en un lieu sans murs autour mais abrité par un toit de ces grandes feuilles. Nous nous sommes tous assis, les hommes devant, les femmes et les enfants derrière. Il y eut une discussion à voix basse entre des hommes très âgés, qui ressemblaient aux « anciens » à l'église chez nous, avec leurs pantalons trop larges, et leurs vestes lustrées et mal taillées. Ils voulaient savoir si les missionnaires buvaient du vin de palme. Corrine a jeté un regard à Samuel, et Samuel à Corrine. Mais les enfants et moi étions déjà en train de boire. Quelqu'un nous avait mis dans la main de petits gobelets en argile brunâtre, et dans notre excitation nous étions bien contents de boire quelques gorgées.

Nous étions arrivés vers quatre heures, et nous sommes restés sous ce toit de feuilles jusqu'à neuf. Nous y avons pris notre premier repas, une sorte de ragoût de poulet aux cacahuètes que nous avons mangé avec les doigts. Mais nous avons surtout écouté des chants, et regardé des danses qui soulevaient beaucoup de poussière.

Mais la partie la plus importante de cette cérémonie d'accueil était consacrée aux palmes qui recouvraient le toit. Leur histoire racontée par un homme du village nous fut traduite par Joseph. En fait, les gens de ce village croyaient qu'ils avaient toujours vécu à l'endroit même où il se trouve actuellement. Et cet endroit leur est favorable. Ils cultivent des champs de manioc aux récoltes abondantes. Ils plantent des arachides qui poussent très bien aussi, des patates douces, du coton, du millet et d'autres choses encore. Mais un jour, il y a très longtemps, un des hommes du village avait voulu plus que sa part de terres. Il voulait une récolte plus importante pour utiliser le supplément à faire du troc avec les Blancs sur la côte. Comme c'était lui le chef, à cette époque, il s'est annexé de plus en plus des terres communes, et a augmenté le nombre de ses épouses pour les travailler. Et son appétit ne cessant de croître, il a fait également cultiver les terres sur lesquelles poussait la plante qui donnait les feuilles pour les toits. Cette fois, même ses épouses n'étaient pas d'accord et ont commencé à protester. Mais, ce n'étaient que des fainéantes, et on ne leur prêta pas oreille. Ces grandes feuilles avaient de tout temps poussé en surabondance. Mais à la longue, le chef cupide fit cultiver tellement de ces terres que les Anciens eux-mêmes s'en inquiétèrent. Alors il acheta purement et simplement leur silence, en leur donnant des tissus, des pioches, des marmites qu'il se procurait auprès des marchands de la côte.

Mais un jour, pendant la saison des pluies, une violente tempête fit rage, qui arracha tous les toits et dévasta les cases du village. Les gens découvrirent alors avec désespoir qu'on ne trouvait plus une seule de ces grandes feuilles alentour. Partout où elles avaient proliféré depuis toujours il n'y avait maintenant que du manioc, du millet, ou de l'arachide.

Pendant six mois, les habitants d'Olinka furent la proie des éléments déchaînés. La pluie tombait à torrents, dégradant les murs de boue, et le vent soufflait si fort qu'il projetait les pierres dans les marmites. Et puis des cailloux de glace, gros comme des grains de millet s'abattirent sur tout le monde, hommes, femmes et enfants, leur donnant des fièvres. Les enfants furent les premiers touchés. Bientôt, la mort régna dans le village, et à la fin de la saison des pluies, la moitié des habitants avait été emportés.

Les gens adressaient des prières à leurs dieux, attendant impatiemment le changement de saison. Dès que la pluie se fut arrêtée, ils se précipitèrent vers les terres où poussaient jadis les palmes, à la recherche des anciennes racines. Mais il en restait à peine quelques douzaines. Il fallut cinq ans pour les faire repousser en abondance. Et pendant ces cinq années, il y eut encore des morts dans le village. Certains le quittèrent pour ne plus revenir. Beaucoup furent dévorés par les bêtes sauvages. Et beaucoup d'autres encore tombèrent malades. Ils remirent au chef toute sa quincaillerie achetée sur la côte, et l'obligèrent à partir à pied à la condition de ne jamais revenir. Ses épouses furent attribuées à d'autres hommes.

Le jour où finalement les cases eurent retrouvé un toit de feuilles, les villageois fêtèrent l'événement avec des chants, des danses, et en racontant cette triste histoire. Depuis, les feuilles sont devenues un objet de culte.

A la fin de ce récit j'ai aperçu par-dessus la tête des enfants une grande chose brune, aux écailles pointues, qui venait vers nous portée par des jambes que l'on voyait avancer dessous avec précaution. C'était notre futur toit qui nous était ainsi offert.

Sur son passage, les gens s'inclinaient avec respect. Le missionnaire blanc qui était là avant nous ne leur avait pas permis de faire cette cérémonie, nous expliqua Joseph. Mais les villageois y tiennent beaucoup. Ils savent bien qu'une feuille ce n'est pas Jésus-Christ, mais comme le dit encore Joseph, ne fait-elle pas partie de Dieu, à son humble manière ?

Et voilà, Celie. Nous sommes restés ainsi en face du dieu des Olinkas. J'étais si fatiguée, tombant de sommeil, le ventre tellement rempli de poulet aux cacahuètes, et les oreilles encore pleines de tous ces chants, que les paroles de Joseph m'ont paru parfaitement sensées.

Je me demande bien ce que tu vas penser de tout ça.

Ta sœur qui t'aime
Nettie

☆

Chère Celie,

Voilà bien longtemps que je ne t'ai écrit. Manque de temps. Mais quelles que soient mes occupations du moment, je t'écris toujours en pensée. Je commence dans ma tête « Chère Celie », au milieu des vêpres, ou pendant que je fais la cuisine, ou la nuit. « Chère, très chère Celie », et je m'imagine que tu reçois bien mes lettres, et que tu me réponds « Chère Nettie, voilà la vie que je mène ».

Ici, nous nous levons à cinq heures pour prendre un petit déjeuner léger, composé de millet, de porridge et de fruits. Après quoi on commence les classes du matin.

On apprend aux enfants l'anglais, la lecture, l'écriture, l'histoire et la géographie, l'arithmétique, et on leur raconte des épisodes de la Bible. A onze heures on s'arrête pour déjeuner, et vaquer aux tâches ménagères. Entre une heure et quatre heures, il fait trop chaud pour bouger. Pourtant, quelques femmes du village font des travaux de couture, installées derrière leurs huttes. A quatre heures nous faisons la classe aux enfants plus âgés, et le soir aux adultes. Certains des enfants, les plus grands, ont pris l'habitude de venir seuls à l'école de la mission. Mais pas les petits, que leurs mères doivent parfois traîner de force malgré leurs cris et leurs protestations. Ce sont tous des garçons. Olivia est la seule fille.

Les Olinkas sont convaincus que les filles n'ont pas besoin de s'instruire. Quand j'ai demandé pourquoi à une des mamans, elle m'a répondu :

— Une fille toute seule n'est rien du tout. Elle ne peut représenter quelque chose que pour un mari.

— Et quoi donc ? je lui ai demandé.

— La mère de ses enfants, bien sûr.

— Mais je n'ai d'enfants de personne, moi, et je suis quand même quelqu'un.

— Tu n'es pas grand-chose, m'a-t-elle dit. La servante, la bonne à tout faire de la Mission.

C'est vrai que je travaille plus ici que je ne m'en serais crue capable. Je balaye l'école, je nettoie tout après le service, mais je ne me considère pas comme une servante. J'ai été surprise que cette femme, qui s'appelle Catherine, me voie ainsi. Elle a une petite fille, Tashi, qui joue avec Olivia après la classe. A l'école, Adam est le seul garçon qui parle à Olivia. Les autres ne sont pas méchants avec elle, c'est seulement... quoi, au juste ? Parce qu'elle se trouve parmi eux alors qu'ils font des choses « réservées aux garçons », ils l'ignorent. Mais ne crains rien, Celie, Olivia est aussi obstinée que toi, elle y voit clair, et elle est plus intelligente que tous les autres réunis, y compris Adam.

— Pourquoi est-ce que Tashi ne vient pas à l'école ? m'a-t-elle demandé un jour.

Et quand je lui ai dit que les Olinkas ne croyaient pas à la nécessité de l'instruction pour les filles, elle m'a répondu aussitôt :

— Ils sont comme les Blancs de chez nous, qui ne veulent pas entendre parler d'éducation pour les Noirs.

Oui, Celie, elle a l'esprit très vif. A la fin de la journée, quand Tashi a terminé toutes les corvées que sa mère lui impose, les deux fillettes se retrouvent dans ma case, et Olivia explique à Tashi tout ce qu'elle a appris en classe. Pour le moment à ses yeux, Tashi est toute l'Afrique à elle seule ; ce pays pour lequel elle a traversé les océans avec enthousiasme. En dehors de Tashi, tout ici la déroute et l'inquiète. Les insectes, par exemple : pour une raison inconnue leurs piqûres sur sa peau tournent toujours aux pustules infectées. Et puis, elle a du mal à dormir la nuit car les bruits de la forêt lui font peur. Elle s'habitue difficilement à la nourriture, qui est substantielle mais sans grande saveur. Les femmes du village font la cuisine pour nous, chacune leur tour. Certaines sont plus propres et plus consciencieuses que d'autres. Mais Olivia est malade chaque fois qu'elle goûte aux plats préparés par n'importe quelle femme du chef du village. Samuel pense que la cause en est peut-être leur eau, qui vient d'une autre source et coule même en saison sèche. Mais les autres membres de notre petit groupe n'en sont pas affectés. On dirait plutôt qu'Olivia ne supporte pas la nourriture préparée par ces femmes parce qu'elles semblent toutes si malheureuses, et travaillent comme des esclaves. De plus chaque fois qu'elles voient Olivia, elles évoquent le jour où elle deviendra leur plus jeune sœur/épouse. C'est pour rire, bien sûr, et elles l'aiment bien, mais je voudrais qu'elles cessent de plaisanter ainsi. En tout cas, même si elles ne sont pas heureuses et travaillent comme des bêtes de somme, elles continuent de croire que c'est un grand honneur d'être l'épouse du chef. Lui, il promène son gros ventre toute la journée en bavardant et en buvant du vin de palme avec le guérisseur.

— Pourquoi disent-elles que je deviendrai une des femmes du chef ? m'a demandé Olivia.

— Parce que pour elles, c'est la situation la plus élevée.

Il est gras et huileux, avec de grosses dents très blanches. Olivia croit le voir dans ses cauchemars la nuit.

— Tu deviendras une femme énergique, et une bonne chrétienne, je lui ai affirmé. Quelqu'un qui aide les gens à progresser. Tu seras institutrice, ou infirmière, et tu voyageras. Tu rencontreras des personnes bien plus importantes que le chef.

— Et Tashi ?

— Tashi aussi.

Ce matin, Corrine m'a parlé.

— Nettie, pour mettre fin à tout malentendu dans l'esprit de ces gens je pense que l'on devrait désormais s'appeler « mon frère » et « ma sœur », Samuel, vous et moi, devant eux. Certains n'arrivent pas à se mettre dans leur crâne épais que vous n'êtes pas la femme de Samuel. Ils croient que nous sommes ses deux épouses, et je n'aime pas cela.

Depuis le jour de notre arrivée, ou presque, j'ai remarqué que Corrine changeait. Elle n'est pas souffrante et travaille toujours autant. Elle est gentille et agréable, mais parfois je la sens tendue, comme si quelque chose la préoccupait.

— C'est entendu, je lui ai répondu. Je suis contente que vous m'en ayez parlé.

— Et ne laissez pas les enfants vous appeler maman Nettie, même pour rire, a-t-elle ajouté.

Ce dernier détail m'a un peu ennuyée, mais je n'ai rien dit. Les enfants m'appellent quelquefois maman Nettie, c'est vrai, parce que je m'en occupe beaucoup. Mais je n'ai jamais cherché à prendre la place de Corrine.

— Ah, et aussi, je pense que nous devrions éviter de nous emprunter des vêtements, a-t-elle dit encore.

En fait elle ne m'a jamais emprunté quoi que ce soit, car je n'ai pas grand-chose à me mettre. Mais moi, je l'ai souvent fait.

— Vous vous sentez bien ? je lui ai demandé.

— Oui, tout va bien.

Je voudrais que tu voies ma case, Celie. Je l'adore. Elle n'est ni comme notre école, qui est carrée, ni comme notre église, qui n'a pas de murs (en tout cas pendant la saison sèche). Elle est ronde, avec des murs et un toit de feuilles. Elle fait une vingtaine de pas de diamètre et me convient parfaitement. Sur les murs de terre séchée j'ai accroché des plats fabriqués au village, ainsi que des petites nattes et des morceaux de tissu aux couleurs de la tribu. Les Olinkas sont connus pour leur superbe tissage à la main qu'ils teignent ensuite avec des baies, de l'argile, de l'indigo et des écorces diverses. J'ai aussi un réchaud à pétrole au milieu, et mon lit de camp d'un côté, protégé par une moustiquaire qui lui donne presque l'allure d'un lit nuptial. Et puis, une petite table sur laquelle je t'écris, un tabouret, et une lampe. Aussi, quelques nattes de paille tressée sur le sol. C'est pittoresque, très chaud et intime. La seule chose qui me manque c'est une fenêtre. Aucune case du village n'en a, et quand j'en ai parlé aux femmes elles ont ri de bon cœur. Apparemment la saison des pluies rend ridicule la seule idée d'une fenêtre. Malgré cela, je suis décidée à en avoir une, même si je risque l'inondation quotidienne !

Je donnerais n'importe quoi pour avoir une photo de toi, Celie. Dans ma malle, j'ai des photos que nous ont données les sociétés de missionnaires en Angleterre et en Amérique. Des images du Christ, des Apôtres, de la Vierge Marie, de la crucifixion. Et puis aussi, Speke, Livingstone, Stanley, Schweitzer. Peut-être qu'un jour je les accrocherai, mais une fois je les ai simplement tenues à bout de bras contre mes murs ornés de tissus et de nattes, et je me suis sentie comme écrasée et mal à l'aise d'un coup. Alors je les ai rangées. Même l'image du Christ, qui en général va bien n'importe où, paraît bizarre ici.

Naturellement nous les avons accrochées dans l'école, et plusieurs du Christ derrière l'autel dans l'église. Cela suffit, je crois. Samuel et Corrine, eux, en ont mis dans leur case, ainsi que des croix.

Ta sœur qui t'aime
Nettie

☆

Chère Celie,

La mère et le père de Tashi sortent d'ici. Ils sont inquiets parce qu'elle est trop souvent avec Olivia. Elle change. Elle devient moins turbulente et trop pensive, disent-ils. Son visage commence à avoir la même expression qu'une de ses tantes qui fut vendue au marchand parce qu'elle ne s'adaptait plus à la vie du village. Elle avait même refusé d'épouser l'homme qu'on lui destinait. Elle refusait aussi de s'incliner devant le chef. Elle passait son temps à flâner, à casser des noix de cola entre ses dents, et à rire toute seule.

Ils voulaient savoir ce que Tashi et Olivia font dans ma case pendant que les autres petites filles aident leurs mères.

— Est-ce que Tashi se montre paresseuse à la maison ? je leur ai demandé.

Le père a regardé la mère. Elle a dit que non, bien au contraire.

— Tashi travaille plus que la plupart des enfants de son âge, a-t-elle ajouté. Elle a toujours fini la première. Mais elle veut pouvoir passer tous ses après-midi avec Olivia. Elle absorbe tout ce que je lui enseigne comme si elle le savait déjà, a affirmé la mère. Mais ça ne semble pas vraiment pénétrer en elle.

La mère paraissait déroutée, et inquiète. Le père, fâché. Et moi j'ai pensé : voilà, Tashi sait qu'elle se prépare à un genre de vie qu'elle ne connaîtra en fait jamais. Mais j'ai gardé mes réflexions pour moi.

— Le monde change, j'ai dit. Il n'est plus fait uniquement pour les jeunes garçons et les hommes.

— Nos femmes sont respectées, ici, a dit le père. On ne les laisserait jamais courir le monde comme les Américaines. Il y a toujours quelqu'un pour s'occuper d'une femme olinka : un père, un oncle, un frère, un neveu. Ne vous offensez pas, sœur Nettie, mais notre peuple a pitié des femmes comme vous qui sont déracinées d'on ne sait quel monde et envoyées dans un autre qu'elles ne connaissent pas, pour s'y battre seules et survivre.

Ainsi je suis un objet de pitié et de mépris pour ces hommes et ces femmes...

— De plus, a dit le père de Tashi, nous ne sommes pas des arriérés. On comprend qu'il y ait des pays où les femmes ne vivent pas comme dans le nôtre. Mais nous n'approuvons pas ces autres mœurs, pour nos enfants.

— Je comprends. Mais la vie change, évolue, même à Olinka, ai-je répondu. Nous sommes venus jusqu'ici, par exemple.

Il a craché par terre et a dit :

— Qu'est-ce que vous êtes ? Trois adultes, et deux enfants. Pendant la saison des pluies certains de vous mourront, probablement. Votre race ne résiste pas longtemps, sous notre climat. Si vous ne mourez pas, vous serez sans doute victimes des maladies. Eh oui ! Nous avons déjà vu ça. Vous autres chrétiens, vous venez ici pour essayer par tous les moyens de nous faire changer. Mais vous tombez malades, et vous retournez en Angleterre ou ailleurs. Seulement, le comptoir sur la côte reste là ; même si le Blanc qui le tient change au cours des années. On le sait, parce qu'on lui envoie des femmes.

— Tashi est très intelligente, ai-je dit. Elle pourrait devenir institutrice, ou infirmière. Aider les gens du village.

— Ce n'est pas à une femme de faire ça, chez nous, a-t-il dit.

— Alors, on ferait mieux de partir, sœur Corrine et moi.

— Non, non.

— Ou d'instruire seulement les garçons ?

— Oui.

Il m'a répondu ce « oui », comme si ma question était une acceptation. Il y a quelque chose dans la manière dont les hommes parlent aux femmes ici, qui me rappelle beaucoup trop papa. Ils les écoutent juste le temps de pouvoir leur donner des ordres, et ils ne les regardent même pas quand elles parlent. Ils regardent par terre, et parfois baissent la tête. Les femmes non plus ne « regardent pas les hommes dans les yeux » comme ils disent, mais leurs pieds ou leurs genoux. Et qu'ai-je à redire à cela? Rien, sinon que cela me rappelle notre attitude avec papa.

— La prochaine fois que Tashi se présentera chez vous, je vous demande de la renvoyer à la maison, m'a dit son père qui a ajouté avec un sourire : mais si votre Olivia veut venir la voir et apprendre pour quoi les femmes sont faites, elle sera la bienvenue.

— Olivia doit apprendre à connaître la vie sous tous ses aspects, je lui ai répondu en souriant moi aussi. Et votre offre sera pour elle une belle occasion.

Je te quitte jusqu'à la prochaine lettre, ma Celie. Reçois les pensées d'une malheureuse déracinée, qui mourra peut-être à la saison des pluies...

Ta sœur qui t'aime
Nettie

☆

Chère Celie,

Au début, on a entendu de très légers bruits dans la forêt. Une sorte de bourdonnement. Puis des coups de hache et le frottement de quelque chose qu'on traîne. Certains jours, une odeur de fumée arrivait jusqu'à nous. Et maintenant, deux mois plus tard — deux mois pendant lesquels Corrine, moi et les enfants avons été malades à tour de rôle — on entend sans cesse ces mêmes bruits, tout proches, et l'odeur de fumée nous arrive tous les jours.

Cet après-midi, un garçon de ma classe est entré en criant : « la route arrive, la route arrive ! » Il était allé à la chasse avec son père dans la forêt, et l'avait vue.

A présent, les villageois se rassemblent tous les jours au bout du village près des champs de manioc, et ils observent les travaux. En les voyant là, assis sur des tabourets, ou accroupis sur les talons, en train de mâchouiller du cola et de faire des dessins dans la poussière, je suis prise d'un grand élan d'affection pour eux. Car ils ne viennent pas là les mains vides. Oh que non ! Depuis que la route s'est rapprochée, ils gavent régulièrement les ouvriers de viande de chèvre, de bouillie de millet, de patates douces et de manioc grillé, de noix de cola et de vin de palme. Chaque jour est jour de fête, et je suis sûre que des amitiés se sont nouées, bien que les ouvriers appartiennent à une autre tribu plus au nord et plus près de la côte, et qu'ils parlent un dialecte quelque peu différent. En tout cas, moi je ne les comprends pas, contrairement aux gens d'Olinka qui communiquent sans problème avec eux. Il faut reconnaître qu'ils ont l'esprit vif et comprennent rapidement ce qu'on leur explique.

J'ai du mal à croire que nous sommes ici depuis cinq ans. Le temps semble long, mais en fait il passe très vite. Adam et Olivia sont presque aussi grands que moi, et réussissent très bien dans leurs études. Adam est particulièrement doué pour l'arithmétique, et Samuel s'inquiète de n'avoir bientôt plus rien à lui apprendre sur le sujet, étant au bout de ses propres connaissances.

Pendant notre séjour en Angleterre nous avons rencontré des missionnaires qui renvoyaient leurs enfants au pays quand il devenait impossible de continuer leur éducation dans la brousse. Mais on a du mal à imaginer de vivre ici sans les enfants. Et puis ils adorent l'impression de liberté que donne le village, et aiment vivre dans des cases. Ils sont fascinés par l'habileté des hommes à la chasse, et la capacité des femmes à assurer seules les récoltes. Quand je me sens déprimée, et des fois je le suis complètement, il suffit qu'Olivia ou Adam m'entourent de leurs bras pour me remettre d'aplomb et me redonner du cœur à l'ouvrage. Leur mère et moi ne sommes plus aussi proches qu'à une époque. En revanche, je me sens vraiment leur tante à présent ; et nous nous ressemblons de plus en plus.

Il y a environ un mois Corrine m'a priée de ne pas faire entrer Samuel dans ma hutte en dehors de sa présence, disant que cela mettait des idées dans la tête des villageois. Ce fut très dur pour moi, car j'aime beaucoup la compagnie de Samuel. Et comme Corrine, elle, ne vient presque jamais me voir, je n'ai pratiquement personne à qui parler amicalement. Heureusement, les enfants viennent toujours et passent même parfois la nuit chez moi quand leurs parents veulent être seuls. J'adore ces moments-là. On fait griller des cacahuètes, assis par terre, et on regarde des cartes de tous les pays du monde. Quelque fois Tashi vient aussi. Elle nous raconte les histoires préférées des enfants d'Olinka. Je pousse Olivia et elle à les écrire en olinka et en anglais. C'est un bon entraînement. Olivia trouve que ses histoires ne sont pas intéressantes comparées à celles de Tashi. Un jour, elle en a commencé une de la série « L'oncle Remus », et s'est aperçue que Tashi en connaissait la version originale ! Son petit visage s'est assombri. Mais on a vite entamé une discussion sur la manière dont les histoires du peuple de Tashi étaient parvenues en Amérique. Tashi était fascinée. Elle a pleuré quand Olivia lui a raconté comment sa grand-mère avait été prise comme esclave.

Mais dans le village, personne ne veut entendre parler d'esclavage. Ils refusent toute responsabilité. C'est une chose qui me déplaît chez eux.

Nous avons perdu le père de Tashi pendant la dernière saison des pluies. Il a attrapé la malaria et aucune des décoctions du guérisseur n'a pu le sauver. Il a refusé de prendre le médicament que nous utilisons, et même de laisser Samuel venir le voir. C'était mon premier enterrement à Olinka. Les femmes se peignent le visage en blanc, se drapent dans des sortes de linceuls, et poussent de longs gémissements d'une voix aiguë. Le corps fut enveloppé dans des feuilles d'écorce et enterré sous un grand arbre dans la forêt. Tashi avait le cœur brisé. Au long de toute sa jeune vie elle a essayé de satisfaire son père, sans bien comprendre qu'étant une fille elle n'y arriverait jamais. Mais cette mort l'a rapprochée de sa mère, et maintenant Catherine se sent membre de notre groupe (je veux parler de moi, des enfants, et quelquefois de Samuel). Elle est toujours en deuil et ne s'éloigne guère de sa case. Elle dit qu'elle ne se remariera pas, (comme elle a déjà cinq enfants elle a le droit de faire ce qu'elle veut. Elle est devenue une sorte d'homme honoraire) et quand je suis allée la voir elle a dit nettement que Tashi devait continuer ses études. C'est la plus active des veuves du père, et ses champs font l'admiration générale par leur aspect bien tenu et leur productivité. Je pourrais peut-être lui donner un coup de main. C'est au travail que les femmes se connaissent mieux et deviennent solidaires. D'ailleurs c'est ainsi que Catherine est devenue amie avec les autres épouses de son mari.

Samuel parle souvent de cette amitié entre femmes. Le fait qu'elles se partagent un mari qui, lui, reste étranger à leur intimité le met mal à l'aise. C'est déroutant, bien sûr. De plus, le devoir de Samuel en tant que prêtre chrétien est de prêcher les instructions de la Bible : une seule femme pour un seul homme. Ce qui le déroute c'est que si les femmes sont amies et prêtes à tout pour s'entraider — pas toujours, mais plus souvent qu'on ne le penserait — si elles rient et papotent ensemble, et s'occupent mutuellement de leurs enfants, elles sont sûrement contentes de leur condition. Pourtant la plupart ne passent guère de temps auprès de leurs maris. Certaines ont été promises en mariage dès la naissance à des hommes âgés ou mûrs. Leur vie est essentiellement axée sur le travail, les enfants, et la fréquentation des autres femmes (puisqu'une femme ne peut être amie avec un homme sans être en butte aux pires cancans, au pire ostracisme). Elles sont vraiment pleines d'attentions et de gentillesse envers leurs maris. Je voudrais que tu voies comment elles trouvent des tas de raisons de les admirer, comment elles portent aux nues leurs moindres actes. Comment elles les gavent de vin de palme et de douceurs. Pas étonnant que les hommes soient souvent infantiles. Et un grand enfant est dangereux, en particulier si, comme chez les Olinkas, le mari a le droit de vie et de mort sur ses femmes. S'il accuse l'une d'elles de sorcellerie ou d'infidélité, elle peut être mise à mort. Grâce à Dieu (et parfois grâce à l'intervention de Samuel) ce n'est pas arrivé depuis que nous sommes ici. Mais les histoires de Tashi portent souvent sur des actes horribles de ce genre, qui ont eu lieu dans un passé récent. Et puis aussi, Dieu fasse que l'enfant d'une épouse favorite ne tombe pas malade ! C'est un cas de rupture de l'amitié entre femmes, car chaque épouse redoute l'accusation de sorcellerie formulée par la favorite ou le mari.

Joyeux Noël pour toi et les tiens, ma Celie. Nous le fêtons ici sur le continent « noir » par des prières, des chants, et en faisant un grand pique-nique avec des pastèques, du punch aux fruits frais et un barbecue.

Dieu te protège
Nettie

☆

Chère Celie,

J'avais l'intention de t'écrire pour Pâques, mais ça a été une mauvaise période pour moi et je n'ai pas voulu t'ennuyer avec des nouvelles affligeantes. Ainsi une année entière s'est écoulée. La première chose dont je dois te parler c'est la route. Elle a finalement atteint les champs de manioc il y a environ neuf mois, et les Olinkas, très amateurs de fêtes, se sont surpassés pour donner une réception en l'honneur des ouvriers, qui ont passé toute la journée à bavarder, rire, et à lorgner les femmes olinkas. Dans la soirée beaucoup furent invités au village, et la fête s'est prolongée tard dans la nuit.

Je trouve que les Africains ressemblent beaucoup aux Blancs de chez nous, dans la mesure où ils se prennent pour le centre du monde, et croient que tout leur est dû. C'est la conviction profonde des Olinkas, qui ont donc pensé que la route était construite à leur intention. D'ailleurs les gens du chantier parlaient souvent de la commodité qu'elle offrait aux Olinkas pour aller sur la côte. Sur une route goudronnée cela revenait à une marche de trois jours, et même moins à bicyclette. Bien sûr personne n'en avait à Olinka, mais un des ouvriers leur avait montré la sienne et tous les villageois la regardaient avec envie, se disant qu'un jour prochain ils achèteraient la leur.

Le lendemain du jour où aux yeux des Olinkas la construction de la route était finie (après tout, elle était arrivée à leur village), quelle ne fut pas la surprise générale de constater que les ouvriers du chantier étaient à nouveau au travail. Ils avaient ordre de continuer la route sur cinquante kilomètres, en la faisant passer tout droit à travers le village. Quand on s'est levés ils avaient déjà défoncé les champs de patates que Catherine venait juste de planter. Bien sûr les Olinkas étaient prêts à prendre les armes. Mais les gens du chantier, eux, les avaient déjà prises... ils avaient des fusils, et ordre de tirer, Celie !

C'était affreux. Les villageois se sentaient tellement trahis ! Et puis, ils ne savent pas vraiment se battre et n'y pensent plus guère depuis les temps anciens des guerres tribales. Alors ils ont assisté, impuissants, à la destruction de leurs champs et de leurs moissons. Les équipes n'ont pas dévié d'un pouce du tracé que le chef de chantier suivait sur son plan. Toute case qui se trouvait dessus a été rasée. Celie, notre église, notre école, ma case, tout s'est écroulé en quelques heures. Dieu soit loué nous avons pu sauver toutes nos affaires. Mais avec cette route goudronnée qui le traverse, le village semble écartelé.

Dès qu'on a eu compris les intentions des constructeurs, notre chef est parti vers la côte demander des explications, et aussi des dédommagements. Il est revenu deux semaines plus tard avec des nouvelles encore plus inquiétantes. Tout le territoire, y compris le village d'Olinka, appartenait désormais à un producteur de caoutchouc anglais. En approchant de la côte, le chef a été stupéfait de voir des centaines de gens d'autres villages comparables à Olinka, en train d'abattre les forêts en bordure de route pour les remplacer par des plantations d'hévéas. Les très vieux acajous géants, les autres arbres, le gibier, bref tout ce qui fait partie de la forêt était détruit dans le but de rendre la terre plate et nue comme la paume de la main, a raconté le chef.

Au début, il a cru que les gens qui lui parlaient de la société de caoutchouc anglaise se trompaient, en tout cas quand ils prétendaient que son territoire englobait le village d'Olinka. Finalement on l'a dirigé vers le palais du gouverneur, une ancienne bâtisse blanche avec des drapeaux plantés dans la cour, et là il a été reçu par le responsable blanc. C'était lui qui avait donné les ordres aux constructeurs de la route, cet homme qui ne connaissait d'Olinka qu'un point sur la carte. Il parlait anglais bien entendu, et notre chef a été obligé de se débrouiller de son mieux. La scène a dû être pitoyable car notre chef n'a jamais vraiment appris l'anglais en dehors de quelques phrases enseignées par Joseph, qui prononce « anglais » « yanglé » !

Mais tout cela n'était pas le pire. Comme les Olinkas n'étaient plus propriétaires de leur village ils devaient désormais payer un loyer, ainsi qu'une taxe pour utiliser l'eau qui ne leur appartenait plus.

Au début, les villageois ont ri, tant l'idée leur paraissait grotesque. Ils sont ici depuis l'origine des temps. Mais hélas ce n'était pas une plaisanterie, comme le chef nous l'expliqua.

Dans ce cas, nous combattrons l'homme blanc, ont dit les hommes. Mais « l'homme blanc » n'était pas venu seul, il avait amené son armée, comme le dit encore le chef.

Cela se passait il y a plusieurs mois, et jusqu'à ce jour rien ne s'est produit. Les gens vivent comme des autruches, ne mettent jamais le pied sur la nouvelle route autant que possible, et s'interdisent de regarder en direction de la côte. Nous avons reconstruit une église, une école, et j'ai une autre case. Et nous attendons la suite des événements.

Dans l'intervalle, Corrine a été très malade. La fièvre africaine. Beaucoup d'autres missionnaires en sont morts, dans le passé.

Les enfants, eux, vont très bien, et les garçons acceptent maintenant la présence d'Olivia et de Tashi en classe. D'autres mères envoient d'ailleurs aussi leurs filles à l'école. Les hommes n'apprécient pas du tout cette initiative. Qui voudrait d'une femme qui en sait autant que son mari ? fulminent-ils. Mais les femmes n'en font qu'à leur tête. Elles aiment leurs enfants, même les filles !

Je t'écrirai à nouveau quand les choses iront mieux, si Dieu le permet.

Ta sœur qui t'aime
Nettie

☆

Très chère Celie,

La fin de l'année, après Pâques, a été très pénible. Depuis que Corrine est malade, tout son travail m'est tombé sur les bras. En outre, c'est moi qui la soigne et cela lui déplaît.

Un jour où je la changeais, dans son lit, elle m'a jeté un long regard hostile, mais pitoyable en même temps.

— Pourquoi mes enfants vous ressemblent-ils ? m'a-t-elle demandé.

— Vous pensez vraiment qu'ils me ressemblent tant que ça ? j'ai dit.

— C'est votre portrait tout craché.

— Peut-être qu'à force de vivre ensemble et de s'aimer, les gens finissent par se ressembler. On le dit souvent des vieux couples.

— Même les femmes du village ont remarqué la ressemblance le jour de notre arrivée.

— Et ça vous préoccupe depuis ce temps-là ? ai-je dit en essayant de plaisanter, mais elle m'a jeté un drôle de regard.

— Quand avez-vous rencontré mon mari pour la première fois ?

Et c'est là que j'ai compris ce qu'elle avait en tête. Elle croit qu'Olivia et Adam sont mes enfants, et Samuel leur père ! Et ce doute l'a rongée pendant toutes ces années, Celie.

— J'ai connu Samuel le jour où je vous ai rencontrée, Corrine, je lui ai répondu (je n'arrive toujours pas à dire « sœur Corrine », à chaque fois). Je le jure devant Dieu.

— Allez chercher la Bible, a-t-elle ordonné.

— Corrine, vous savez que je ne mens jamais, et je

vous supplie de croire que je ne mens pas en ce moment.

Alors, elle a appelé Samuel et lui a fait jurer qu'ils m'avaient connue tous les deux le même jour.

— Je vous fais mes excuses pour tout cela, sœur Nettie, m'a dit Samuel. Veuillez nous pardonner.

Dès que Samuel a eu quitté la pièce, elle m'a obligée à remonter ma robe et s'est redressée dans son lit pour examiner mon ventre.

J'étais désolée pour elle, et tellement humiliée aussi, Celie. Et puis, sa façon de traiter les enfants est très dure. Elle ne veut plus qu'ils l'approchent, et eux ne comprennent pas. Comment le pourraient-ils ? Ils ne savent même pas qu'ils ont été adoptés.

A part cela, on doit planter des hévéas dans le village à la prochaine saison. Le territoire de chasse des Olinkas a été saccagé, et les hommes doivent aller de plus en plus loin pour trouver du gibier. Les femmes passent tout leur temps dans les champs, à s'occuper des récoltes, et à prier. Elles chantent des chants d'amour et d'adieux à la terre, au ciel, au manioc et aux arachides.

Nous sommes tous bien tristes ici, Celie. J'espère que ta vie est plus heureuse.

Ta sœur affectionnée
Nettie

☆

Chère Celie,

Tu ne devineras jamais ! Samuel croyait aussi que les enfants étaient les miens. C'est pour cela qu'il m'a poussée à venir en Afrique avec eux. Quand il m'a vue arriver chez eux, il a pensé que je venais rejoindre mes enfants et, avec son bon cœur, il n'a pas eu le courage de me renvoyer.

— Si ce ne sont pas les vôtres, à qui sont-ils alors? m'a-t-il demandé.

Mais j'avais quelques questions à lui poser avant de lui répondre.

— Comment les avez-vous eus? je lui ai demandé.

Et là, Celie, il m'a raconté une histoire qui m'a fait dresser les cheveux sur la tête. Ma pauvre chérie, j'espère que tu auras assez de force pour l'entendre.

Il était une fois un paysan assez prospère qui possédait une ferme dans les environs de la ville. Notre ville, Celie. Comme ses affaires marchaient très bien et que tout ce qu'il entreprenait réussissait, il décida d'ouvrir une boutique de tissu et de vêtements. Son commerce se développant rapidement, il persuada deux de ses frères de venir l'aider. Et tout marcha de mieux en mieux. Mais les commerçants blancs de la ville commencèrent à se réunir et à se plaindre que cette boutique leur enlevait toute la clientèle noire, et que la forge installée maintenant dans l'arrière-boutique leur prenait des clients blancs. Les choses ne pouvaient continuer ainsi. Et une nuit, la boutique fut incendiée, la forge détruite, l'homme et ses deux frères traînés dehors et pendus.

L'homme avait une épouse qu'il adorait, et une petite fille d'un peu moins de deux ans. La femme était à nouveau enceinte à cette époque. Quand les voisins lui rapportèrent le corps de son mari, il était mutilé et brûlé. Le spectacle faillit la tuer. Elle accoucha du second bébé, une fille aussi, à ce moment-là. Elle finit par se rétablir physiquement, mais son esprit resta dérangé. Elle continuait à mettre le couvert de son mari à l'heure des repas, comme à l'habitude, et parlait toujours des projets qu'elle faisait avec lui. Sans vraiment le vouloir, les voisins se mirent à l'éviter de plus en plus, en partie parce que ses projets grandioses dépassaient leur imagination restreinte, mais aussi à cause de ce lamentable attachement au passé. Toutefois, elle était jolie, et possédait toujours les terres, bien que n'ayant personne pour s'en occuper et n'y connaissant rien elle-même. Mais elle attendait toujours que son mari finisse son repas, et parte aux champs. Bientôt, elle et les enfants ne subsistèrent que grâce à ce que les voisins leur apportaient, et à ce qu'ils trouvaient à grappiller dans le jardin.

Alors que le deuxième enfant était encore bébé, un nouveau venu fit son apparition dans le voisinage. Il commença à combler d'attentions la veuve et ses enfants, et l'épousa peu après. Elle fut tout de suite enceinte pour la troisième fois, malgré son état mental toujours déficient. Et puis ce fut une grossesse par an. Et son état, physique et mental, alla en se délabrant jusqu'à sa mort, bien des années après son mariage avec l'étranger. Deux ans avant sa mort, elle avait eu une petite fille qu'elle était trop faible pour élever. Puis ce fut un garçon. Les enfants furent baptisés Olivia et Adam.

Voilà l'histoire que Samuel me raconta, presque mot pour mot.

L'étranger qui avait épousé la veuve était un homme que Samuel avait fréquenté, bien avant de servir notre Seigneur. Quand cet homme était arrivé chez Samuel avec Olivia et plus tard avec Adam, non seulement Samuel n'avait pas eu le courage de refuser asile aux enfants, mais il avait pensé que Dieu exauçait ainsi ses prières et celles de Corrine.

Il n'avait jamais parlé à Corrine de cet homme, ni de la « mère » des enfants, ne voulant pas risquer d'assombrir son bonheur.

C'est alors que je suis arrivée, surgie de nulle part. Il a rapproché les faits, s'est souvenu que son vieux copain avait toujours été un chenapan, et m'a accueillie sans poser de questions. Cette attitude m'avait toujours étonnée, mais je l'avais mise au compte de la charité chrétienne.

Corrine m'avait bien demandé un jour si je m'étais enfuie de chez moi. Je lui avais expliqué que j'étais une grande fille, que ma famille était nombreuse et pauvre, et que j'avais jugé le moment venu pour moi de partir pour gagner ma vie.

A la fin du récit de Samuel, mon corsage était trempé de larmes. Je n'ai pas pu me décider à lui dire la vérité sur le moment. Mais je peux te la dire à toi, Celie. Et je prie de tout mon cœur pour que tu reçoives cette lettre, au moins celle-là.

Papa n'est pas notre père.

Ta sœur affectionnée
Nettie

☆

Cher bon Dieu,

Shug a dit : Bon, ça va comme ça. Tu fais ta valise et tu viens au Tennessee avec moi.

Mais moi, là, j'en ai pris un coup.

Mon père lynché. Maman, folle. Mes petits demi-frères et sœurs qui sont plus de ma famille. Mes enfants qui sont plus mes frères et sœurs. Papa, qui est pas mon père.

Sûr que vous devez dormir, là-haut.

☆

Chère Nettie,

Pour la première fois de ma vie j'ai voulu revoir papa. Alors Shug et moi on a mis nos pantalons bleus à fleurs, les deux pareils, et nos beaux chapeaux du dimanche assortis aussi, sauf que ses roses à elle sont rouges et les miennes jaunes. On a pris la Packard et on a roulé comme sur un billard. Faut dire qu'y a des vraies routes maintenant dans tout le comté, alors trente bornes c'est rien du tout.

J'avais revu le père qu'une fois depuis que je suis partie de la maison, un jour que Mr... et moi on chargeait le chariot devant l'épicerie. Il était avec May Ellen qui était penchée sur sa jambe pour remettre un de ses bas en faisant un nœud au-dessus du genou. Et le père attendait l'air impatient, et tapotait le trottoir du bout de sa canne. Probable qu'il pensait à lui taper dessus.

Mr... a été vers eux, la main tendue. Bien aimable quoi. Mais moi j'ai continué le chargement du chariot et j'ai même pas regardé vers eux. J'aurais jamais cru qu'un jour l'envie me prendrait de le revoir.

Bref, avec Shug c'était par une belle journée de printemps, un peu frisquette comme toujours vers Pâques. Dès qu'on a tourné dans le chemin ça nous a frappées que c'était pas pareil qu'ailleurs. Tout était déjà bien vert, comme si la terre de chez nous était mieux réchauffée par le soleil et prête à donner. Après, tout le long du chemin y avait des lis blancs, des coucous, des jonquilles, et plein de petites fleurs des champs. Et puis on entendait des tas d'oiseaux qui gazouillaient à tue-tête partout dans les haies où y avait aussi plein de petites fleurs jaunes qui sentent comme la vigne vierge. Tout ça si différent de par où on était passées que ça nous a coupé le souffle. Tu vas trouver ça drôle Nettie, mais même le soleil on dirait qu'il reste plus longtemps au-dessus de nous ici.

— Dis donc, c'est bien beau tout ça, Shug me fait. Tu m'en avais jamais parlé.

— C'était pas si bien dans le temps. A Pâques tous les ans c'était inondé, et nous les gosses on attrapait la crève. Et puis on restait toujours pas loin de la maison et c'était pas très chouette tu vois.

— Pas chouette, ça ? elle dit au moment où on monte en douceur par une route que je me rappelais pas, et qu'on débouche devant une grande maison jaune à un étage, avec des volets verts et un toit en planches très incliné.

— On n'a pas dû prendre le bon tournant, je dis en rigolant. C'est sûrement des Blancs qui habitent ici.

Toute façon c'était si agréable qu'on s'est arrêtées pour regarder.

— C'est quoi tous ces arbres en fleurs, Shug me demande.

— Sais pas. Des pêchers, des pruniers ou des poiriers. Ou encore, des cerisiers. En tout cas c'est bien beau.

Tout autour de la maison rien que des arbres en fleurs, et encore des pâquerettes, des coucous, et des roses plein partout. Et tous les petits oiseaux du comté perchés dans les arbres, et qui s'en donnaient à cœur joie.

— C'est bien calme, je parie qu'y a personne, j'ai dit au bout d'un moment.

— Normal. Tout le monde est à l'église, un beau dimanche comme ça, Shug a fait.

— On ferait mieux de partir avant le retour de ces gens.

Mais juste comme je dis ça, je sens mon œil accroché par un figuier qu'il reconnaît. Et on entend une voiture qui tourne dans le chemin. Et qui voit-on pas dedans ? Papa et une petite jeunette qu'on dirait sa fille.

Il sort et il fait le tour pour lui ouvrir. Elle est

fringuée à mort. Tailleur rose, grand chapeau rose, chaussures roses, et petit sac rose accroché au bras. Ils regardent la plaque de notre voiture et ils viennent vers nous. Elle le tient par le bras.

— Bonjour, il fait en arrivant à la portière de Shug.

— Bonjour, qu'elle répond et à sa voix je comprends qu'il est pas comme elle s'y attendait.

— Je veux vous être utile ?

Il m'a pas remarquée, et probable qu'il me verrait pas même en regardant bien.

— C'est lui ? Shug me fait entre ses dents.

— Ouais.

Shug en revient pas, ça se voit, et moi non plus. Il a l'air d'un jeune homme. Bien sûr il fait plus vieux que la jeunesse à côté de lui. Mais il a pas la tête de quelqu'un qui a des enfants adultes, et même des petits enfants presque adultes. Et puis d'un coup ça me revient que c'est pas mon père à moi. Seulement le père de mes enfants.

— Dis donc, me fait Shug toujours entre les dents, ta mère elle l'a pris au berceau ou quoi ?

— Il est pas si jeune qu'il en a l'air.

— Voilà, j'ai amené Celie, lui fait Shug. Votre fille Celie. Elle voulait vous voir. Vous demander des trucs.

Il réfléchit un instant, du genre Celie, Celie, qui c'est ça Celie ? Et finalement il nous invite à venir nous asseoir sur la véranda.

— Daisy, il fait à la petite, va dire à Hetty de garder le repas au chaud. On mangera plus tard.

Elle lui serre gentiment le bras, et puis elle se met sur la pointe des pieds et l'embrasse sur la joue. Il tourne la tête pour la regarder monter l'allée et les marches. Il nous suit jusqu'à la véranda et nous aide à tirer des fauteuils à bascule.

— Bon, vous êtes venues pour quoi ? il commence.

— Les enfants sont là ? je demande

— Quels enfants ? et puis il se met à rire. Oh ! ils sont partis avec leur mère. Elle m'a plaqué et elle est repartie dans sa famille. May Ellen, tu dois bien te souvenir d'elle toi ?

— Pourquoi qu'elle est partie ?

— Elle était trop vieille pour moi, il fait en rigolant.

A ce moment, la petite jeunette ressort et vient s'asseoir sur le bras de son fauteuil. Il lui caresse la main pendant qu'il nous parle.

— C'est Daisy, ma nouvelle épouse.

— Mince alors, fait Shug à Daisy, on vous donnerait tout juste quinze ans !

— Je les ai même pas, fait Daisy.

— Je trouve ça bizarre que vos parents vous laissent vous marier aussi jeune.

Daisy hausse les épaules et jette un regard à papa.

— Ils travaillent pour lui. Et ils habitent sur ses terres.

— C'est moi sa famille maintenant, il dit.

Il me rend tellement malade que je manque vomir.

— Nettie est missionnaire en Afrique, je lui dis. Elle m'a écrit que t'es pas notre vrai père.

— Bon, et ben t'es au courant à présent.

Daisy me regarde avec de la pitié jusqu'au ras des paupières.

— C'est bien lui, ça, de vous l'avoir caché, elle fait. Il m'a dit à moi qu'il avait élevé deux petites filles qu'étaient même pas à lui. J'arrivais presque pas à le croire jusqu'à maintenant.

— Ça c'est vrai qu'il leur a jamais rien dit à elles, fait Shug.

— Quel trésor, dit Daisy en l'embrassant sur le crâne pendant qu'il arrête pas de lui caresser le bras. Et puis il me regarde avec le sourire.

— Ton père a pas su se débrouiller, il me dit. Les Blancs l'ont lynché. C'était trop triste pour raconter ça à de pauvres petites filles. N'importe qui aurait fait comme moi.

— Pas sûr, fait Shug sur un drôle de ton.

Il lui jette un regard, et à moi après. Il voit qu'elle sait tout. Mais qu'est-ce que ça peut lui faire maintenant ?

— Tenez, il dit, moi je les connais bien, et le truc pour les faire marcher c'est l'argent. Notre problème à nous autres Noirs c'est qu'après l'esclavage on n'a plus rien voulu savoir des Blancs. Mais pour se mettre bien avec, faut toujours leur donner quelque chose : ton argent, ta terre, ta femme ou ton cul. Moi tout de suite comme ça, je leur ai proposé de l'argent. Et avant de semer une seule graine j'ai toujours fait comprendre à l'un ou à l'autre qu'une sur trois était semée pour lui. Avant d'envoyer un seul grain au moulin, pareil. Et quand j'ai rouvert la vieille boutique de ton père, en ville, j'ai pris un Blanc pour la tenir. Et le plus beau c'est que je le paye avec l'argent des Blancs.

— Pose donc tes questions à ce monsieur très occupé, Celie, a fait Shug. Son repas va refroidir sinon.

— Où est-ce que mon père est enterré ? C'est tout ce que je veux savoir.

— A côté de ta mère.

— Y a une pierre, une marque, enfin quelque chose ?

Il m'a regardée comme si que j'étais folle.

— Pas de ça pour les gens lynchés, il a dit d'un ton que tout le monde y sait ça.

— Et maman, elle a quelque chose ?

— Non plus.

Les oiseaux chantaient toujours autant quand on est reparties Shug et moi. Mais on dirait qu'ils s'arrêtent dès qu'on tourne sur la grande route. Quand on est arrivées au cimetière, le ciel était tout gris. On a cherché et cherché partout, avec l'espoir quand même de trouver un bout de bois ou quelque chose pour maman et papa. Mais on n'a rien vu que des mauvaises herbes, des ronces, et sur des tombes des fleurs en papier qui avaient pâli. Shug a ramassé un vieux fer à cheval qui traînait. Et on a tourné toutes les deux, tourné et tourné jusqu'à presque tomber par terre. Et où on serait tombées, on a planté le fer à cheval.

— Voilà, comme ça on est de la même famille, Shug m'a dit en m'embrassant.

☆

Chère Celie,

Quand je me suis réveillée ce matin j'étais décidée à tout raconter à Corrine et Samuel. Je suis allée les trouver dans leur case, et j'ai tiré un tabouret près du lit de Corrine. Elle est si faible maintenant qu'elle peut seulement exprimer son hostilité par les regards. Et j'ai bien vu que je n'étais pas la bienvenue.

— Corrine, je suis venue vous dire la vérité ainsi qu'à Samuel.

— Samuel m'a déjà tout raconté, m'a-t-elle dit. Si les enfants sont à vous pourquoi ne pas l'avoir dit tout simplement ?

— Allons allons, ma chérie, a fait Samuel.

— Il n'y a pas d' « allons ma chérie ». Nettie a juré sur la Bible de me dire la vérité, et elle a menti.

— Corrine, je n'ai pas menti.

J'ai tourné légèrement le dos à Samuel et j'ai dit tout bas à Corrine « vous avez bien vu mon ventre, pourtant ».

— Qu'est-ce que je sais moi de la grossesse, elle m'a répondu. Je n'ai aucune expérience personnelle. Peut-être que les femmes arrivent à faire disparaître toutes les marques.

— On ne peut pas effacer les vergetures, j'ai dit. Elles restent marquées sur la peau, et le ventre se dilate assez pour garder une certaine rondeur après. Regarde les femmes ici.

Elle s'est tournée vers le mur.

— Corrine, je suis la tante de ces enfants. Leur mère est ma sœur aînée, Celie.

Là, je leur ai tout raconté. Mais Corrine n'était toujours pas convaincue.

— Vous avez tellement dit de mensonges, Samuel et vous ! Qui pourrait vous croire à présent.

— Il faut croire Nettie, a dit Samuel qui avait pourtant été abasourdi par l'histoire entre papa et toi.

Alors je me suis rappelée ce que tu m'avais raconté, que tu avais vu Corrine, Olivia et Samuel en ville un jour qu'elle allait acheter du tissu pour se faire des robes ainsi qu'à Olivia. Et que plus tard tu m'avais envoyée la voir parce que c'était la seule femme que tu avais jamais vue avec de l'argent. Je voulais tellement qu'elle se rappelle ce jour-là, mais rien à faire.

Elle s'affaiblit de plus en plus, et à moins qu'elle se mette à nous croire et à éprouver un sentiment pour les enfants, j'ai bien peur qu'on ne la perde.

Celie, c'est une terrible chose de ne pas croire, et aussi de faire du mal à autrui sans le savoir.

Prie pour nous
Ta sœur Nettie

☆

Très chère Celie,

Toute la semaine dernière j'ai vraiment tout tenté pour que Corrine se rappelle t'avoir rencontrée en ville.

Si seulement elle arrive à se souvenir de ton visage, elle verra bien qu'Olivia (sinon Adam) est ta fille. Ils trouvent qu'Olivia me ressemble, mais en fait c'est parce que moi je te ressemble. Olivia a exactement ton visage, et tes yeux. Ça me stupéfie que Corrine n'ait pas remarqué cette ressemblance

— Vous vous appelez bien la grand-rue en ville ? je lui ai demandé. Et le poteau pour attacher les chevaux devant la mercerie Finley ? et comme ça sentait les cosses de cacahuètes ?

Elle se souvenait de tout ça, mais de rien d'autre. C'est là que j'ai repensé à ses couettes. Ici, les villageois en font de très belles, ornées d'animaux, d'oiseaux, de personnages. Et quand Corrine les a vues elle a commencé à en faire une en alternant des carrés avec des dessins rapportés, et d'autres empruntés aux vêtements hors d'usage des enfants et à ses vieilles robes à elle. Alors je suis allée chercher ses couettes dans sa malle.

— Ne touchez pas à mes affaires, elle m'a dit. Je ne suis pas encore morte.

J'en ai approché une, et puis une autre, de la lumière, pour retrouver la première qu'elle avait faite. Et en même temps j'essayais de me souvenir des robes qu'elle et Olivia portaient quand j'ai commencé à vivre avec elles.

— Ah ! voilà, j'ai dit quand j'ai eu trouvé ce que je cherchais, et j'ai étendu la couette sur le lit.

— Vous vous souvenez du jour où vous avez acheté ce tissu ? je lui ai demandé en montrant un carré fleuri. Et cet oiseau de plusieurs couleurs ?

Elle a suivi les contours du doigt, et ses yeux se sont lentement remplis de larmes.

— Elle ressemblait tant à Olivia, elle a dit. J'avais peur qu'elle veuille la reprendre. Alors je l'ai oubliée, aussi vite que possible et j'ai fixé mon attention sur la façon dont le vendeur m'avait traitée. Je me suis montrée hautaine avec lui parce que j'étais la femme de Samuel, un diplômé d'un grand séminaire, et qu'il me traitait comme n'importe quelle négresse. J'étais très vexée, très en colère, et je ne pensais qu'à cet épisode. J'en ai même parlé à Samuel tout le long du chemin au retour. Mais pas de votre sœur — comment s'appelait-elle, Celie ? Non, pas du tout d'elle.

Elle s'est mise à pleurer à chaudes larmes, et Samuel et moi lui avons tenu la main.

— Il ne faut pas pleurer, j'ai dit. Ma sœur a été heureuse de voir Olivia avec vous ce jour-là, heureuse de la voir vivante. Elle croyait que ses deux enfants étaient morts.

— La pauvre ! a dit Samuel.

Nous sommes restés un moment à parler et à tenir la main de Corrine jusqu'à ce qu'elle s'endorme.

Mais au milieu de la nuit, elle s'est réveillée, Celie. Elle s'est tournée vers Samuel et lui a dit : « Je crois ». Et elle est morte quand même.

Ta sœur qui est bien triste
Nettie

☆

Bien chère Celie,

Je commençais juste à m'habituer à la chaleur, et à l'humidité permanente de la saison, même aux vêtements qui collent et à la sueur sous les bras et entre les cuisses, et voilà que mes petites affaires arrivent ; avec les douleurs au ventre, les crampes et tout ça. Mais je dois faire semblant de rien, sinon ça créerait une gêne entre Samuel, les enfants et moi. Sans parler des gens du village qui pensent que les femmes ne devraient pas se montrer pendant leur mauvais moment du mois.

Juste après la mort de sa mère, Olivia a eu ses petites affaires pour la première fois. Elle et Tashi veillent l'une sur l'autre, je pense, quand ce genre de chose se produit. Je ne suis pas censée être au courant, et je ne sais pas comment aborder le sujet. Je ne trouve pas que ce soit la bonne attitude, mais ici quand on parle à une jeune fille olinka de ses parties intimes, même pour des raisons médicales, les parents ne sont pas contents du tout. Or il est très important qu'Olivia ne soit pas considérée comme une étrangère. Néanmoins, leur rite pour célébrer la puberté est tellement sanglant et douloureux que j'interdis à Olivia d'y accorder la moindre pensée.

Tu te souviens comme j'ai eu peur quand ça m'est arrivé la première fois? Je croyais que je m'étais blessée. Mais Dieu soit loué, tu étais là pour me rassurer.

Nous avons enterré Corrine à la manière des Olinkas, enveloppée dans des feuilles d'écorce, sous un grand arbre. Elle a emporté avec elle toute sa gentillesse, son instruction, et un cœur toujours prêt à faire le bien. Elle m'a tant appris. Je sais qu'elle me manquera toute ma vie. Les enfants ont été bouleversés par sa mort. Ils savaient bien qu'elle était très malade, mais la mort est une chose qu'ils n'arrivent pas à associer à leurs parents ni à eux-mêmes. C'était une étrange procession, nous dans nos longues robes blanches, et les visages peints en blanc. Samuel a l'air complètement perdu, à présent. Je pense qu'ils n'ont jamais passé une nuit l'un sans l'autre depuis leur mariage.

Et toi, comment vas-tu ma chère sœur? Les années ont passé sans que je reçoive une lettre de toi. Le ciel au-dessus de nous est la seule chose que nous puissions partager. Je le regarde souvent, comme si j'espérais un jour y rencontrer tes yeux reflétés dans son immensité. Tes grands yeux si beaux, si purs, et que j'aime. Celie, ma vie n'est que travail et soucis. Ma jeunesse est passée sans avoir vraiment été. Et je n'ai rien à moi, ni homme, ni enfants, ni amis proches, sauf Samuel. Enfin, j'ai quand même des enfants, Olivia et Adam. Et des amis, Tashi et Catherine. J'ai même un foyer : ce village, auquel il arrive tant de malheurs.

Voilà que les ingénieurs blancs sont venus inspecter le territoire. Ils sont arrivés hier et on passé deux heures à circuler dans le village et à examiner les puits de très près. La politesse naturelle des Olinkas est telle qu'ils se sont empressés de leur préparer à manger, bien que les denrées soient rares maintenant par ici depuis que la plupart des jardins ont été saccagés. Et les deux Blancs se sont mis à table comme si c'était une chose normale.

Les Olinkas comprennent très bien que rien de bon ne peut leur arriver avec des gens qui ont détruit leurs maisons. Mais les traditions ne meurent pas facilement. Je n'ai pas parlé à ces hommes, personnellement, mais Samuel l'a fait. Il n'a été question que d'ouvriers, de kilomètres de terrain, de pluies, de plantations, de machines et de choses de ce genre. L'un des deux semblait totalement indifférent aux gens qui l'entouraient ; il mangeait, buvait et fumait en regardant ailleurs. Mais l'autre, un peu plus jeune, semblait avoir très envie d'apprendre la langue... avant qu'elle ne disparaisse, a-t-il ajouté. Ce n'était pas agréable de voir Samuel leur parler. Aussi bien avec celui qui buvait ses paroles, qu'avec celui qui semblait le regarder sans le voir !

Samuel m'a donné tous les vêtements de Corrine. J'en avais grand besoin, même si aucun n'est vraiment adapté à ce climat, comme tous les autres d'ailleurs. C'est vrai, même ceux que portent les Africains. Dans le temps, ils n'avaient pas grand-chose sur le dos. Mais les ladies anglaises ont introduit dans ce pays la « mère Hubbard », une sorte de robe longue, ample, et peu pratique, un vrai sac qui traîne par terre, souvent trop près des feux, ce qui cause pas mal d'accidents. Je n'ai jamais voulu porter une de ces tenues informes pour géants, et je suis donc bien contente que Samuel m'ait donné les affaires de Corrine. En même temps, ça me gênait de les mettre. Corrine m'avait bien dit qu'on ne devait pas s'emprunter nos vêtements, et ce souvenir m'a fait de la peine.

— Etes-vous sûr que sœur Corrine approuverait ? j'ai demandé à Samuel.

— Oui, sœur Nettie. Essayez de ne pas lui en vouloir. A la fin elle a compris, et elle a retrouvé la confiance et la foi. Elle a pardonné, si toutefois il y avait quelque chose à pardonner.

— J'aurais dû vous raconter tout plus tôt, ai-je dit.

Il m'a demandé davantage de détails sur toi, Celie, et les mots ont coulé comme un torrent. Je mourais d'envie de parler de nous à quelqu'un. Je l'ai mis au courant de mes lettres que je t'envoie à Noël et à Pâques chaque année ; et je lui ai expliqué tout ce que ça aurait représenté pour nous si il était allé te voir après mon départ. Il a regretté d'avoir hésité à se trouver impliqué.

— Si seulement j'avais su ce que je sais à présent, il a dit.

Mais comment faire ? Il y a tant de choses que nous ne comprenons pas, et cela entraîne tant de chagrins.

Tendres baisers et joyeux Noël
Ta sœur Nettie

☆

Chère Nettie,

C'est plus au bon Dieu que j'écris maintenant, c'est à toi.

— Et ton bon Dieu dans tout ça, alors ? Shug m'a demandé.

— C'est qui d'abord, le bon Dieu ?

Shug m'a regardée, l'air sérieux.

— Une drôlesse dans ton genre sûrement que ça se tracasse pas pour le bon Dieu, j'ai dit.

— Hé là, doucement tu veux ? C'est pas parce que j'en parle pas tout le temps comme des gens qu'on connaît que j'ai pas ma religion à moi.

— Et qu'est-ce qu'il a fait pour moi le bon Dieu ? je te l' demande.

— Celie ! elle a crié l'air choqué. Il t'a donné la vie, une bonne santé, et une brave fille comme moi qui t'aimera jusqu'à la mort.

— Ouais, et puis aussi un vieux qu'à été lynché, une mère timbrée, un beau salaud de père adoptif, et une sœur que je reverrai sans doute jamais. D'abord, le dieu à qui j'ai fait des prières et à qui j'ai écrit, c'est un homme. Et il est bien comme tous les autres. Pas sérieux, négligent, et la mémoire courte, bref un bon à rien.

— Dis donc Celie, tu ferais mieux de la boucler. Le bon Dieu pourrait bien t'entendre.

— Et alors ? Si il ouvrait ses oreilles toutes grandes pour écouter les femmes noires, le monde ça serait quand même autre chose, c'est moi que j' te l' dis.

Là Shug a parlé, parlé, pour pas que je raconte des choses pareilles, sales cris lèges qu'elle les a appelées. Mais moi ça m'a pas empêchée de continuer.

— Toute ma vie je m'ai moquée de ce que les gens pensaient de moi. Mais dans mon cœur, Dieu c'était important qu'est-ce qu'il pensait. Et voilà, maintenant j'ai compris. Il pense pas. Il se prélasse là-haut, assis sur son trône à faire la sourde oreille. Mais c'est pas facile de se passer de lui. Même si on sait qu'il est pas là, c'est dur d'essayer de faire sans lui.

— Moi j' suis une grande pécheuse, Shug me dit. Déjà parce que je suis née. Je l' reconnais. Mais une fois que tu sais ce qui t'attend après, qu'est-ce que tu peux y faire ?

— En tout cas les pécheurs rigolent plus que les autres, je dis.

— Tu sais pourquoi ?

— Parce qu'y passent pas tout leur temps à se tracasser avec Dieu.

— Non, c'est pas ça. On y pense beaucoup aussi. Mais une fois que tu sais que le bon Dieu y t'aime, tu te débrouilles pour lui faire plaisir à ta manière.

— Tu crois que Dieu t'aime, mais t'as jamais rien fait pour lui. Je veux dire comme aller à l'église, chanter dans le chœur, apporter de la nourriture au prêtre, et tout.

— Mais si le bon Dieu m'aime, Celie, y a pas besoin de faire ces choses-là. J'ai des tas de trucs à moi qui lui font autant plaisir.

— Comme quoi par exemple ?

— Ben, comme flâner, regarder partout et admirer les choses. Me sentir heureuse. M'amuser.

— C'est pas des sales cris lèges tout ça ?

— Celie, dis-moi franchement, tu as trouvé Dieu à l'église, toi ?

— Moi jamais. J'y ai trouvé qu'un tas de gens qui espéraient le voir. Tout ce que j'ai senti de divin à l'église, c'est moi qui l'ai amené. Et à mon idée, c'est pareil pour tout le monde. Les gens viennent là pour mettre ensemble leurs petits morceaux de bon Dieu, comme dans un puzzle tu sais ; mais pas pour le trouver.

— Ben alors, y en a qui doivent pas avoir grand-chose à amener, dans ceux qui me parlaient même pas quand j'étais là à me débattre avec mon gros ventre et les gosses de Mr...

— Ça tu peux l' dire. Mais à part ça, à quoi il ressemble ton Dieu à toi, Celie ?

— J'ose pas en parler, c'est pas facile.

En fait personne m'a jamais demandé ça, et je suis sous le coup de la surprise. En plus quand je pense à lui, il me semble pas qu'il est comme il devrait. Mais j'en ai pas d'autre, alors faut bien que je m'y accroche. Et puis, juste pour voir ce que Shug va dire.

— Ben, je le vois grand et fort. Très vieux avec une barbe grise. C'est un Blanc, et il porte des robes longues toutes blanches, et puis il a les pieds nus.

— Les yeux bleus ? elle demande.

— Bleu-gris. Assez froids. Mais grands, et avec des cils blancs.

Elle se met à rire.

— Pourquoi que tu ris ? Je trouve pas ça si drôle. Comment tu le vois, toi, comme Mr... peut-être ?

— Ça serait pas mieux !

Et là elle me raconte que ce vieil homme blanc c'est le même qu'elle voyait du temps où elle priait.

— Si tu t'attends à trouver Dieu à l'église, c'est celui-là que tu verras forcément, vu que c'est sa maison.

— Comment ça ?

— C'est celui qu'est dans la Bible blanche pour les Blancs.

— Shug ! C'est Dieu qui a écrit la Bible. Les Blancs y sont pour rien, voyons !

— Alors pourquoi qu'il leur ressemble sur les images ? En plus grand et avec des tas de cheveux en plus. Et pourquoi que la Bible c'est comme tout ce qu'ils font ? Ça parle que de leurs histoires à eux, que de leurs joies et de leurs malheurs, et nous les Noirs on compte que pour du beurre.

Elle a raison Shug, j'y avais jamais pensé.

— Ecoute, je lui dis, d'après Nettie y a un endroit dans la Bible où c'est marqué que les cheveux de Jésus sont comme de la laine de mouton.

— Ben, si un jour ça lui prend de venir dans une de nos églises il a intérêt à se faire défriser avant. Parce que si y a une chose que les nègres veulent pas voir c'est bien un dieu avec les cheveux crépus !

— C'est vrai, ça.

— Tu vois, c'est pas possible de lire la Bible sans croire que Dieu est blanc, elle soupire. Moi, quand j'ai su ça et qu'en plus c'était un homme, il m'a plus intéressée. Tu te plains qu'il a pas l'air d'écouter tes prières ? Tu m'étonnes ! Tu vois monsieur le maire écouter un mot de ce que lui racontent des Noirs ? Demande donc à Sofia, tiens !

Mais j'ai pas besoin de Sofia pour savoir ça. Shug a raison. Les Blancs ils écoutent jamais les Noirs, point final. Ou alors juste le temps de penser aux ordres à leur donner.

— Moi j' vais te dire c' que je crois, Celie. Dieu, c'est dedans toi et tous les autres. Tu viens au monde avec Dieu à l'intérieur. Mais y a que ceux qui cherchent Ça là qui le trouvent. Des fois Ça se manifeste même pas si tu le cherches pas, ou si tu cherches sans savoir quoi. C'est les malheurs qui le font sortir pour presque tout le monde je pense. Le chagrin, la misère, enfin quand on est dans la merde quoi.

— Tu l'appelles Ça ?

— Ben, c'est ni un homme ni une femme.

— Alors à quoi Ça ressemble ?

— A rien. C'est pas une série d'images, tu comprends ? C'est pas quelque chose que tu peux regarder séparément du reste et même de toi. Moi je crois que Dieu c'est tout. Tout ça qui est, qui a été et qui sera. Et si t'arrives à sentir ça et que ça te rend heureuse, alors c'est que tu l'as trouvé.

Shug elle est vraiment merveilleuse, moi j' vous l' dis. On dirait une rose géante, là, épanouie dans son fauteuil. Elle a jeté un regard vers la cour, le sourcil froncé, et puis elle a continué.

— Tu sais comment j' me suis éloignée de ce vieil homme blanc, de ce bon Dieu-là ? Ben d'abord ça a été les arbres, l'air qu'on respire, et puis les oiseaux. Et les autres gens, aussi. Et un jour que j'étais assise tranquille, à me sentir comme une pauvre gosse abandonnée, que j'étais vraiment, là ça m'est venu d'un coup, une impression de faire partie de tout ça, de pas être à part, en dehors, tu comprends ? Par exemple l'idée que si je coupe un arbre c'est mon bras qui va saigner. Alors j'ai ri, j'ai pleuré, j'ai couru partout dans la maison. Je venais de découvrir vraiment ce que Ça était. Un peu comme tu vois quoi, elle a dit en souriant et en caressant le haut de ma cuisse.

— Shug ! j'ai fait.

— T'inquiète pas. Dieu il aime toutes ces choses-là Et celle-là c'est même une des meilleures qu'il nous a données. Et quand tu sais que ça lui plaît, à ton Dieu, ça te fait encore plus plaisir à toi. Tu peux te laisser aller. T'es détendue et tu fais ce que tu aimes, à la gloire de Dieu en plus.

— Et Dieu pense pas que c'est dégoûtant ?

— T'es idiote. C'est lui qui a eu l'idée au départ. Ecoute, ton bon Dieu il aime tout ce que tu aimes, et même des choses que toi t'aimes pas forcément. Mais par-dessus tout, ce qui lui plaît c'est ton admiration.

— Tu veux dire que c'est un prétentieux ?

— Mais non. C'est pas de la prétention. Il aime partager avec nous tous les belles choses, que c'est lui qui les a faites en plus ! Ça doit le faire râler si tu remarques pas un beau carré de violet dans un champ par exemple. C'est une couleur pas ordinaire, tu vois ?

— Et qu'est-ce qu'il fait quand il est vexé comme ça ?

— Ben, il doit créer autre chose pour passer sa rogne. Les gens croient qu'il pense qu'au plaisir qu'on lui donne. Mais faut pas être bien malin pour voir qu'il cherche toujours à nous le rendre.

— C'est vrai ?

— Ouais. Il prépare des petites surprises et il nous les sort quand on s'y attend le moins, a fait Shug très sûre d'elle.

— Tu crois qu'il veut qu'on l'aime, comme c'est écrit dans la Bible ?

— Oui, Celie. Tout le monde veut être aimé. Nous autres on danse, on chante, on raconte des histoires, on offre des fleurs, tout ça pour que les autres nous aiment. Et toute la nature c'est pareil.

Bref, on a parlé et parlé de Dieu, mais moi je suis encore un peu perdue dans tout ça. J'essaie de me sortir le vieil homme blanc de la tête. Jusque-là ça m'a tellement occupée de penser à lui que j'ai rien remarqué des choses qu'il a créées. Par exemple, un épi de maïs, comment il a pu faire ça ? Et la couleur violette, d'où ça peut bien venir ? Les petites fleurs des champs, et tout.

Maintenant que mes yeux sont ouverts, je me sens toute bête. Si je compare la méchanceté de Mr... à côté de n'importe quelle petite plante du jardin, elle paraît plus si importante. Mais pas rien du tout non plus. Shug a raison quand elle dit qu'y faut d'abord chasser l'homme de devant son œil pour y voir plus clair.

L'homme il se met partout et il pourrit tout. Il est sur ta boîte de céréales, dans ta tête, sur toutes les radios. Il veut te faire croire qu'y a que lui partout. Et quand tu le crois, alors tu penses que Dieu c'est lui. Mais c'est pas vrai. Donc quand t'as envie de prier et que l'homme se met devant toi comme si que c'était pour lui, envoie-le balader. Pense aux petites fleurs, au vent, à l'eau, à un gros caillou.

Mais c'est pas facile, laisse-moi te l' dire. Ça fait si longtemps qu'il est là, il veut pas bouger. Et il menace le monde avec les éclairs, les inondations, les tremblements de terre. Faut qu'on se défende. Maintenant je prie plus très souvent. Et chaque fois que je m' représente un caillou dans ma tête, c'est pour le lancer !

Amen !

☆

Chère Nettie,

Quand j'ai dit à Shug que c'est à toi que j'écris et plus au bon Dieu, elle a rigolé. Mais Nettie elle connaît pas tous ces gens-là, qu'elle m'a dit. Et vu à qui j'écrivais avant, c'est vrai qu'elle a raison, et ça me fait tout drôle.

Alors voilà, Sofia c'est celle que tu as vue un jour en ville qui portait les paquets à la femme du maire. Ils l'ont prise pour faire la bonne. Et Sofia c'est aussi la femme d'Harpo, le fils de Mr... Les flics l'ont bouclée à cause qu'elle avait insulté la femme du maire, et comme lui il lui a mis une gifle, elle lui a rendu ses coups. Au début ils l'ont collée en prison, à laver le linge sale de tout le monde. Elle en pouvait plus et elle avait déjà un pied dans la tombe. Mais on a pu la faire transférer chez le maire. Pour être sa bonne. Elle dormait dans un genre de cave, mais c'était quand même mieux que la prison. Y avait bien des mouches, mais pas des rats.

N'importe comment ils l'ont gardée onze ans et demi, en lui enlevant six mois de bonne conduite pour qu'elle retourne plus vite dans sa famille. Mais les grands enfants étaient déjà mariés et partis, et les plus jeunes la connaissaient même pas. Ils l'aimaient pas trop, et ils étaient pas gentils avec elle. Ils la trouvaient un peu bizarre, et vieille, et puis elle parlait tout le temps de cette petite fille blanche qu'elle avait élevée.

Hier on a tous été dîner chez Odessa. C'est une sœur à Sofia, celle qui a élevé les gosses pendant son absence. Il y avait Jack, son mari, et puis Harpo et sa petite amie Squeak.

Sofia était à la grande table avec nous, mais on aurait dit qu'y avait pas vraiment de place pour elle. Les enfants lui passaient le bras sous le nez pour se servir, comme si elle était pas là. Et puis, Harpo et Squeak c'est déjà un vieux ménage maintenant. Les enfants appellent Odessa « maman », et Squeak « petite maman ». Mais ils appellent Sofia « madame ». Les seuls qui font un peu attention à elle c'est Harpo et la petite fille de Squeak, Susie Q, qui était assise en face de Sofia et la regardait par en dessous.

A la fin du repas, voilà Shug qui repousse sa chaise, allume une cigarette et qui dit :

— Bon, maintenant on va vous mettre tous au courant.

— De quoi ? Harpo demande.

— De notre départ.

— Ah bon ? il fait en cherchant la cafetière et en jetant un regard à Grady.

— On s'en va, Shug répète.

Mr... fait l'étonné, comme à chaque fois que Shug dit qu'elle s'en va quelque part. Il se frotte l'estomac pour digérer, et il évite de regarder Shug en face, comme si de rien était et qu'elle aurait pas parlé.

— On se plaît bien ici, Grady fait. Au milieu de vous tous, tellement gentils, et bons comme du bon pain. Mais faut bien partir un jour.

Squeak a le nez dans son assiette et n' dit rien. Moi

non plus. J'attends que les plumes commencent à voler de tous les côtés.

— Celie part avec nous, Shug leur annonce.

Je vois la tête de Mr... qui se tourne d'un bloc vers elle.

— Qu'est-ce que tu racontes ? il dit.

— Celie vient à Memphis avec moi.

— Faudra d'abord me passer sur le corps.

— Ça c'est comme tu veux, Shug lui fait sans se démonter.

Mr... va pour se lever, et puis il regarde Shug et se laisse retomber sur sa chaise. Il me regarde à mon tour.

— Ben, j' croyais que t'étais heureuse maintenant, il me dit. Alors qu'est-ce qui va pas, encore ?

Et là ça m'a monté à la gorge.

— Que t'es une ordure, un minable, c'est ça qui va pas. Et que c'est le moment que je te quitte et que j'entre dans la Création. Et pour ce qui est de t' passer sur le corps j'ai justement besoin d'un paillasson devant ma porte.

— Hein ? De quoi ? il fait, sous le choc.

Les autres restent bouche bée tout autour de la table.

— Tu m'as enlevé ma sœur Nettie, je continue, et c'était la seule au monde qui m'aimait.

Mr... en bafouille « mmm... mmm... mmmais... ».

— Y a pas de mais. Nettie et mes enfants vont revenir, et quand y seront là on va tous te mettre une sacrée raclée.

— Nettie et tes enfants, il fait, du dérailles !

— Parfaitement, j'ai des enfants. Elevés en Afrique, et avec une bonne éducation encore, et plein de bon air et d'exercice. Ils ont mieux tourné que ces pauvres ballots que t'a même pas essayé d'élever.

— Hé là, minute, Harpo me fait.

— Toi d'abord, la ferme ! Si t'avais pas voulu jouer

au petit chef avec Sofia, elle aurait jamais été en taule à trimer pour des Blancs.

Sofia s'en est arrêtée de mâcher depuis un moment, tant elle en revient pas que je parle sur ce ton-là.

— Tout ça c'est que des mensonges, Harpo fait en colère.

— Ben, y a un peu de vrai quand même, dit Sofia qui a pas parlé jusque-là.

Tout le monde la regarde, l'air qu'elle est un revenant et que sa voix sort de la tombe. Et moi je continue juste après :

— Et vous, vous êtes des sales mômes, tous autant que vous êtes. Ma vie ça a été un enfer à cause de vous. Et votre père, là, c'est moins que de la crotte de bique !

Mr... essaie de me gifler par-dessus la table, mais je le menace avec mon petit couteau.

— Sale garce ! il crie. Et puis qu'est-ce qu'y vont dire les gens si tu te tires à Memphis comme si t'avais pas de foyer à t'occuper, hein ?

— Albert, Shug lui fait, réfléchis avant de dire des âneries. Pour moi, les femmes qui se foutent pas de ce que les gens peuvent bien penser, c'est un mystère !

— Ben quand même, fait Grady pour éclaircir le mystère, comment une femme pourrait se trouver un bonhomme si on jase sur elle ?

Shug me regarde, et on pouffe en même temps. Et puis on rigole vraiment. Ça gagne Squeak, et Sofia aussi. On est toutes mortes de rire.

— Y sont pas beaux les bonshommes ! Shug nous fait.

On dit, si, et on est là à taper sur la table et à s'essuyer les yeux.

— Arrête ça, Squeak, fait Harpo. Ça porte malheur de se moquer des hommes comme ça.

— Bon, d'accord, elle dit en essayant de reprendre son souffle et de se faire un visage sérieux.

Il regarde Sofia après, mais elle baisse pas les yeux et elle lui rit au nez.

— Moi, j'ai eu ma dose de malheur pour pouvoir rire le reste de mes jours, elle fait.

Harpo la regarde comme le jour où elle avait mis une trempe à Mary Agnes. Un ange passe.

— Dire que j'ai eu six gosses avec cette folle-là, il murmure.

— Cinq, Sofia le corrige.

Il est tellement démonté qu'il réplique rien. Il se tourne vers la plus jeune, Henrietta. C'est sa petite préférée, même si elle est toujours à rechigner, insupportable, et têtue comme une mule.

— Henrietta, il fait.

— Ou...iii, elle répond en articulant exprès comme on fait à la radio. Ou...iii monss...ssieur ?

La manière qu'elle cause ça déroute toujours Harpo.

— Rien, il fait d'abord, et puis : donne-moi un verre d'eau bien glacée.

Elle bouge pas.

— S'il te plaît, il dit.

Elle va chercher le verre, le pose devant lui et lui fait une bise. « Mon pauvre papa », elle lui dit, et elle se rassoit.

— Tu n'auras pas un sou de moi, Mr... me dit à ce moment-là. Pas un traître sou.

— Est-ce que je t'ai déjà demandé de l'argent, moi ? Je t'ai jamais rien demandé, même pas ta sale main en mariage.

Là y a Shug qui attaque.

— Hé, minute. Y a quelqu'un d'autre qui part avec nous. Faut pas que Celie prenne tout sur son dos.

Tout le monde louche vers Sofia, vu que c'est elle à qui ils arrivent pas à faire une place. L'étrangère, quoi.

— C'est pas moi, qu'elle dit. Et son regard, lui, leur dit : allez donc vous faire foutre, pour penser ça de moi.

Elle prend un biscuit et cale bien son postérieur dans son siège, exprès. Ça se voit au premier coup d'œil qu'il vaut mieux pas poser de questions à ce morceau de femme, avec ses cheveux grisonnants et son regard de dingue. Des questions sur rien.

— Rien que pour mettre les choses bien au clair, elle dit, je suis chez moi ici. Voilà.

Sa sœur Odessa vient l'entourer de ses bras, et Jack se rapproche aussi.

— Bien sûr que tu es chez toi, il dit.

— Elle pleure maman Odessa? demande un des enfants.

— Et madame Sofia aussi, un autre dit.

Mais Sofia pleure pas longtemps. C'est pas son genre.

— Alors, qui c'est qui part, elle demande.

Personne dit un mot. Y a un tel silence qu'on entend les braises craquer. Squeak regarde tout le monde par-dessous sa frange, et puis elle dit :

— C'est moi. Je monte dans le Nord.

— De qu... qu... quoi? fait Harpo. Il est tellement ahuri qu'il en bégaye, comme son père tout à l'heure.

— Moi j' veux chanter, Squeak dit.

— Chanter ! il fait.

— Oui. J'ai pas chanté en public depuis que Jolentha est née.

C'est le vrai nom de la petite, mais on l'appelle Susie Q.

— Faut dire que t'as pas eu besoin de le faire, depuis. Je te donne tout ce que t'as besoin.

— Eh ben, moi j'ai besoin de chanter.

— Ecoute Squeak, fait Harpo, tu vas pas à Memphis et y a pas à discuter.

— Mary Agnes, s'il te plaît, fait Squeak.

— Squeak, Mary Agnes, quelle différence?

— Ça en fait une grosse. Quand je m'appelais Mary Agnes je pouvais chanter en public.

Juste à ce moment-là on frappe un petit coup à la porte. Odessa et Jack se regardent, et Jack dit « entrez ».

Une petite femme, une Blanche, toute maigre, entre à moitié dans la pièce.

— Oh ! vous dînez en famille, elle dit. Excusez-moi.

— Y a pas de mal, fait Odessa, on a presque fini. Mais y a des tas de restes. Venez donc vous asseoir et manger avec nous. Ou je peux vous porter quelque chose sur la véranda si vous voulez.

— Oh, seigneur ! fait Shug.

C'est Eleanor Jane, la petite que Sofia s'occupait dans le temps. Son regard fait le tour de la table pour la trouver, et elle a l'air soulagée de la voir.

— Non merci, Odessa, elle dit. Je n'ai pas faim. Je veux seulement voir Sofia. Je peux vous parler dehors un instant, Sofia ?

— Bien sûr, dit Sofia.

Elles sortent toutes les deux, et au bout d'un moment on entend la femme renifler un peu et puis pleurer vraiment.

— Qu'est-ce qu'elle a ? demande Mr...

— Des pro-blê-meus, Henrietta fait en singeant encore les gens qui causent à la radio.

— Elle est toujours dans les jambes de Sofia, Odessa nous dit.

— On boit beaucoup dans cette famille, fait Jack. En plus le fils leur fait du souci. On veut plus de lui au collège. Il se saoule, il tape sur les nerfs à sa sœur, il court les filles, il attaque les nègres, et encore d'autres bêtises.

— C'est déjà pas mal, dit Shug.

Là y a Sofia qui revient et qui se rassoit.

— Alors, qu'est-ce qui va pas cette fois ? Odessa lui demande.

— Ça va très mal chez eux.

— Faut que tu y ailles ?

— Ben oui. Mais je tâche de revenir avant que les enfants se couchent.

Henrietta demande à quitter la table parce qu'elle a mal au ventre. La petite fille de Squeak et Harpo vient regarder Sofia sous le nez.

— Faut que tu t'en vas, maamsofia ?

Sofia dit que oui, et elle la prend sur ses genoux. Sofia est en liberté mais à condition d'avoir une bonne conduite, elle explique à la petite.

— Pauvre Sofia, fait Susie Q. en mettant sa tête sur sa poitrine.

— Mary Agnes, ma chérie, regarde comme Susie Q. se plaît bien avec Sofia, dit Harpo.

— C'est vrai, Squeak répond. Les gosses, ça lit la bonté sur les visages.

Elle et Sofia se regardent avec un sourire.

— Tu peux aller chanter, Sofia lui dit, et moi je m'occuperai de la petite jusqu'à quand tu reviendras.

— Promis ? Squeak demande.

— Promis.

— Ben, occupe-toi donc de Harpo en même temps, Squeak dit encore.

S'il te plaît. Ça serait chic, maamsofia.

Amen

☆

Chère Nettie,

Bon, tu vois, là ou y a un bonhomme y a toujours des problèmes. Dans la voiture pour aller à Memphis, Grady a fait toutes les places vu que à chaque fois qu'on en changeait il voulait être à côté de Squeak. Il a conduit le temps que Shug et moi on dort. Il racontait à Squeak la vie à Memphis dans le Tennessee. J'ai pas pu dormir vraiment parce qu'il arrêtait pas d'en faire tout un plat sur les clubs, les boutiques de vêtements, et quarante-neuf marques de bière différentes. A force qu'il parlait de trucs à boire ça m'a donné envie de faire pipi. Il a fallu trouver une route qui tourne dans un bois pour se soulager tous.

D'un coup je vois Mr... qui fait comme si il s'en fiche pas mal au fond.

— Tu reviendras, il me dit. Y a rien à faire dans le Nord pour des gens comme toi. Shug a du talent, elle. Elle chante bien. Elle a du chien. Elle peut causer à n'importe qui. Elle est belle. On la remarque partout. Toi qu'est-ce que t'as pour toi ? T'es moche, t'es maigre, t'es mal foutue. T'es trop froussarde pour l'ouvrir quand y a des gens. Tout ce que tu peux faire à Memphis, c'est la bonne de Shug. Lui vider sa cuvette, et peut-être lui faire sa cuisine. Mais ça c'est pas ton fort, toute façon. Et le ménage, il a jamais été bien fait depuis que ma femme elle est morte. Et y a pas un type assez cinglé pour vouloir te marier. Tu crois que tu vas faire quoi, au juste ? La fille de ferme ? Ça me fait rire. Peut-être on t'engagera pour travailler au chemin de fer.

— Y a d'autres lettres pour moi ?

— De quoi ?

— T'as très bien entendu. Des lettres de Nettie.

— Si y en avait, j' te les donnerais pas. Vous êtes toutes les mêmes les bonnes femmes. On veut être gentils avec vous, mais vous, vous êtes toujours prêtes à mordre.

— Moi, je te jette un sort, je lui dis.

— Qu'est-ce ça veut dire ça encore ?

— Tant que t'es pas correct avec moi, tout ce que tu feras ça tournera mal.

— Tu te prends pour quoi ? il fait en riant. Tu peux pas jeter des sorts comme ça. Regarde-toi donc. T'es noire, pauvre, moche, et en plus t'es une femme. T'es vraiment rien du tout.

— Ben j' te répète, tant que tu me traites pas comme y faut, tout va te claquer entre les doigts.

Je lui sors ça tout net, comme ça me vient. Et je crois que ça me vient de la nature autour.

— Qu'est-ce que c'est que ces histoires, hein ? Probable que je t'ai pas flanqué assez de raclées.

— Chaque coup que tu me donnes, tu souffriras le double, voilà. Et puis, tu ferais mieux de te taire parce que tout ce que j' te dis là ça vient pas que de moi. C'est comme si que l'air autour me met les mots dans la bouche.

— Purée ! J'aurais dû te boucler dans un placard et te laisser sortir juste pour travailler.

— La prison où que tu veux m'enfermer, tu pourriras dedans.

Shug s'approche de nous. Elle me regarde une seconde et elle dit « Celie ! » Et puis elle se tourne vers Mr...

— Ça suffit Albert ! Tu fais que de te créer d'autres ennuis.

— Attends, j' vais m'occuper d'elle ! il dit et il me saute dessus.

Un petit nuage de poussière passe entre nous deux, et ça me met des saletés plein la bouche. Et les saletés, ça dit : tout ce que tu me fais ça te retombera vite dessus.

Là je sens Shug qui me secoue. « Celie », elle dit. Et je me réveille ! Je suis pauvre, je suis noire, je suis peut-être moche et je fais mal la cuisine, dit une petite voix dans moi, mais je suis là quand même.

— Amen, dit Shug. Amen.

☆

Chère Nettie,

Je vais te raconter un peu notre vie à Memphis. La maison de Shug est grande, toute rose, et ressemble à une grange, sauf que là où on met le foin y a des chambres, des toilettes, et un genre de grande salle de bal où elle répète des fois avec son orchestre. Elle a un grand terrain tout autour, avec une fontaine sur le devant et des tas de statues de gens que je connais pas et que je rencontrerai sûrement jamais. Et puis aussi plein d'éléphants et de tortues partout, en faux bien sûr, des gros, des petits, dans la fontaine, sous les arbres, même dans la maison y a des éléphants sur les rideaux et des tortues sur les couvre-lits.

Shug m'a donné une grande chambre qui donne derrière sur le jardin et les fourrés au bord du ruisseau.

— Comme ça tu profiteras bien du soleil le matin, elle m'a dit.

Sa chambre à elle donne du côté à l'ombre. Shug travaille tard, se couche tard et se lève tard. Y a pas des tortues ni des éléphants sur les meubles, seulement quelques statues dans la pièce. Elle dort dans de la soie et du satin, même les draps. Et elle a un lit tout rond comme je savais pas qu'y en a.

— Je voulais me faire construire une maison ronde, elle m'a dit. Mais tout le monde trouve que ça fait en tic (ou un tic, j'ai pas bien saisi), comme les moulins ou les huttes, tu vois ? On peut pas mettre des fenêtres à une maison ronde. Quand même, j'ai fait des plans comme j'ai pu, et un de ces jours...

Et elle me les montre. C'est une grande maison toute ronde et rose comme un gros gâteau, avec des fenêtres et des portes et des arbres autour.

— Elle est en quoi ? je lui demande.

— En terre, mais j'ai rien contre le béton. On pourrait faire des coffrages pour chaque partie, couler le béton dedans, le laisser prendre, enlever les coffrages, raccorder le tout, et ça y serait.

— Moi j'aime bien celle que tu as, je lui dis.

— Ouais, elle est pas mal, mais comme je suis pas quelqu'un de carré ça me fait drôle d'habiter une baraque carrée.

Et on se met à causer maison toutes les deux. Comment on les construit, quel genre de bois, et tout. On parle aussi d'arranger à l'extérieur pour que ça soye utile. Je me mets sur le lit et je dessine comme une jupette en bois tout le tour de sa maison sur le plan. Un genre de banc en rond, pour s'asseoir quand on en a assez de l'intérieur.

— Bonne idée, elle dit, et on va lui mettre une toile de tente au-dessus.

Elle prend le crayon et dessine de l'ombre pour la tenture. Et aussi des jardinières partout.

— Avec des géraniums dedans, je dis.

— Et des éléphants de pierre, ici.

— Et puis une ou deux tortues, là.

— Et pour toi ça sera quoi ? elle me demande.

— Moi j'aime bien les canards sauvages, je fais en riant.

Bref, on s'amuse comme des folles et quand on a fini, notre maison on dirait qu'elle peut aller sur l'eau ou s'envoler ! Personne arrive à la cheville de Shug pour ce qui est de la cuisine quand elle décide de la faire. Elle se lève tôt pour l'occasion, et va au marché acheter que des choses bien fraîches. Après, elle s'assied sur les marches de derrière et là elle écosse les pois, nettoie les salades, les choux, ou le poisson. Et puis elle allume sous toutes ses casseroles, et pendant que ça cuit elle met la radio. A une heure c'est prêt et on va à table. Du jambon, du poulet, des légumes verts, du pain de maïs. D'autres fois, des tripes, des pieds de porc confits, des pois chiche. Bien sûr y a toujours sur la table des gombos et des bouts d'écorce de pastèque dans du vinaigre. Et au dessert, un gâteau au caramel, et de la tarte aux mûres. On mange tous comme quatre, en buvant du vin doux et de la bière.

Après, Shug et moi on va s'écrouler dans sa chambre pour faire descendre tout ça. Y fait frais et c'est toujours dans la pleine ombre. On est dans les bras l'une de l'autre sur son lit bien confortable. Des fois, Shug lit le journal tout haut. C'est toujours des histoires de fous. Les gens se disputent, se volent, s'accusent, se battent, et personne a l'air de vouloir la paix.

— Les gens sont tous cinglés, Shug dit. Fous à lier. Alors comment veux-tu que ça marche sur la terre ? Tiens, écoute ça : ils construisent un barrage dans un coin où ça va faire partir une tribu indienne qui y est depuis toujours. Et ça : ils font un film sur ce type qui a tué plein de femmes. Et c'est le même acteur qui joue le prêtre et l'assassin. Et puis, regarde-moi ces nouvelles chaussures. Essaye donc de faire deux kilomètres avec ça aux pieds. T'es sûre de rentrer en boitant. Et tu sais ce qu'ils vont faire à ce type qui a battu à mort un couple de Chinois ? Ben, rien du tout.

— Ouais, mais y a quand même des bonnes choses aussi.

— C'est vrai, Shug fait en tournant la page. Tiens : Mr et Mrs Hamilton Hufflemeyer sont heureux d'annoncer le mariage de leur fille June Sue. Les Morris de Endover Road organisent une réception en l'honneur de l'Eglise épiscopale. Mrs Herbert Edenfail est allée la semaine dernière dans les Adirondacks rendre visite à sa mère malade, l'ex-Mrs Geoffrey Hood. Ils ont tous l'air plutôt heureux sur les photos, épanouis, bien en chair, avec un regard innocent comme si ils savent pas que les salauds sur les autres pages existent. Mais c'est les mêmes tout pareils.

Les périodes de repos durent pas longtemps, et bientôt Shug repart travailler. Avant, elle nous fait un grand dîner, et un grand coup de nettoyage dans la maison. Elle part en tournée des semaines de suite, et là elle fait plus attention à ce qu'elle mange, où si elle dort. Elle revient avec des yeux tout rouges, une haleine épouvantable, des kilos en trop, et l'air crasseux. Y a jamais d'endroit où elle a le temps de se laver à fond, surtout les cheveux.

— Emmène-moi donc avec toi, je lui dis. Je repasserai tes robes, je te coifferai. Ça serait comme au bon vieux temps quand tu chantais chez Harpo.

Elle dit que non. Qu'elle fait semblant de pas se faire suer devant un public qu'elle connaît pas, surtout des Blancs, mais qu'elle pourrait pas devant moi.

— En plus, elle me dit, t'es pas ma bonne. Je ne t'ai pas amenée à Memphis pour ça. Je t'ai amenée pour t'aimer, et t'aider à trouver ton chemin.

Là, elle est partie pour deux semaines. Et Grady, Squeak et moi on est là à tourner virer dans la maison, et à essayer de faire quelque chose. Squeak va dans des tas de clubs. C'est Grady qui l'emmène. Ça l'occupe. Je crois aussi qu'il plante quelques trucs derrière la maison.

Moi je reste dans la salle à manger et je fais des pantalons. J'arrête pas. J'en ai de toutes les couleurs maintenant, et de toutes les tailles. Je change de tissu, de motif, de ceinture, de forme de poche. Je change le style de l'ourlet, l'ampleur de la jambe. J'en fais tellement que Shug me taquine.

— Je me serais jamais douté que mon idée de départ allait donner ça ! elle m'a dit en plaisantant.

Y a des pantalons sur toutes les chaises, accrochés devant le buffet, les placards. Des patrons en papier journal, et du tissu partout sur la table et par terre. Quand Shug revient elle me serre contre elle et elle m'embrasse au milieu de tout ce désordre.

— Dis donc, combien d'argent t'as besoin cette semaine, elle me demande toujours avant de repartir.

Et puis un jour je réussis un pantalon parfait. Pour elle, pour ma chérie bien sûr. En jersey souple, bleu foncé, avec des petites taches rouges. Le gros succès c'est qu'on est tout à fait à son aise dedans. Vu que Shug mange un tas de cochonneries en tournée et qu'elle boit, son ventre gonfle. Mais ce pantalon-là peut se prêter sans perdre sa forme. Comme elle met ses affaires dans des valises et que faut pas que ça se froisse, je l'ai prévu exprès, tout souple, qui prend pas de faux plis, dans un tissu qui reste toujours pimpant. Aussi, j'ai mis de l'ampleur autour des chevilles, comme ça elle peut chanter avec, comme dans une robe longue si elle veut. Et sur Shug, ça vous en met plein la vue.

— Ma Celie, t'es un vrai génie, elle me dit.

Moi je baisse la tête. Elle court dans toute la maison pour se regarder. Toute façon, elle est superbe. Elle va faire voir à Grady et Squeak comme le pantalon est réussi.

— Bah, c'est facile quand on a rien à faire de son temps, je dis. Je suis là à me demander comment je peux gagner ma vie, et je me retrouve à faire un nouveau pantalon.

Squeak en voit un qui lui plaît à elle aussi.

— Celie, je peux l'essayer ?

Elle en passe un couleur coucher de soleil, orange avec des taches grises. Ça lui va très bien. Grady la mange des yeux.

Shug tripote les tissus qui pendent partout. Ils sont doux, souples, et ils accrochent bien la lumière.

— On est loin de cette saleté de toile de l'armée toute raide qu'on a eue au début, elle dit. Tu devrais en faire un spécial pour Jack. Ça serait gentil de le remercier, et de lui montrer ton travail.

Quelle idée de me dire ça ! La semaine d'après je fais les boutiques et je dépense encore l'argent de Shug. Et puis je m'assois devant la fenêtre, et je pense à un genre de pantalon pour Jack. Il est grand, il est gentil, et il parle pas souvent. Il adore les enfants. Il respecte sa femme Odessa, et toutes ses amazones de sœurs. Il la soutient pour tout ce qu'elle veut faire, mais toujours sans causer beaucoup. Et puis je me souviens qu'une fois il m'a touché le bras, et c'était comme si ses mains avaient des yeux qui me connaîtraient parfaitement. Et pourtant il m'avait à peine touchée vers l'épaule.

Je commence donc son pantalon. En poil de chameau, bien sûr, c'est doux et solide. Avec des grandes poches pour y fourrer tous les trucs des gosses, les billes, les ficelles, les sous et les cailloux. Faut qu'y soye lavable et plus serré dans le bas que celui de Shug, pour pouvoir courir au secours d'un gosse si y a besoin. Faut aussi qu'y soye confortable pour quand il tient Odessa dans ses bras devant le feu. Et...

Et voilà que je rêve dans ma tête au pantalon de Jack. Alors je coupe, je couds, et je le finis. Et puis je l'envoie.

Première nouvelle après ça, Odessa en veut un elle aussi. Et puis Shug en veut deux pareils que le premier. Et après, tous les types de l'orchestre qui en veulent aussi. Les commandes arrivent de partout où Shug va chanter. En un rien de temps je suis débordée.

Un jour où elle revient de tournée moi je lui dis :

— Tu vois, j'adore faire ça mais faut bien que je me mette à gagner ma vie. Tout ça, ça fait que de traîner les choses.

— On va faire de la réclame dans le journal, elle me dit en riant, et remonter les prix d'un bon cran. On va dire que cette salle à manger c'est ton atelier, et tu vas prendre des filles pour couper et coudre. Comme ça tu auras du temps pour créer les modèles. Tu la gagneras ta vie, Celie. Ça y est ma fille, c'est parti pour toi.

Nettie je te fais un pantalon pour supporter la chaleur en Afrique. Doux, blanc, léger, avec un cordonnet qui serre à la taille. T'auras plus jamais trop chaud, ni l'impression d'avoir trop de vêtements. Je vais le coudre à la main celui-là, et chaque point ça sera un baiser pour toi.

Amen
Ta sœur Celie
Pantalons à responsabilité illimitée
Sugar Avery Drive,
Memphis Tennessee.

☆

Chère Nettie,

Je suis tellement contente. J'ai l'amour, du travail, de l'argent, des amis et du temps pour moi. Et puis, t'es vivante et tu vas revenir bientôt avec nos enfants.

Jerene et Darlene me donnent un coup de main à l'atelier. C'est des jumelles qui sont pas mariées. Elles adorent la couture. En plus, Darlene veut m'apprendre à parler mieux. Elle dit que : t'as pas, y a pas, faut pas, c'est pas vraiment bon. Quand je dis : comme si que, ou j' m'ai assise, ça sent la cambrouse. Et plein d'autres trucs comme ça, qui font que des Noirs avec de l'instruction te prennent pour un plouc, et que les Blancs rigolent.

— Moi ça m'est bien égal, je lui dis, vu que je suis heureuse comme ça.

Mais elle dit que je serai encore plus heureuse si je parle comme elle. Moi, rien peut me rendre plus heureuse que te revoir ma Nettie. J'ai ça dans mon cœur, mais je le garde pour moi. Chaque fois que je cause à ma manière, Darlene me corrige pour que ça soye correct. Maintenant j'ai l'impression de plus pouvoir penser du tout. Quand je vais pour dire quelque chose, ça s'embrouille dans ma tête, ça tourne en rond, et ça veut plus sortir.

— Tu es sûre que ça vaut le coup ? je lui ai demandé.

Elle a dit que oui et elle m'a apporté un paquet de livres où on explique toutes ces choses. Mais c'est quand même dur, et pas drôle pour moi. Darlene ne perd pas courage.

— Pense que Shug sera plus à l'aise quand tu seras instruite, elle me répète. Elle n'aura plus honte de t'emmener partout où elle va.

Moi je pense que Shug elle n'a pas honte de moi, toute façon. Mais Darlene me croit pas. Pardon, ne me croit pas.

— Sugar, elle dit un jour à Shug qui revient de tournée, tu ne penses pas que ça serait bien si Celie parlait comme il faut ?

— Moi je m'en fous, Shug a fait. Elle pourrait bien parler par gestes que ça serait pareil.

Et là-dessus elle se fait une bonne tasse de tisane, et me parle de défriser ses cheveux avec de l'huile chaude.

Mais je laisse quand même Darlene continuer sur son idée, et me corriger. Des fois moi j'y pense, mais pas tout le temps. Toute façon je trouve pas très malin de vous faire parler d'une manière que ça vous fait bizarre dans la tête. Mais Darlene est tellement gentille, et elle coud tellement bien, et puis faut bien parler de quelque chose en travaillant.

Je commence un pantalon pour Sofia maintenant.

Avec une jambe violette et l'autre rouge. J'ai rêvé de Sofia dans ce pantalon. Elle dansait sur la lune.

Amen,
Ta sœur qui t'aime
Celie

☆

Chère Nettie,

De faire le chemin jusqu'à chez Harpo et Sofia, ça m'a rappelé le bon vieux temps. Sauf que leur maison est toute neuve, plus grande qu'avant, un peu plus loin que la boîte. Mais moi aussi, j'ai changé. J'ai une autre allure. Je porte un pantalon bleu nuit et un chemisier en soie blanche, bien chic. Des chaussures rouges à talons plats et une fleur dans les cheveux. En passant devant la maison de Mr... je l'ai vu assis sur la véranda, et il m'a même pas reconnue.

Bon, je vais pour frapper à la porte de chez Harpo et j'entends du vacarme. Comme une chaise renversée. Et puis des voix qui se disputent.

— ... qu'on n'a jamais vu des femmes porter un cercueil. Voilà ce que je veux dire, fait Harpo.

— Bon, eh ben tu l'as dit. Alors maintenant tu te tais, Sofia lui dit.

— Je sais bien que c'est ta mère, Harpo continue, mais quand même.

— Tu veux nous aider ou pas ?

— De quoi ça aura l'air, hein ? Trois bonnes femmes qui portent un cercueil et qui feraient mieux d'être à la maison pour préparer le poulet.

— Y aura trois de nos frères aussi, de l'autre côté, fait Sofia.

— C'est pas pareil. Les gens ont l'habitude de voir des hommes faire ce genre de truc. Les femmes c'est pas assez costaud. Tout le monde pense ça, c'est bien connu. Une femme c'est fragile. Ça a le droit de pleurer. Mais pas de prendre les choses en main.

— Mais si justement. La pauvre femme est morte. Je peux la pleurer, et porter le cercueil aussi. Et même si tu nous aides pas pour le repas après, et aller chercher les chaises, et à la réunion, je compte le faire quand même.

D'un coup il y a un grand silence. Et puis j'entends Harpo qui dit sur un ton gentil :

— Pourquoi que t'es comme ça, hein ? Pourquoi que tu veux toujours en faire qu'à ta tête ? J'ai demandé ça à ta mère un jour, quand t'étais en prison.

— Et alors, qu'est-ce qu'elle a dit ?

— Que dans ta tête, tes manières valent bien celles des autres et qu'en plus c'est les tiennes à toi.

J'entends Sofia qui éclate de rire. Je sais bien que le moment est mal choisi, mais je frappe quand même.

— Celie, oh ma bonne Celie ! fait Sofia en ouvrant la porte. Tu es splendide. Hein, qu'elle est belle, Harpo ?

Harpo me regarde, l'air qu'il m'a jamais vue. Sofia me serre dans ses bras et m'embrasse sur la joue.

— Où est Shug ? elle me demande.

— En tournée. Mais elle est vraiment désolée pour la mort de ta mère.

— On peut dire une chose pour ma mère, fait Sofia, c'est qu'elle a toujours lutté pour la bonne cause. Si y a un paradis là-haut, elle y est déjà.

— Et toi Harpo, je demande, tu manges toujours autant ?

Ça les fait rire tous les deux.

— Je crois pas que Mary Agnes pourra revenir cette fois, dit Sofia. Elle est passée y a un mois. Ça vaut le coup de la voir avec Susie Q.

— Elle travaille sans arrêt maintenant, dans deux ou trois clubs en ville. Elle a beaucoup de succès.

— Susie Q. est tellement fière d'elle, fait Sofia. Elle adore comme elle chante, ses toilettes et tout. Elle adore aussi mettre ses chapeaux et ses chaussures.

— Et elle travaille bien en classe, Susie Q. ? je demande.

— Oh très bien. Elle est maligne comme tout. Tu sais, quand elle a plus été colère après sa mère qui l'avait abandonnée, et puis qu'elle a compris que j'étais la vraie maman d'Henrietta, tout s'est bien arrangé. Elle adore Henrietta.

— Et Henrietta, ça va ?

— Pas commode à vivre. Butée, toujours la rogne sur son petit visage, et de l'orage dans l'air. Mais ça lui passera avec l'âge, moi je crois. Ça a bien pris quarante ans à son père avant d'être aimable ! Dans le temps, il en a fait voir à sa mère à lui.

— Et vous le voyez souvent ?

— A peu près autant que Mary Agnes, Sofia me dit.

— Mary Agnes, c'est plus la même, fait Harpo.

— Qu'est-ce que tu veux dire au juste ?

— J' sais pas bien. Elle a l'air toujours dans le vague. Elle parle comme si elle avait toujours un verre dans le nez. Et puis on dirait qu'elle cherche Grady partout, dès qu'il est pas derrière elle.

— Ils fument beaucoup d'herbe tous les deux, je dis.

— De l'herbe ? C'est quoi ça, demande Harpo.

— Un truc qui te met en forme, bien à ton aise quoi. Ça te fait voir des choses que tu vois pas vraiment, et ça te donne comme des ailes. Mais si t'en fumes trop ça te ramollit le cerveau. Ça t'embrouille, et t'as toujours besoin de t'accrocher à quelqu'un. Grady fait pousser ça dans le jardin derrière chez Shug.

— J'ai jamais entendu parler de ça, dit Sofia. Ça pousse dans la terre ?

— Comme une mauvaise herbe. Grady en a bien un demi-hectare !

— C'est grand comme quoi ? Harpo me demande.

— Très grand. Plus haut que ma tête. Et c'est touffu.

— Et on fume quoi, quelle partie ?

— Les feuilles.

— Ils fument tout ce que Grady plante ? demande Harpo.

— Non, je réponds en riant. Il en vend, surtout.

— Toi, t'as déjà essayé ? il me demande.

— Ouais. Grady roule des cigarettes, avec, et il les vend pour dix *cents*. Ça donne une haleine dégueulasse, mais si vous voulez essayer quand même.

— Ben, pas si ça nous rend dingues, Sofia me dit. C'est déjà pas facile de se conduire correctement.

— C'est un peu comme avec le whisky, je dis. Faut dominer le truc. Un petit verre de temps en temps, ça a jamais fait de mal à personne. Mais si tu peux plus rien faire sans la bouteille à côté, t'as un problème.

— Tu fumes beaucoup, Celie ? me demande Harpo.

— Est-ce que j'ai l'air abruti ? Je fume seulement quand je veux parler au bon Dieu. Ou quand je veux faire l'amour. Ça fait quelque temps qu'on fait très bien l'amour, le bon Dieu et moi, toute façon. Même si j'ai pas fumé un joint.

— Celie ! fait Sofia, l'air très choquée.

— Ma fille, le bon Dieu il me donne sa bénédiction, je lui dis. Et il sait très bien ce que je veux dire.

On s'assied tous autour de la table de la cuisine, et on allume un joint. Je leur montre à tirer dessus, en aspirant fort. Harpo s'étouffe et Sofia s'étrangle. Et puis à un moment elle dit :

— C'est drôle, j'avais jamais remarqué ce bourdonnement.

— Quoi, quel bourdonnement ? fait Harpo.

— Ben, écoute, dit Sofia.

On se tait tous et on écoute bien. C'est vrai qu'on entend mmmmmm.

— Ça vient d'où, ça ? Sofia dit en se levant pour aller regarder à la porte. Pas de là, en tout cas.

Mais on l'entend plus fort maintenant. Genre MMMMMMMMMMMMMM ... Harpo va à la fenêtre mais il dit qu'il voit rien non plus. Ça continue encore plus fort MMMMMMMMMMMMMMMMMM.

— Moi j' crois que je sais c' que c'est, je fais.

— Et c'est quoi, alors? ils me demandent tous les deux.

— Tout. C'est tout, et c'est partout.

— T'as raison, ils me disent. C'est normal.

— Tiens, voilà les amazones, Harpo me fait à l'enterrement.

— Et leurs frères aussi, je lui dis tout bas. Comment tu les appelles, eux ?

— J'en sais rien. Ils ont toujours soutenu leurs sœurs, leurs dingues de sœurs, tous les trois. C'est comme ça et y a rien à faire. Leurs femmes doivent en voir de drôles, je m'imagine.

Ils avancent lourdement, en faisant trembler le sol de l'église, et ils posent le cercueil de la mère devant la chaire.

Tout le monde pleure, s'évente, et surveille les gosses du coin de l'œil. Et personne regarde trop Sofia et ses sœurs. Comme si ça se faisait toujours comme ça d'habitude. J'aime bien les gens.

Amen

☆

Chère Nettie,

A l'enterrement, ça m'a frappée de voir comme Mr... est propre sur lui. La peau qui brille, les cheveux bien peignés en arrière.

Il a passé devant le cercueil pour regarder le corps, et il s'est arrêté près de Sofia. Il lui a dit quelques mots à l'oreille en lui tapotant l'épaule. Et puis il est revenu à sa place et il a regardé de mon côté. J'ai levé mon éventail, et j'ai tourné les yeux ailleurs.

Après l'enterrement on est tous revenus chez Harpo.

— Celie, tu vas pas me croire, me dit Sofia, mais on dirait que Mr... cherche à trouver Dieu.

— Eh ben, vu le démon qui y a en lui c'est déjà beau qu'il cherche !

— C'est pas qu'il va à l'église ou tout ça. Mais il est moins tranchant qu'avant. Plus indulgent avec les autres. Et puis il travaille dur.

— Hein ? Mr... qui travaille, maintenant ?

— Sûr. Il est aux champs du matin au soir. Et il fait même le ménage chez lui, comme une femme.

— Et même aussi la cuisine et la vaisselle après, fait Harpo.

— Ça j'y crois pas, je dis. Vous êtes encore défoncés.

— Non, non, je t'assure. Par contre il parle pas beaucoup et il voit pas grand monde, dit Sofia.

— Je crois que je deviens folle, je fais.

Juste à ce moment, Mr... s'approche de moi.

— Comment ça va, Celie ? il me demande.

— Très bien, je réponds en le regardant bien dans les yeux. Et là j'ai vu comme de la peur dans son regard. Bien fait, j'ai pensé en moi, chacun son tour !

— Shug n'est pas venue avec toi cette fois-ci ?

— Non, elle travaille. Elle était désolée pour la mère de Sofia, comme tout le monde.

— C'est normal, il dit. La femme qui a mis Sofia au monde a fait une grande chose.

Je reste sans rien dire, et il continue :

— C'était un bel enterrement.

— Oui, c'est vrai.

— Et tous ces petits-enfants ! Bien sûr, douze enfants qui en ont à leur tour, on remplit l'église rien qu'avec la famille.

— C'est bien vrai, ça.

— Tu restes longtemps cette fois ?

— Peut-être une semaine.

— Tu sais que la petite dernière de Sofia est très malade, il me dit.

— Non, ils m'ont rien dit. Tiens, elle est là-bas, je fais en montrant Henrietta du doigt. Elle a l'air en pleine forme.

— Oui, elle a l'air, mais elle a un genre de maladie du sang. Y a des caillots qui bouchent les veines de temps en temps, et ça la rend très malade. Je crois qu'elle s'en tirera pas.

— Quelle chienne de vie ! je dis.

— Oui. C'est dur pour Sofia. Elle aide aussi toujours cette fille qu'elle a élevée, une petite Blanche, tu sais ? Et puis maintenant, sa mère qui est morte. Et sa santé à elle qui n'est pas bien brillante. En plus Henrietta lui rend pas la vie facile, malade ou pas.

— Oui je sais, une gamine à problèmes.

Je repense d'un coup à une lettre de Nettie, à un passage sur des maladies d'enfants là-bas en Afrique. Je crois qu'elle parlait de cailloux du sang. Mais j'arrive pas à me rappeler ce qu'elle me disait que les Africains font pour ça. De faire la conversation comme ça avec Mr.. ça me surprend tellement que je retrouve plus mes idées, et même pas autre chose à lui dire.

Mr... attend un moment pour voir si je vais parler. Il

regarde là-bas, vers sa maison. Et puis finalement il me dit « Bon, eh bien, au revoir Celie. » Et il s'en va.

Après ça, Sofia me raconte que quand je suis partie, Mr... a vécu comme un porc. Renfermé dans sa maison. Il laissait rentrer personne, mais un jour Harpo a forcé la porte. C'était une puanteur là-dedans. Harpo a tout nettoyé. Il a été lui chercher à manger, et puis il l'a lavé des pieds à la tête. Mr... était trop faible pour l'empêcher. Et même, trop raplati pour donner son avis.

— Il dormait plus du tout, elle me dit. La nuit il entendait des chauves-souris dehors contre la porte, qu'il disait. Et d'autres bêtes dans la cheminée. Mais le pire c'était le bruit de son cœur. La journée c'était à peu près normal. Mais dès qu'il faisait nuit son cœur battait à tout rompre, comme un gros tambour. Harpo allait souvent passer la nuit avec lui. Paraît que Mr... était tout croquevillé dans un coin du lit, à regarder fixement les meubles pour guetter qu'ils lui sautent pas dessus! Tu sais comme il est rabougri et Harpo si costaud. Eh ben, un soir j'ai été là-bas pour dire quelque chose à Harpo et ils étaient tous les deux endormis sur le lit, et Harpo tenait son père dans ses bras. Après ça, j'ai commencé à me rapprocher de Harpo, continue Sofia. Et on s'est mis à travailler à notre nouvelle maison. Oh, je dis pas que ça a été facile, elle fait en riant. Si je disais ça, le bon Dieu me traiterait de menteuse.

— Et qu'est-ce qui l'a sorti d'affaire, alors? je demande.

— Ben, Harpo l'a forcé à t'envoyer le reste des lettres de ta sœur. Et tout de suite après, il a été bien mieux. Tu sais, la méchanceté ça vous tue un homme.

Amen

☆

Bien chère Celie,

J'aurais dû être de retour chez nous, à cette date. En train de te dévorer des yeux et de dire « Celie, c'est toi ? C'est vrai, c'est bien toi ? » J'essaie d'imaginer ce que les années ont pu t'apporter de kilos et de rides ; comment tu te coiffes maintenant, etc. Tu sais, j'étais une petite chose maigrichonne. Eh bien, je suis devenue plutôt ronde avec l'âge, et j'ai quelques cheveux blancs. Mais Samuel me dit qu'il m'aime comme ça, bien en chair et avec mes cheveux blancs. Tu es surprise de cette nouvelle, j'imagine ? On s'est mariés à l'automne en Angleterre où nous étions pour essayer d'obtenir de l'aide des paroisses et de la Société des missionnaires. Je vais t'expliquer dans quel but. Tu sais, les Olinkas ont ignoré la route et les entrepreneurs blancs aussi longtemps qu'ils ont pu. Mais ils ont bien été obligés de s'en préoccuper quand on leur a appris qu'il fallait quitter les lieux. Les entrepreneurs avaient besoin de l'emplacement du village pour y installer la direction de la nouvelle plantation de caoutchouc. A des kilomètres à la ronde c'est le seul endroit où l'on trouve de l'eau douce en permanence.

Malgré leurs protestations, les Olinkas et les missionnaires furent emmenés de force jusqu'à un terrain désertique, privé d'eau six mois de l'année, durant lesquels il faut acheter de l'eau aux planteurs. A la saison des pluies il y a une rivière qui se forme et ils essaient de creuser des trous dans les rochers voisins pour faire des réservoirs. Pour le moment ils la recueillent dans des vieux barils de pétrole du chantier.

Mais l'épisode le plus dramatique se rapporte à ces grandes feuilles qui leur servent de toit et qu'ils vénèrent comme des divinités. Voilà : sur ce terrain désolé les planteurs ont construit des baraquements pour les travailleurs. Un pour les hommes, un pour les femmes et les enfants. Mais comme les Olinkas ont juré de ne jamais habiter dans un endroit qui ne serait pas recouvert de ces feuilles-divinités, les employeurs n'ont pas mis de toit du tout. Après cela, ils ont entrepris de faire labourer l'emplacement de l'ancien village olinka et des kilomètres à la ronde, déracinant ainsi la moindre petite pousse de ces feuilles.

Après des semaines atroces sous le soleil brûlant, on a été réveillés un matin par le bruit d'un gros camion qui arrivait dans le camp, chargé de plaques de tôle ondulée.

Eh bien, ils nous ont fait payer la tôle ondulée, Celie. Ce qui a épuisé les maigres économies des Olinkas, et pratiquement absorbé l'argent que Samuel et moi avions réussi à mettre de côté pour l'éducation des enfants à notre retour au pays. C'est du moins ce que nous projetons de faire chaque année depuis la mort de Corrine, pour nous retrouver finalement de plus en plus impliqués dans les problèmes des Olinkas.

Il n'y a rien de plus laid que la tôle ondulée, Celie. Pendant que les hommes se démenaient pour mettre en place ces plaques de métal froid, dur, aux reflets sinistres, les femmes poussaient de longs gémissements de chagrin qui se répercutaient dans les grottes à des kilomètres à la ronde. Ce jour-là, les Olinkas reconnurent leur défaite, au moins temporaire.

Bien que les Olinkas ne nous demandaient plus rien, en dehors de faire la classe à leurs enfants — parce qu'ils voyaient bien notre impuissance et celle de notre dieu — Samuel et moi avons décidé qu'il fallait quand même faire quelque chose après ce dernier outrage. Même si beaucoup d'Olinkas proches de nous s'étaient enfuis pour rejoindre les *mbeles,* ou « gens de la forêt », qui vivent au cœur de la jungle, refusant de travailler pour les Blancs et d'être sous leur domination.

C'est ainsi que nous sommes partis pour l'Angleterre,

avec les enfants. Ce fut un voyage incroyable, Celie. Pas seulement parce que nous avions oublié ce qu'était le reste du monde, et même des choses comme les bateaux, l'éclairage des rues, ou le porridge ; mais aussi parce que sur le bateau nous avons rencontré la missionnaire blanche dont nous avions entendu parler il y a tant d'années. Elle avait pris sa retraite et rentrait vivre en Angleterre. Elle voyageait avec un jeune garçon africain qu'elle nous a présenté comme son petit-fils !

Tu te doutes qu'il est impossible d'ignorer la présence d'une femme blanche d'un certain âge, accompagnée d'un petit enfant noir. Tout le bateau était en émoi. Chaque jour, elle et le garçonnet se promenaient seuls sur le pont, et les autres Blancs se taisaient sur leur passage.

C'est une petite femme maigre, vive, aux yeux bleus, avec des cheveux moitié argent moitié foin coupé. Un menton plutôt rentré, et quand elle parle on dirait qu'elle se gargarise.

— J'ai près de soixante-cinq ans, elle nous a dit un soir où nous nous sommes retrouvés à la même table pour dîner. J'ai passé la plus grande partie de ma vie sous les tropiques. Mais une grande guerre se prépare. Plus grave que celle qui commençait quand je suis partie. Elle va être dure pour l'Angleterre, mais je crois que nous nous en sortirons. J'ai raté la dernière, et je veux être dans mon pays pour celle-ci.

Samuel et moi n'avions jamais vraiment songé à la guerre.

— Ecoutez bien, elle a continué, on en voit les signes avant-coureurs partout en Afrique. Aux Indes aussi, je crois. Au début on construit une route qui mène droit aux dépôts de marchandises. Après, on abat vos arbres et on les emporte pour faire des bateaux, et du mobilier de cabine. Ensuite, on plante dans votre sol quelque chose qui ne se mange pas. Et pour finir on vous oblige à le cultiver. Ça se passe comme ça dans toute l'Afrique en ce moment. En Birmanie aussi, j'imagine. Mais Harold, que voici, et moi avons décidé de partir. N'est-ce pas Harry ? lui a-t-elle demandé en lui donnant un gâteau.

Le petit garçon ne lui a pas répondu et a mangé son gâteau, l'air songeur. Adam et Olivia l'ont emmené faire un tour sur le pont et regarder les canots de sauvetage.

L'histoire de Doris — Doris Baines — est assez fascinante, mais je ne veux pas t'ennuyer trop longtemps avec, comme cela a fini par le faire pour nous.

Bref, elle est née en Angleterre dans une famille cossue. Son père était Lord quelque chose. Ils passaient le plus clair de leur temps à se rendre à des fêtes et des réceptions sans grand intérêt, et à en donner. Elle voulait être écrivain. Sa famille était contre. Absolument contre. Ils espéraient qu'elle se marierait. « Moi, me marier, quelle horreur ! » elle leur avait lancé. (C'est une personne aux idées étranges, quand même...)

— Ils ont tout fait pour me convaincre, elle nous a raconté. Vous ne pouvez savoir ! Je n'ai jamais vu autant de jeunes gens élevés au bon lait naturel, bien frais bien roses, qu'autour de mes vingt printemps. Chacun plus ennuyeux que le précédent. Je ne connais d'ailleurs rien de plus affligeant qu'un Anglais de la haute société. On dirait des champignons couperosés !

Elle nous a saoulés de paroles pendant d'interminables dîners, parce que le commandant de bord nous avait attribué la même table. Il semble que l'idée de se faire missionnaire lui soit venue un soir où elle se préparait pour une de ces « sorties accompagnées » qui l'ennuyait tant. Elle traînait dans son bain en se disant qu'un couvent serait sans doute préférable au château dans lequel elle vivait. Elle pourrait y réfléchir, écrire. Elle serait son propre maître. Eh non, pas vraiment non plus… Une religieuse ne fait pas ce qu'elle veut. Le patron, c'est Dieu. Et aussi la Sainte Vierge. Et puis il y aurait la mère supérieure, etc. Tandis que missionnaire ! Seule au cœur de la jungle indienne… C'était le rêve.

C'est ainsi qu'elle s'est mise à cultiver un pieux intérêt pour les païens. Elle a complètement roulé ses parents et la Société des missionnaires. Ils furent tellement impressionnés par ses dons pour les langues qu'ils l'envoyèrent en Afrique (manque de chance total), où elle s'est mise à écrire des romans à partir de tout ce qui lui passait par la tête.

— Mon pseudonyme est Jared Hunt, nous dit-elle. J'ai eu un succès foudroyant en Angleterre et même en Amérique. Riche et célèbre. Une solitaire excentrique qui passe la plupart de son temps à chasser le gros gibier.

— Bien sûr, continua-t-elle quelques jours plus tard, vous ne pensez pas que je me suis beaucoup occupée des indigènes ? Je les trouvais très bien tels qu'ils étaient. Et de toute évidence ils me trouvaient fort sympathique. En fait, je les ai pas mal aidés. J'étais écrivain, et j'ai noirci des pages et des pages inspirées par eux, leur culture, leur comportement, leurs besoins, etc. C'est inimaginable ce que le fait d'écrire est important quand on veut obtenir des fonds. J'ai appris à parler leur langue impeccablement, et pour dérouter les espions de la Mission au quartier général j'ai écrit des rapports entiers dans cette langue. Après quoi, j'ai pompé près d'un million de livres sterlings dans les coffres de la famille avant d'obtenir quelque chose des sociétés de missionnaires, ou de riches amis de la famille. J'ai fait construire un hôpital, une école primaire, une université, et une piscine (le seul luxe que je me sois autorisé, parce que là-bas quand on nage en rivière, on se fait attaquer par des sangsues).

Elle poursuivit le récit de son incroyable vie un matin au petit déjeuner, vers le milieu de la traversée.

— Si vous saviez la paix que j'ai connue dans la brousse ! En moins d'un an tout marchait comme sur des roulettes entre moi et les païens du coin. Je leur ai annoncé d'entrée que je n'allais pas m'occuper du repos de leur âme, que je voulais écrire des livres dans la tranquillité. Et que pour ce plaisir j'étais prête à payer un bon prix.

Un jour, dans un élan de gratitude qu'il ne savait sans doute pas comment m'exprimer, le chef m'offrit deux jeunes épouses. Je crois que là-bas personne ne me considérait comme une femme, et ils devaient se demander ce que j'étais réellement. Bref, j'ai élevé les deux adolescentes de mon mieux. Je les ai envoyées en Angleterre, bien sûr, pour étudier la médecine et l'agriculture. Je les ai accueillies à leur retour et les ai mariées à deux jeunes gens qui tournaient autour. Et là, a commencé la période la plus heureuse de ma vie. Je suis devenue la grand-mère de leurs enfants. Une grand-mère fa-bu-leuse, ajouta-t-elle avec un grand sourire. Les Akweans m'ont appris cet art. Ils ne donnent jamais de fessées aux enfants, ne les mettent jamais au coin dans leurs cases, et savent parfaitement s'y prendre avec eux. Ils ont hélas la fâcheuse habitude de se livrer à des mutilations sanglantes à l'occasion de la puberté, mais la mère de Harry, qui est doctoresse maintenant, va y mettre bon ordre. Elle me l'a promis.

Et puis de mon côté, quand je serai en Angleterre, je vais mettre un terme à toutes ces foutues annexions de territoire. Je vais leur dire qu'ils peuvent aller se faire voir avec leur foutue route et leurs foutues plantations de caoutchouc, leurs foutus planteurs et leurs ingénieurs anglais toujours ennuyeux comme la pluie, malgré le hâle qui arrange leur teint. Je suis très riche, et je suis propriétaire du village d'Akwee.

Samuel et moi l'écoutions dans un silence attentif, sinon respectueux. Les enfants, eux, s'intéressaient beaucoup au jeune Harold, qui restait muet en notre présence. Il avait l'air de bien aimer sa grand-mère et d'être habitué à sa personnalité, mais ce flot continu de paroles semblait l'inciter à un mutisme non dépourvu d'observation.

— Il est tout à fait différent avec nous, nous apprit Adam qui adore les enfants et est capable de gagner le cœur de n'importe lequel en un rien de temps. Il plaisante, chante, fait le clown devant eux, et connaît des tas de jeux. Il a un sourire radieux sur de splendides dents africaines bien saines.

En décrivant son sourire je m'aperçois soudain qu'Adam a été anormalement triste pendant ce voyage. Intéressé, fasciné même, mais pas vraiment radieux, sauf peut-être lorsqu'il est avec le jeune Harold. Il faudra que je demande à Olivia ce qui ne va pas. Elle est très émue à l'idée de retourner en Angleterre. Sa mère, enfin Corrine, lui parlait souvent des toits de chaume anglais qui lui rappelaient les toits de feuilles des Olinkas. Mais à cause de leur forme ils se rapprochent plus de celui de notre église ou de notre école que de ceux des cases, disait-elle, ce qu'Olivia trouvait étrange.

Dès notre arrivée en Angleterre, Samuel et moi avons voulu exposer les griefs des Olinkas à un évêque anglais de notre église. Un homme plutôt jeune, avec des lunettes, en train de feuilleter la pile des rapports annuels de Samuel. Mais au lieu d'aborder le problème des Olinkas, il a voulu absolument savoir combien de temps s'était écoulé depuis la mort de Corrine, et pourquoi je n'étais pas rentrée en Amérique aussitôt après. Je ne voyais vraiment pas où il voulait en venir.

— Les apparences, les apparences, voyons, nous dit-il. Avez-vous songé à ce que doivent penser les indigènes ?

— A quel sujet ? ai-je demandé.

— Allons, allons, il m'a fait en haussant un sourcil

— Nous nous conduisons comme frère et sœur, Samuel est intervenu.

L'évêque a eu un sourire narquois, oui Celie, je t'assure. Et moi j'ai senti la chaleur me monter au visage. L'entrevue a duré encore un moment, mais je ne veux pas t'ennuyer avec ça. Tu sais comment sont certaines personnes. Eh bien, l'évêque était de celles-là. Finalement nous sommes repartis sans qu'un mot ait été prononcé sur la question olinka.

Samuel était tellement furieux que j'en étais effrayée. Il a dit que le mieux pour nous, si on voulait rester en Afrique, c'était de rejoindre les *mbeles* et d'encourager tous les Olinkas à en faire autant.

— Mais supposez qu'ils ne veuillent pas ? j'ai suggéré. Beaucoup sont trop âgés pour aller vivre dans la jungle. Beaucoup d'autres sont malades. Les femmes ont des enfants en bas âge. Et puis, il y a les jeunes qui veulent des bicyclettes, des vêtements anglais, des glaces, des casseroles toutes brillantes, et qui sont prêts à travailler pour les Blancs qui leur donneront ces choses-là.

— Ces choses-là ! Ces saletés de choses ! a fait Samuel avec mépris.

— De toute façon nous avons un mois à passer ici, je lui ai rappelé. Alors essayons d'en tirer le meilleur parti possible.

Avec tout l'argent que l'on avait dépensé pour les toits de tôle, et le voyage, il fallait bien être très économes pendant ce séjour, qui fut extrêmement agréable malgré tout. On avait enfin l'impression de former une famille, sans Corrine. Et les gens que l'on rencontrait et qui nous parlaient, ne manquaient pas de dire que les enfants nous ressemblaient étonnamment, à l'un et à l'autre ! Les enfants eux-mêmes ont fini par trouver cela naturel, et se sont mis à sortir seuls pour visiter des endroits qui les intéressaient, en nous laissant, Samuel et moi, à des joies plus sédentaires, entre autres, de longues conversations.

Samuel est né à New York, où il a grandi et fait ses études. Il a connu Corrine par sa tante Althea, qui avait été missionnaire au Congo belge avec celle de Corrine, Theodosia. Celle-ci habitait à Atlanta, où Althea lui rendait souvent visite, accompagnée de Samuel.

Ces deux dames avaient vécu ensemble des moments extraordinaires. Elles avaient été attaquées par des lions, avaient fui devant un troupeau d'éléphants, avaient été chassées par les inondations à la saison des pluies, et avaient dû se battre contre les indigènes. Et ces deux dames qui portaient jabot et dentelles, assises sur un canapé aux appuie-tête en crochet, racontaient ces histoires tout bonnement stupéfiantes en buvant leur tasse de thé.

— On s'amusait, Corrine et moi, à transformer ces récits en bandes dessinées, me raconta Samuel. On trouvait des titres comme : « Trois mois dans un hamac », ou « Nuits blanches sur le continent noir », ou encore « Guide de l'Afrique : Pour en savoir davantage sur l'indifférence des indigènes à l'égard de la parole sacrée. » On se moquait gentiment d'elles, tout en étant fascinés par leurs aventures et leur façon de les raconter. Elles avaient l'air si dignes, si sérieuses. On n'arrivait pas à se les représenter en train de construire une école dans la brousse, de se battre contre des reptiles, ou contre des Africains hostiles et superstitieux.

La brousse ! Ce seul mot nous faisait pouffer, Corrine et moi. On essayait de cacher notre hilarité en buvant notre thé, car bien entendu, les deux dames ne se rendaient pas compte qu'elles étaient drôles à ce point. En outre, l'image qu'avaient des Africains la plupart des gens à cette époque contribuait à notre amusement. On les prenait pour des sauvages, incohérents et débiles, comme leurs frères de race en Amérique. Mais Corrine et moi évitions cette assimilation ridicule et hélas fréquente.

La mère de Corrine s'était consacrée à ses devoirs de mère de famille et de ménagère. Elle n'aimait guère sa sœur, Theodosia, l'aventurière ; mais elle n'empêchait jamais Corrine d'aller la voir. Et quand Corrine avait eu l'âge requis elle l'avait envoyée au séminaire Spelman, où la tante Theodosia avait fait ses études, et qui avait une histoire intéressante. Ce séminaire avait été fondé par deux missionnaires blanches de la Nouvelle-Angleterre, qui portaient toujours des robes identiques. Ouverte à ses débuts dans le sous-sol d'une église, l'école s'était rapidement transportée dans des baraquements de l'Armée. Par la suite, les deux femmes avaient recueilli des fonds importants auprès de quelques familles parmi les plus riches des Etats-Unis. Et l'institution s'était agrandie. Bâtiments annexes, parc, etc. Les jeunes filles y apprenaient la lecture, l'écriture, l'arithmétique et tout ce que doit savoir une bonne femme d'intérieur. Mais par-dessus tout, on leur enseignait à être au service de Dieu et de la communauté noire. Leur devise officielle était : « Notre école tout entière au service de Dieu. » Mais à mon avis, elle aurait dû être : « Notre Communauté au service du monde entier », parce que dès sa sortie du séminaire toute jeune fille saisissait la première occasion venue de travailler pour le bien de son peuple où que ce soit dans le monde. C'était stupéfiant. Ces jeunes femmes sérieuses et bien élevées, dont certaines ne connaissaient que leur petite ville de province et le séminaire, trouvaient tout naturel de faire leur valise et de partir pour l'Inde, l'Afrique, l'Orient, aussi bien d'ailleurs que pour Philadelphie ou New York.

Une soixantaine d'années avant la fondation de ce séminaire, les Indiens Cherokee de Géorgie furent contraints de quitter leurs foyers et de partir à pied dans la neige vers des camps de relogement dans l'Oklahoma. Un tiers mourut en chemin. Mais beaucoup refusèrent de quitter la Géorgie, se faisant passer pour des Noirs, entre autres ruses. Avec le temps ils se mélangèrent à nous. Il y avait beaucoup de ces sang-mêlé au séminaire Spelman, dont certaines se souvenaient de leurs origines mais dont la plupart les ignoraient. Et si parfois elles se posaient la question, elles pensaient que leur teint café au lait, ou marron brique, et leurs cheveux ondulés leur venaient d'ancêtres blancs, et non indiens. On n'en voyait plus dans cette région de toute façon.

— Même Corrine le croyait, continua-t-il. Et pourtant j'ai toujours senti qu'elle avait du sang indien. Elle était si calme, si réfléchie. Capable de s'effacer, et de faire disparaître ses états d'âme et ses intentions avec une étonnante rapidité, si elle sentait que l'entourage ne les comprendrait pas.

Apparemment il ne semblait pas difficile pour Samuel de parler de Corrine, pendant ce séjour en Angleterre. Et moi je l'écoutais sans mal.

— Tout cela paraît tellement chimérique, me dit-il. Me voilà aujourd'hui, un homme vieillissant dont le désir d'aider son prochain est resté à l'état de rêve. Corrine et moi en aurions bien ri, dans notre jeunesse. « Vingt années de la vie d'un imbécile venu de l'Ouest », ou « La bonne volonté ne préserve pas les toits de feuilles », ou encore « Manque d'efficacité sous les tropiques. » Notre échec a été total. Nous sommes devenus aussi comiques que Althéa et Theodosia. Je crois que Corrine en était consciente, et que cette pensée a entretenu sa maladie. Elle avait bien plus d'intuition que moi, et aussi une plus grande compréhension des autres. Elle me disait souvent que les Olinkas nous en voulaient, mais que je refusais de le voir. Et elle avait raison, en fait.

— Non, ce n'est pas vraiment qu'ils nous en veulent, je lui ai dit. Ce serait plutôt de l'indifférence. Nous sommes un peu comme des mouches sur la peau d'un éléphant.

— Je me souviens d'un des « jeudis » de la tante Theodosia, avant mon mariage avec Corrine, auxquels elle invitait beaucoup de « jeunes gens sérieux » comme elle disait. Ce jour-là il y avait un jeune étudiant de Harvard, un certain Edward, dont le nom de famille était DuBoyce je crois. Bref, la tante Theodosia était lancée dans le récit de ses aventures africaines et arrivait à l'épisode où le roi Léopold de Belgique lui avait remis une médaille. Edward — ou c'était peut-être Bill — était du genre impatient, qui ne tient pas en place. Ça se voyait dans ses yeux, et dans ses gestes. Comme la tante approchait de son instant de surprise et de joie à la remise de cette médaille qui couronnait ses services de missionnaire modèle dans la colonie du roi, DuBoyce s'est mis à taper nerveusement par terre du bout du pied. Corrine et moi avons échangé un regard inquiet. Apparemment le jeune homme avait déjà entendu l'histoire et n'appréciait pas de la subir une seconde fois.

— Madame, dit-il à la tante Theodosia qui exhibait la fameuse médaille devant tous ses invités à la fin de son récit, vous rendez-vous compte que le roi Léopold faisait couper les mains des travailleurs qui n'avaient pas atteint leur quota de caoutchouc, selon les contremaîtres de ses plantations. Au lieu de vénérer cette médaille, madame, elle devrait représenter pour vous le symbole de votre complicité inconsciente avec ce despote qui a fait mourir au travail, qui a brutalisé, et à la longue exterminé des milliers et des milliers d'Africains.

Le silence s'abattit soudainement sur l'assistance, poursuivit Samuel. Pauvre tante Theodosia ! Je crois que chacun de nous rêve plus ou moins de voir ses efforts couronnés par une médaille ou autre chose. Bien sûr, les Africains ne se soucient guère de distribuer des médailles. C'est tout juste s'ils se soucient de la présence des missionnaires !

— Il ne faut pas être amer, Samuel, je lui ai dit.

— Comment ne pas l'être ?

— Les Africains ne nous ont pas demandé de venir, vous le savez bien. Alors pourquoi les blâmer de ne pas vraiment nous accepter ?

— C'est pire que cela. Les Africains ne nous voient pas, ils nous ignorent. Ils ne reconnaissent même pas en nous les frères et les sœurs qu'ils ont vendus jadis.

— Samuel, je vous en prie, ne prenez pas cela autant à cœur (il s'était mis à pleurer doucement).

— Nettie, c'est ça justement qui fait mal. C'est l'essentiel. Nous les aimons, et nous tentons de notre mieux de leur montrer cet amour. Mais ils nous rejettent. Ils ne veulent pas entendre parler de nos souffrances passées. Ou alors, ils disent des bêtises comme : « pourquoi ne parlez-vous pas notre langue ? » « Pourquoi avez-vous oublié les vieilles traditions ? », ou encore : « Pourquoi n'êtes-vous pas heureux en Amérique, si tout le monde a une voiture ? »

Celie, j'ai pensé que c'était le moment de l'entourer de mes bras, et je l'ai fait. Et les mots que j'avais longtemps enfermés dans mon cœur me sont venus aux lèvres. J'ai caressé sa chère tête, son visage, et je l'ai appelé mon chéri. Et je dois t'avouer, ma chère Celie, que tous nos soucis du moment se sont envolés dans cette étreinte.

J'espère qu'en lisant le récit de la conduite osée de ta sœur, tu ne seras pas choquée, ou portée à me juger durement. Surtout quand je t'aurai dit la joie totale que j'ai éprouvée. J'ai été transportée d'extase dans les bras de Samuel. Tu as peut-être deviné que je l'aimais depuis le début. Oh, bien sûr, comme un frère, et je le respectais en tant qu'ami. Mais, Celie, en fait je l'aime physiquement. J'aime l'homme en lui, sa démarche, sa taille, son corps, son odeur, ses cheveux crépus, son grand nez, ses sourcils. J'aime jusqu'à la paume de sa main, le rose à l'intérieur de ses lèvres, ses pieds. Et j'aime tant ses yeux dans lesquels on lit si bien la vulnérabilité et la beauté de son âme.

Les enfants se sont immédiatement aperçus du changement en nous. Nous devions être rayonnants de bonheur, ma chère Celie.

— Nous nous aimons, leur a dit Samuel le bras autour de mes épaules, et nous allons nous marier.

— Mais avant, je dois vous apprendre certaines choses sur ma vie, ainsi que sur Corrine et sur une autre personne, leur ai-je dit.

Et là je leur ai parlé de toi, Celie, et aussi de l'amour que leur portait vraiment Corrine, et puis du fait que j'étais leur tante. Olivia m'a demandé où tu étais, ce que tu faisais. J'ai expliqué de mon mieux ton mariage avec Mr..., et Adam a montré aussitôt une certaine inquiétude. Il est très sensible, et « entend » ce que l'on ne dit pas, aussi clairement que ce que l'on dit.

— Nous retournerons bientôt en Amérique, a dit Samuel pour le rassurer, et nous saurons ce qu'elle est devenue.

Les enfants ont donc assisté à notre cérémonie de mariage, très simple, dans une église de Londres. Et ce soir-là après le repas de noces, juste avant d'aller au lit, Olivia m'a expliqué ce qui préoccupait son frère.

— Tashi lui manque, mais il est aussi très fâché contre elle. Quand on est partis d'Afrique, elle avait décidé de se faire faire les marques rituelles sur le visage et Adam n'était pas d'accord.

J'ignorais tout de cette intention. Cette coutume de faire des balafres tribales sur le visage des jeunes filles était une des choses que nous pensions avoir aidé à supprimer.

— C'est leur manière de montrer qu'ils conservent leurs traditions, face à l'homme blanc qui leur a tout pris, m'expliqua Olivia. Tashi n'y tenait pas vraiment, mais elle s'y est résignée pour faire plaisir aux siens. Elle subira aussi le rite d'initiation des femmes.

— Oh non ! pas ça. C'est dangereux. Et si les plaies s'infectent ?

— Je sais. Je lui ai dit que personne ne se mutile comme ça en Amérique ou en Europe. Et que de toute façon elle aurait dû le faire à onze ans. Elle est trop âgée pour cette cérémonie maintenant.

— C'est vrai que chez nous on circoncit bien des hommes. Mais ce n'est qu'un petit morceau de peau.

— Tashi était contente de savoir que le rite d'initiation n'existait pas en Europe ou en Amérique. Il n'en a que plus de valeur pour elle.

— Je vois.

— Adam et elle ont eu une dispute terrible. Pas du tout comme d'habitude. Il ne cherchait plus à la taquiner, ou à la courser tout autour du village, ou à lui entortiller des bouts de feuilles de toit dans les cheveux. Il a failli la frapper.

— Il a bien fait de ne pas mettre son geste à exécution, j'ai dit. Tashi lui aurait encadré la tête dans son métier à tisser !

— Je serai contente quand nous serons rentrés, me dit Olivia. Tashi me manque à moi aussi.

Elle nous a embrassés en nous souhaitant bonne nuit, et Adam a fait de même.

— Maman Nettie, comment sait-on qu'on est amoureux ? m'a-t-il demandé en s'asseyant près de moi sur le lit.

— Il y a des fois où on ne le sait même pas, je lui ai répondu.

C'est un beau garçon tu sais, Celie. Grand, les épaules larges, une belle voix grave et posée. T'ai-je dit qu'il écrit des poèmes ? Et qu'il aime chanter. C'est un fils dont tu peux être fière.

Ta sœur qui t'aime
Nettie

P.-S. Ton frère Samuel t'envoie ses affectueuses pensées.

☆

Très chère Celie,

A notre arrivée en Afrique, tout le monde avait l'air content de nous revoir. Quand on leur a dit que notre tentative auprès de l'Eglise et de la Société des missionnaires avait échoué, ils ont été très déçus. Dans un même geste ils ont gommé leur sourire et essuyé la sueur de leur visage, et ils sont repartis découragés vers leurs baraquements. Nous avons réintégré notre bâtiment, qui abrite l'église, l'école et nos quartiers d'habitation. Et nous avons commencé à défaire nos bagages.

Les enfants (je sais bien que je ne devrais plus les appeler ainsi ; ils sont grands à présent...) sont partis chercher Tashi. Mais ils sont revenus une heure plus tard, tout décontenancés. Impossible de trouver la moindre trace de Tashi. On leur avait dit que Catherine, sa mère, plantait des hévéas dans les environs du camp. Mais personne n'avait vu Tashi de la journée.

Olivia était très déçue et Adam essayait de prendre un air détaché, mais j'ai remarqué qu'il se rongeait le tour des ongles.

Au bout de deux jours il était évident que Tashi se cachait volontairement. Ses amis nous dirent que pendant notre absence elle avait subi les scarifications rituelles au visage, ainsi que le rite de l'initiation des femmes. Adam est devenu couleur de cendre à cette nouvelle, et Olivia a paru très choquée et plus anxieuse que jamais de la retrouver.

Il a fallu attendre dimanche pour voir Tashi reparaître. Elle avait beaucoup maigri, et semblait fébrile, fatiguée, avec un regard éteint. Son visage était encore boursouflé par une demi-douzaine de petites incisions bien nettes sur les pommettes. Quand elle a tendu la main à Adam, il l'a ignorée. Il a regardé les balafres, et puis il a tourné les talons et a disparu.

Tashi et Olivia sont tombées dans les bras l'une de l'autre. Mais c'était une étreinte grave et profonde, au lieu de l'explosion de joie et de rires que j'attendais d'elles.

Tashi, malheureusement, a honte de ses balafres et lève rarement la tête maintenant. Et puis, elles doivent la faire souffrir car elles sont rouges et enflammées.

Mais c'est le rite que les Olinkas imposent aux jeunes femmes et même aux hommes du village. Ils gravent le symbole de leur identité sur le visage de leurs enfants qui, eux, pensent de plus en plus que c'est une coutume barbare et primitive, et essaient de résister. Auquel cas les scarifications sont pratiquées de force dans des conditions à faire frémir. A la mission on fournit les antiseptiques, le coton, et on accueille les enfants pour panser leurs plaies et leur donner un coin où pleurer.

Adam nous presse de repartir, tous les jours. Il ne peut plus supporter notre existence ici. Il n'y a même pas d'arbres dans les environs, seulement des rochers plus ou moins gros. Et puis, ses compagnons s'enfuient de plus en plus fréquemment. Bien sûr, la véritable raison est qu'il ne supporte plus ses sentiments contradictoires envers Tashi qui, je crois, commence à se rendre compte de l'étendue de son erreur.

Samuel et moi, en revanche, sommes vraiment heureux, Celie. J'en suis tellement reconnaissante à Dieu. Nous faisons toujours la classe aux tout petits. Ceux de huit ans et plus travaillent déjà dans les champs. Tout le monde doit mettre la main à la pâte pour pouvoir payer le loyer des baraquements, les taxes sur la terre, et acheter de l'eau, du bois et de la nourriture. Donc nous faisons la classe aux plus jeunes, nous gardons les bébés, nous nous occupons des gens âgés, des malades, et nous assistons les femmes qui accouchent. Nos journées sont plus remplies que jamais, et notre séjour en Angleterre semble déjà un rêve lointain. Mais tout me semble plus beau, pourtant, parce que je peux le partager avec un être qui m'aime.

Ta sœur affectionnée
Nettie

☆

Bien chère Nettie,

L'homme qu'on appelait Papa est mort.

— Comment ça se fait que tu l'appelles encore papa ? Shug m'a demandé l'autre jour.

— Ben, c'est trop tard maintenant pour l'appeler Alphonso. Et je me rappelle même pas que maman l'appelait par son nom. Elle disait toujours papa, ou votre père, sans doute pour qu'on y croie plus.

Bon, aucune importance. En tout cas sa jeune femme, Daisy, m'a appelée au téléphone en pleine nuit.

— Ma'am Celie ? J'ai des mauvaises nouvelles. Alphonso est mort.

— Qui ça ?

— Alphonso, votre beau-père.

— Et comment il est mort ? j'ai demandé et moi je pensais, ou il s'est fait descendre, ou il a passé sous un camion, ou que la foudre lui a tombé dessus, ou encore une longue maladie. Mais non.

— Il est mort en dormant, elle me dit. Enfin, pas tout à fait en dormant. On passait un petit moment ensemble au lit avant de dormir, vous voyez ce que je veux dire.

— D'accord, j'ai fait. Vous avez toute ma sympathie.

— Merci madame. Je croyais que j'avais la maison aussi, mais il paraît qu'elle est à votre sœur Nettie et à vous.

— Qu'est-ce que vous dites ?

— Votre beau-père est mort depuis plus d'une semaine. Et hier quand j'ai été en ville pour la lecture du testament, j'en suis tombée à la renverse. C'est votre vrai père qui était propriétaire du terrain, de la maison et aussi de la boutique. Il a tout laissé à votre mère. Et quand elle est morte, c'est passé à vous et à votre sœur Nettie. Je ne sais pas pourquoi Alphonso ne vous l'a jamais dit.

— Toute façon, je n' veux rien qui vient de lui !

J'entends Daisy qui respire un bon coup.

— Et votre sœur, vous pensez qu'elle est comme vous ?

Là je me réveille un peu mieux, et le temps que Shug

se retourne et me demande qui c'est j'y vois déjà plus clair.

— Sois pas idiote, Shug fait en me poussant du pied. Tu as la maison maintenant. Tes parents te l'ont laissée. Tu n' vas pas cracher dessus. Ton salaud de beau-père c'est comme une mauvaise odeur qui n'a fait que passer.

— Mais j'ai jamais eu de maison à moi, je lui dis. Rien que l'idée ça me fait peur.

En plus, cette maison est plus grande que celle de Shug, avec plus de terrain autour. Et il y a la boutique aussi.

— Seigneur ! je dis à Shug. Qu'est-ce qu'on va faire d'un magasin de tissus, Nettie et moi ? Qu'est-ce qu'on va vendre ?

— Des pantalons, ça te dirait pas ?

Du coup j'ai raccroché, et nous voilà reparties en vitesse pour voir la maison.

Environ un kilomètre avant d'arriver à la ville, on passe devant l'entrée du cimetière des Noirs. Shug dormait comme une bûche, mais quelque chose me disait qu'il fallait entrer. J'ai vu de loin comme un genre de petit gratte-ciel. J'arrête la voiture et je m'approche. C'est bien ça, il y a le nom d'Alphonso dessus et un tas d'autres trucs en plus : Membre de ceci et cela. Excellent homme d'affaires et fermier. Epoux et père sans reproche. Généreux envers les pauvres et les infirmes.

Il était mort depuis deux semaines mais il y avait des fleurs fraîches sur sa tombe.

Shug descend de voiture et vient me rejoindre. Elle bâille et elle s'étire, encore à moitié endormie.

— N'empêche qu'avec tout ça le saligaud est mort, elle fait.

Daisy essaie de faire celle qui est contente de nous voir, mais c'est du chiqué. Elle a deux enfants et semble encore enceinte. Mais elle a de beaux vêtements, une voiture et Alphonso lui a laissé tout son argent. En plus, je crois bien qu'elle a réussi à faire installer ses parents, le temps qu'elle a vécu avec lui.

— Celie, elle me dit, Alphonso avait fait démolir la vieille maison que vous avez connue, pour construire celle-ci à la place. Il a fait faire les plans par un architecte d'Atlanta, et tout le carrelage vient de New York.

On était toujours dans la cuisine.

— Il a fait mettre du carrelage partout, elle continue. Dans les toilettes, la cuisine, autour des cheminées dans le salon et la pièce de derrière, sur la véranda aussi. Bien sûr, j'ai repris le mobilier parce que Alphonso l'avait acheté pour moi.

— Pas de problème, je dis.

Je n'en reviens pas d'avoir une maison ! Et sitôt que Daisy me donne les clés je cours d'une pièce à l'autre comme une folle.

— Regarde ça, je dis à Shug. Et ça ! Et ça aussi !

Elle regarde en souriant, et elle me prend dans ses bras chaque fois qu'elle peut m'attraper au passage.

— Tu te défends bien, ma Celie. Le bon Dieu connaît ton adresse, dis donc.

Et puis elle sort des baguettes de cèdre, elle les allume et elle m'en donne une. Et on est parties du haut de la maison, du grenier, jusqu'à la cave, pour chasser le mal et accueillir le bien sous ce toit.

Oh Nettie ! On a une maison à nous ! Une maison assez grande pour nous tous et nos enfants, pour ton mari, et pour Shug. Maintenant tu peux rentrer chez toi parce que tu as un chez-toi.

Ta sœur qui t'aime
Celie

☆

Chère Nettie,

J'ai le cœur brisé. Shug aime quelqu'un d'autre. Peut-être si j'étais restée à Memphis l'été dernier ça ne serait jamais arrivé. Mais j'ai voulu aller arranger notre maison. J'ai pensé que si tu reviens bientôt elle devait être prête. C'est très agréable maintenant à l'intérieur, et confortable. Et puis j'ai trouvé une dame qui va y habiter et s'en occuper. Après ça, je suis rentrée et j'ai retrouvé Shug.

— Celie, qu'est-ce que tu dirais d'un repas chinois pour fêter ton retour ? elle m'a demandé.

J'adore la cuisine chinoise. On a donc été au restaurant. J'étais tout excitée d'être de retour, et je n'ai même pas remarqué que Shug était très nerveuse. Tu sais, Shug a beaucoup de classe et d'élégance dans tout ce qu'elle fait, même quand elle est en colère. Mais là, elle n'arrivait pas à se servir convenablement de ses baguettes. Elle a même renversé son verre, et éventré son rouleau de printemps. Moi je pensais qu'elle était émue et contente de me revoir. Alors je lui faisais du charme et je prenais des poses avantageuses tout en me gavant de soupe wonton et de riz cantonais.

Et puis on arrive aux gâteaux porte-bonheur, tu sais ces petits biscuits qui renferment un message du genre prédiction ou proverbe. J'adore ça, c'est si drôle des fois. Je lis le mien qui disait : « Parce que vous êtes ce que vous êtes, votre avenir sera heureux et doré. » Je le passe à Shug qui le lit et sourit. Je me sentais bien, en paix avec le monde entier.

Elle sort son petit message du biscuit, mais lentement, comme si qu'elle avait peur de le lire.

— Alors, qu'est-ce que ça dit ? je lui demande.

Elle lève les yeux vers moi, l'air sérieux.

— Ça dit que j'ai un gosse de dix-neuf ans dans la peau.

— Fais voir, je dis en riant. Et je lis tout haut : « Chat échaudé craint l'eau froide. »

— C'est ce que j'essaie de te dire, fait Shug.

— Me dire quoi ?

J'ai l'esprit assez lent et le message ne pénètre pas. D'abord, ça fait longtemps que je ne pense plus aux jeunes garçons, et pour ce qui est des hommes, j'y ai jamais pensé.

— L'année dernière, commence Shug, j'ai engagé un nouveau dans l'orchestre. J'ai bien failli ne pas le prendre parce qu'il ne joue que de la flûte. Et qui penserait à une flûte pour jouer le blues. Pas moi en tout cas ! L'idée me paraissait ridicule. Mais c'est bien ma chance ! figure-toi que la flûte c'est juste ce qui manquait au blues et dès que j'ai entendu Germaine jouer, j'ai été convaincue.

— Germaine ?

— Oui, il s'appelle Germaine. Je sais pas qui lui a donné ce nom bizarre, mais ça lui va bien.

Et là elle se met d'un coup à délirer sur ce garçon. Comme si je mourais forcément d'envie de connaître toutes ses qualités.

— Il est tellement mignon ! Des fesses adorables, tu sais, le genre bantou. Elle a tellement l'habitude de tout me raconter qu'elle ne peut plus s'arrêter et s'excite toute seule d'un air de plus en plus amoureux. Quand elle en a fini avec ses jolis pieds de danseur et qu'elle remonte à ses cheveux marron clair tout bouclés, je suis au trente-sixième dessous.

— Arrête, Shug. Par pitié. Tu me tues.

Elle s'arrête net au milieu de son chant d'amour. Ses yeux se remplissent de larmes, et son visage se défait.

— Mon Dieu, ma pauvre Celie ! Je suis désolée. Je

mourais d'envie de parler de lui à quelqu'un et c'est toujours à toi que je raconte tout.

— Ben tu vois, si les mots pouvaient tuer, je serais déjà dans l'ambulance.

Elle se cache la figure dans les mains et se met à pleurer.

— Celie, elle me dit entre ses doigts, je t'aime toujours.

Mais je reste là à la regarder, complètement figée.

— Pourquoi tu prends ça si mal ? elle me demande quand on est de retour à la maison. Tu n'as jamais eu l'air jalouse de Grady, et c'était mon mari.

Grady n'a jamais mis cette flamme dans tes yeux, je pense en moi, mais je ne dis rien. Je suis ailleurs, loin de tout.

— Bien sûr, elle fait, Grady est tellement ennuyeux. Quand on a fini de parler de bonnes femmes et d'herbe, on a fait le tour de Grady. Mais quand même !

Je garde le silence, et elle essaie de plaisanter :

— J'étais si contente qu'il cavale après Mary Agnes que je ne savais plus quoi faire pour l'encourager. Je ne sais pas qui lui a appris ce qu'on doit faire au plumard, mais c'est plutôt dans le genre à l'épate.

Je ne dis toujours rien. Immobilité. Froid. Néant.

— Tu as remarqué que quand ils sont partis ensemble à Panama, je n'ai pas versé une larme ? Vraiment, entre nous, de quoi vont-ils avoir l'air à Panama.

Pauvre Mary Agnes, je pense. Qui pouvait deviner que Grady finirait patron d'une plantation de marijuana au Panama ?

— Bien sûr ils gagnent plein de fric, dit Shug. D'après les lettres de Mary Agnes, personne n'est mieux fringuée qu'elle. Et au moins Grady la laisse chanter, en tout cas les bribes de chansons qui lui reviennent. Mais quand même, Panama ! Où c'est, de toute façon ? Du côté de Cuba, par là au sud ? On devrait aller à Cuba, Celie, tu sais. C'est plein de casinos et on y fait la foire.

Je suis muette comme la tombe. Je voudrais bien être morte d'ailleurs, rien que pour pas avoir à parler.

— Enfin voilà, continue Shug, ça a commencé quand tu étais là-bas, dans ta maison. Tu m'as manqué, Celie. Et tu sais que j'ai un sacré tempérament.

A ce moment-là j'ai ramassé un bout de papier à patrons qui traînait et j'ai écrit dessus : Tais-toi.

— Mais Celie, il faut que je t'explique pour que tu comprennes. Ecoute, je me fais vieille et je deviens grosse. Personne me trouve belle maintenant, à part toi. En tout cas c'est ce que je pensais. Mais il a dix-neuf ans. C'est un bébé. Combien tu crois que ça va durer, hein ?

C'est un homme, j'écris sur le papier.

— Oui, d'accord, c'en est un. Et je sais ce que tu penses des hommes. Mais moi je ne suis pas comme toi. Je ne pourrai jamais en prendre un seul au sérieux, mais il y en a quand même avec qui on s'ennuie pas.

Pitié, j'écris.

— Celie écoute. Tout ce que je demande c'est six mois. Juste six mois pour cette dernière aventure. Il me les faut, Celie. Je suis faible, je ne peux pas m'en passer. Mais si tu me donnes seulement ces six mois, Celie, j'essaierai de reprendre notre vie ensemble tout comme avant.

Pas question, j'écris.

— Celie, est-ce que tu m'aimes ?

Elle est à genoux maintenant, avec des larmes partout. Mon cœur me fait tellement mal que je me demande comment il peut continuer à battre.

— Je t'aime, je finis par dire. Quoi qu'il arrive et quoi que tu fasses, je t'aime.

Elle pleurniche, doucement, et elle appuie sa tête sur ma chaise.

— Merci, Celie.

— Mais je ne peux pas rester ici, je dis.

— Celie, tu ne peux pas m'abandonner ! Tu es mon amie. Je suis amoureuse de ce gamin mais je suis morte de peur. Il a le tiers de mon âge, tu te rends compte ? Et il est trois fois moins épais que moi. Il n'a même qu'un tiers de ma couleur, elle fait en essayant de rire. Tu sais qu'il me fera plus souffrir que je te fais souffrir. Ne me quitte pas, je t'en prie.

Juste à ce moment-là on sonne à la porte. Shug s'essuie le visage, va voir et sort. J'entends une voiture qui démarre. Voilà, je suis montée me coucher mais le sommeil ne viendra pas cette nuit. Je le sais.

Prie pour moi
Ta sœur qui t'aime
Celie

☆

Chère Nettie,

La seule chose qui me raccroche à la vie c'est de voir la petite Henrietta se battre pour la sienne. Et pour se battre elle se bat ! Chaque fois qu'elle a une crise, elle hurle à réveiller un mort. Alors on lui fait manger des patates douces tous les jours, comme tu racontes que les Africains font pour cette maladie. Manque de chance elle a horreur de ça, et elle nous l'envoie pas dire ! A des kilomètres à la ronde les voisins essaient de confectionner des plats qui en contiennent sans que ça se sente. On voit arriver ici des œufs aux patates douces, des céréales, des tripes, du fromage battu, tout ça avec des patates douces dedans. Et même de la soupe ! Les gens font des soupes avec n'importe quoi pour essayer de tuer le goût de la patate douce. Tout juste s'ils mettent pas des semelles de chaussures ! Mais Henrietta dit qu'elle le sent toujours, et on a souvent peur qu'elle balance le tout par la fenêtre. On a beau lui dire que bientôt elle pourra s'arrêter d'en manger pendant trois mois, elle répond que ce jour-là n'est pas prêt d'arriver. En attendant, ses articulations sont tout enflées, elle est brûlante et elle dit que sa tête est remplie de petits hommes blancs avec des marteaux.

Des fois je rencontre Mr... en allant voir Henrietta. Il invente lui aussi des petites recettes sournoises. Un jour il a mélangé des patates douces à du beurre de cacahuètes. Souvent quand on est là on s'assied près du feu avec Harpo et Sofia, et on fait quelques parties de whist, pendant que Susie Q. et Henrietta écoutent la radio. Quelquefois il me raccompagne en voiture. Il a toujours la même petite maison. Il y habite depuis si longtemps qu'elle lui ressemble, je trouve. Il y a toujours deux chaises adossées au mur sur la véranda, et les balustrades ont des jardinières de fleurs. Mais maintenant il les peint régulièrement. Elles sont blanches et bien propres. Et sais-tu de quoi il fait collection ? Des coquillages. Simplement parce ça lui plaît. Il y a de tout. Même des coquilles d'escargots, une carapace de tortue, et plein de coquillages de mer.

En fait c'est comme ça qu'il m'a fait revenir jusqu'à la maison un jour. Il parlait à Sofia d'une coquille qui faisait comme le bruit de la mer très fort quand on la met contre l'oreille. Et on a été la voir. Elle est grosse, lourde, avec plein de taches brunes, et c'est vrai qu'on entend comme des vagues qui roulent quand on la met contre l'oreille. Bien sûr on n'a jamais vu l'océan, mais Mr... a lu des livres là-dessus. Il commande ses coquillages d'après les images sur les livres, et il y en a partout.

Il parle pas pendant qu'on les regarde, mais il a l'air

de beaucoup y tenir et il les touche l'un après l'autre comme s'ils étaient tout nouveaux.

— Une fois, Shug avait ramené un coquillage, il raconte. Il y a longtemps, quand on s'est connus. Un gros, tout blanc, un peu comme un éventail. Est-ce qu'elle aime toujours ça ?

— Non, je réponds. Maintenant c'est les éléphants.

Il remet toutes les coquilles à leur place, sans rien dire, et puis il me demande :

— Et toi, tu aimes quelque chose de spécial ?

— Moi, c'est les oiseaux.

— Tu sais dans le temps tu me faisais penser à un oiseau. Oh, il y a très longtemps, quand tu es venue vivre avec moi. T'étais si maigre, seigneur ! J'avais l'impression que t'allais t'envoler si on te soufflait dessus.

— C'est vrai, tu avais vu ça ?

— Oui c'est vrai, mais j'étais trop bête pour que ça me soucie.

— Bah, on a survécu quand même, je dis.

— On est toujours mari et femme, tu sais ?

— Non, on l'a jamais été.

— Il faut que je te dise, tu es vraiment bien depuis que t'es partie à Memphis.

— Oui, je sais. Shug s'est bien occupée de moi. Et puis j'ai appris dans des livres.

— De quoi tu vis là-bas ?

— Je fabrique des pantalons.

— J'ai vu que toute la famille porte des pantalons que tu as faits. Mais tu veux dire que c'est vraiment un métier ?

— Bien sûr. Et mes vrais débuts c'était dans la maison, ici. Et si je m'y suis occupé les mains c'était pour m'empêcher de te tuer.

Il baisse les yeux et regarde fixement le plancher.

— Shug m'a aidée à faire le premier.

Et à ce moment-là, je me mets à pleurer comme une idiote.

— Celie dis-moi la vérité, il fait. Tu m'aimes pas parce que je suis un homme, ou quoi ?

Je me mouche et je lui réponds :

— Pour moi, tous les hommes c'est comme des grenouilles, quand ils sont sans leur pantalon. Je peux bien les embrasser n'importe où, ça me fait le même effet que des grenouilles.

— Je vois.

De retour chez moi je me sentais si malheureuse que je pouvais rien faire que dormir. J'ai voulu travailler à un nouveau modèle de pantalon pour les femmes enceintes, mais l'idée de quelqu'un attendant un bébé me donnait envie de pleurer.

Ta sœur qui t'aime
Celie

☆

Chère Nettie,

Le seul courrier que Mr... m'a remis en main propre, comme on dit, c'est un télégramme envoyé par le ministère de la Défense nationale. Il dit que le bateau qui vous ramenait d'Afrique a coulé sur des mines allemandes, au large d'un endroit qu'on appelle Gibraltar. Ils pensent que vous êtes tous noyés, les enfants, ton mari et toi. Et le même jour, en plus, toutes les lettres que je t'avais écrites pendant toutes ces années sont revenues, non ouvertes.

Je suis là toute seule dans cette grande maison. J'essaie de coudre, mais à quoi ça sert ? A quoi sert tout ce que je peux faire ? Rien que de vivre devient pour moi un effort terrible.

Ta sœur qui t'aime
Celie

☆

Bien chère Celie,

Tashi et sa mère ont pris la fuite. Pour aller rejoindre les *mbeles.* Samuel et moi en parlions encore hier, et on s'est rendu compte qu'on n'est même pas certains qu'ils existent. Tout ce qu'on raconte, c'est qu'ils vivent en pleine forêt, qu'ils accueillent les fugitifs, qu'ils harcèlent les plantations de caoutchouc, et projettent de détruire l'homme blanc, ou du moins de l'éliminer du continent.

Adam et Olivia ont le cœur brisé, parce qu'ils aiment Tashi et qu'elle leur manque énormément. Et puis, personne n'est jamais revenu de chez les *mbeles.* Nous essayons de les occuper en permanence dans le campement, et comme la malaria sévit durement cette saison il y a beaucoup à faire. Quand les planteurs ont détruit les récoltes de patates douces et leur ont substitué des conserves et des produits en poudre, ils ont supprimé ce qui rendait résistant à la malaria. Bien sûr ils l'ignoraient, et ils voulaient seulement prendre les terres pour leurs plantations d'hévéas. Mais les Olinkas mangeaient ces patates pour se protéger de la malaria et des maladies du sang depuis des milliers d'années. Maintenant qu'il leur manque la ration indispensable, les gens — ce qu'il en reste — tombent malades et meurent à une cadence alarmante.

Pour te dire la vérité, je suis inquiète pour notre

propre santé, en particulier pour les enfants. Mais Samuel pense que nous nous en tirerons car nous avons subi des accès de malaria pendant nos premières années ici.

Et toi, comment vas-tu ma chère sœur? Quand je pense que près de trente ans ont passé sans le moindre contact entre nous. Tu pourrais aussi bien être morte que je n'en saurais rien. Mais l'heure du retour approche. Adam et Olivia me posent mille et une questions sur toi, et je n'ai guère de réponses à leur donner. Parfois je leur dis que Tashi me fait penser à toi. Comme Tashi est sans égale à leurs yeux, ils sont ravis. Mais auras-tu conservé le caractère droit et ouvert qui est le sien? Je me demande. Ou est-ce que des années de maternité et de mauvais traitements de Mr... l'auraient détruit? Je ne réfléchis pas à ces questions avec les enfants, mais seulement avec mon bien-aimé compagnon Samuel qui me dit de cesser de me torturer, de faire confiance à Dieu, et d'avoir foi en la solidité d'âme de ma sœur.

Dieu n'est plus le même pour nous, après toutes ces années en Afrique. C'est devenu une notion plus spirituelle qu'avant. Plus à l'intérieur de nous-mêmes. La plupart des gens pensent qu'il faut que Dieu ait l'apparence de quelque chose ou de quelqu'un — une Feuille de toit, le Christ —, mais pas nous. Et ne pas être attachés à une apparence quelconque de Dieu nous libère.

Quand nous reviendrons en Amérique il faudra parler longuement de ça entre nous, Celie. Et peut-être Samuel et moi fonderons-nous une nouvelle église au sein de notre communauté, sans idole d'aucune sorte, et dans laquelle l'esprit de chacun sera encouragé à chercher Dieu sans intermédiaire, sans représentation. La conviction de cette possibilité étant renforcée par nous, qui sommes également croyants.

Comme tu l'imagines, il y a peu de distractions ici. On lit les journaux et les revues de là-bas, on joue à des jeux africains avec les enfants. On fait répéter aux enfants africains des rôles dans des pièces de Shakespeare. Adam a toujours été très bon dans le monologue de Hamlet « Etre ou ne pas être... » Corrine avait des idées très arrêtées sur ce qu'il faut apprendre aux enfants, et veillait à ce que tout livre intéressant signalé par les journaux soit ajouté à leur bibliothèque. Ils savent beaucoup de choses, et je pense que la société américaine ne sera pas un trop grand choc pour eux, à part la haine envers les Noirs, qui est criante dans les nouvelles que nous lisons. Mais leur indépendance d'esprit et leur liberté de parole m'inquiètent, ainsi que leur égocentrisme. Et puis, nous serons pauvres, Celie. Il se passera sûrement bien des années avant que nous possédions une maison. Comment réagiront-ils face à l'hostilité à leur égard, ayant grandi ici ? Quand je me les représente en Amérique, je les vois bien plus jeunes, et beaucoup plus naïfs qu'ici. Le pire que nous ayons eu à supporter ici à été l'indifférence, et un certain côté superficiel dans nos relations, excepté celles avec Catherine et Tashi. Après tout, les Olinkas savent bien que nous pouvons toujours partir, tandis qu'eux sont condamnés à rester. Et...

Bien chère Celie,

Hier soir j'ai dû arrêter ma lettre parce que Olivia est venue me dire que Adam a disparu. Il est sûrement parti à la recherche de Tashi.

Prie pour qu'il nous revienne sain et sauf
Ta sœur affectionnée
Nettie

☆

Bien chère Nettie,

Des fois, je pense que Shug ne m'a jamais aimée. Alors je me mets nue devant la glace, et je me demande qu'est-ce qu'elle pourrait bien aimer ? Mes cheveux sont courts et tout crépus parce que je les défrise plus. Un jour, Shug m'a dit qu'elle les aimait comme ça et que c'était pas la peine. Ma peau est très foncée. Mon nez, rien de spécial. Les lèvres, pareil. Mon corps est celui de n'importe quelle femme qui prend de l'âge. Donc rien dans tout ça à aimer pour personne. Pas de cheveux bouclés couleur de miel, rien de mignon, d'adorable, de pur, de jeune. Mon cœur doit quand même être jeune et pur, lui, parce qu'il renferme des fleurs de sang.

Je parle souvent toute seule comme ça devant ma glace. Celie, je me dis, tu t'es fait prendre au piège du bonheur. Comme tu l'avais jamais connu avant Shug, tu as cru que c'était le moment d'en avoir ta part, et que ça allait durer. Tu as même cru que les arbres, et la terre entière étaient avec toi. Et les étoiles, aussi. Mais regarde-toi maintenant. Shug est partie, et le bonheur est parti avec.

Elle m'envoie bien une carte postale, de temps en temps. Elle et Germaine à New York ; en Californie. Ou partis voir Mary Agnes et Grady à Panama.

Mr... semble être le seul à comprendre ce que je ressens.

— Je sais que tu me détestes parce que je t'ai séparée de Nettie, il m'a dit. Et maintenant elle est morte !

Mais en fait je ne le déteste pas, Nettie. Et puis je te crois pas morte. C'est impossible puisque je te sens en moi. Ou alors peut-être tu t'es transformée en autre chose, comme Dieu, et il faudra que je te parle d'une autre manière. Mais en tout cas t'es pas morte pour moi, Nettie. Et tu le seras jamais. Des fois, quand j'en ai assez de me parler à moi, je te parle. J'essaie même d'entrer en contact avec nos enfants.

Mr... n'arrive toujours pas à croire que j'ai des enfants.

— De qui ils sont ? il m'a demandé.

— De mon beau-père.

— Tu veux dire qu'il savait depuis le départ que c'était lui qui t'avait souillée ?

— Oui.

Mr... a hoché la tête, l'air de dire « quand même ! ».

Nettie, après tout le mal que Mr... m'a fait lui aussi, tu dois te demander pourquoi je ne l'ai pas en horreur. D'abord, il aime Shug. Et Shug l'a aimé. En plus, on dirait qu'il essaie de changer. C'est pas seulement parce qu'il travaille, et qu'il nettoie derrière lui, et qu'il apprécie des jolies créations de Dieu, comme les coquillages. Mais à présent quand tu lui parles il écoute vraiment, et même une fois en plein milieu d'une conversation il m'a dit : « Celie, c'est bien la première fois que je me sens à l'aise dans ma peau d'homme sur cette terre. C'est nouveau pour moi. »

Sofia et Harpo essaient toujours de m'arranger des rencontres avec des types. Ils savent pourtant que j'aime Shug, mais ils croient que chez les femmes c'est une question de circonstances. Qu'il suffit que quelqu'un se trouve là au bon moment, et ça fait l'affaire.

Chaque fois que je vais chez eux je tombe sur une espèce de petit placier en assurances qui me colle aux fesses. Et figure-toi que c'est Mr... qui vient à mon secours.

— Cette dame est ma femme, il dit au type, qui disparaît en vitesse.

Souvent Mr... et moi on reste assis ensemble devant

un verre. On parle du temps où Shug était là ; de la fois où il l'a ramenée si malade à la maison. De la petite chanson marrante qu'elle chantait, et de toutes les bonnes soirées « Chez Harpo ».

— Tu cousais déjà bien dans ce temps-là, il me dit. Je me souviens des jolies petites robes de Shug.

— Ouais, c'est vrai ça. Shug portait tellement bien la toilette.

— Tu te rappelles la fois où Sofia avait cassé les dents à Mary Agnes ?

— Qui c'est qui oublierait ça ? je fais.

Mais on ne parle pas des ennuis de Sofia, parce que ça on n'arrive pas à en rire. En plus, elle a toujours des problèmes à cause de cette famille de Blancs. Surtout avec Eleanor Jane.

— Personne peut savoir ce que cette fille m'en a fait voir, nous a raconté Sofia. Vous vous souvenez comme elle m'embêtait tout le temps quand elle avait des ennuis chez elle ? Eh bien elle a fini par venir m'embêter aussi quand ça allait bien. Dès qu'elle a mis le grappin sur ce type qui l'a épousée, elle est venue ici ventre à terre.

— Sofia, il faut absolument que tu connaisses Stanley Earl.

Et avant que j'aie pu ouvrir la bouche, qui je vois ? Stanley Earl en plein milieu de l'entrée.

— Comment ça va, Sofia, il me dit avec un grand sourire et la main tendue. Eleanor Jane m'a tellement parlé de vous !

Je me demande si elle lui a raconté qu'ils me faisaient dormir dans le réduit sous la maison. Mais j'en parle pas. J'essaie d'être polie et aimable. Henrietta met la radio fort dans l'autre pièce, et il faut presque que je crie pour qu'on m'entende. Ils regardent les photos des enfants accrochées au mur, et ils s'extasient sur l'allure des garçons en uniforme.

— Ils sont sur quel front ? Stanley Earl demande.

— Ils sont ici en Géorgie, dans l'armée, je réponds. Mais bientôt ils vont partir au front.

Il me demande si je sais où. En France, en Allemagne, ou dans le Pacifique ?

J'ai aucune idée où tout ça se trouve, alors je dis que non. Et il me dit qu'il voudrait se battre lui aussi, mais il est obligé de rester s'occuper de l'atelier de coton de son paternel.

— Il faut habiller nos soldats correctement pour l'Europe, il fait. C'est malheureux qu'ils se battent pas en Afrique, il ajoute en se croyant drôle. Et Eleanor Jane sourit. Henrietta tourne le bouton de la radio à fond. Ça joue de la musique de Blancs vraiment minable. Stanley Earl claque des doigts et essaie de battre la mesure avec son pied (du genre plutôt péniche !). Il a une figure toute en longueur avec des yeux bleu vif et des cils qui battent jamais. Et des cheveux coupés si court qu'on dirait du petit gazon. Mon Dieu ! je me pense en moi.

— Sofia m'a pratiquement élévée, dit Eleanor Jane. Je ne sais pas ce que nous aurions fait sans elle !

— Dans le coin, tout le monde est élevé par des gens de couleur, fait Stanley Earl. C'est pour ça que nous sommes si bien ! il fait encore en clignant de l'œil à mon intention. Et puis il se tourne vers Eleanor Jane : Ma cocotte chérie, il va falloir s'en aller.

Elle se lève comme si on l'avait piquée avec une épingle.

— Comment va Henrietta, elle demande. Et elle ajoute tout bas : je lui ai apporté un plat où il y a des patates douces si bien cachées qu'elle n'y pensera même pas.

Elle court à la voiture et revient avec un gratin de thon en sauce. Elle me le donne, et puis ils s'en vont enfin.

En tout cas, nous a dit Sofia, il y a une chose qu'il faut reconnaître c'est que les plats de Eleanor Jane trompent presque toujours Henrietta. Bien sûr je lui ai jamais dit qui les avait faits. Elle serait capable de les passer par la fenêtre. Ou encore de les vomir.

Mais ça a fini par se gâter entre Sofia et Eleanor Jane, et pas à cause de Henrietta qui la déteste de tout son cœur. Non. Ça a été à cause d'Eleanor Jane elle-même, quand elle a eu son bébé. Elle n'arrêtait pas de le coller sous le nez de Sofia et de lui vanter ses qualités. Une espèce de petite chose blanche et grassouillette avec juste assez de cheveux pour entrer dans la marine ! Et ils l'avaient baptisé Reynolds Stanley Earl, en plus !

J'ai assisté à l'épisode final un jour où Sofia repassait des affaires à Susie Q. et à Henrietta, et où Eleanor Jane a débarqué avec son bébé.

— Sofia, regarde, il est si mignon, fait Eleanor Jane. Papa l'adore. Il est si fier que son petit-fils porte son nom, et qu'il lui ressemble tellement !

Sofia continue à repasser, sans répondre.

— Et il est si intelligent, tu sais. Papa dit qu'il n'a jamais vu un bébé aussi intelligent. Et la mère de Stanley Earl dit qu'il l'est encore plus que Stanley au même âge.

Sofia ne répond toujours pas, et finalement Eleanor Jane s'en aperçoit. Et les Blancs ils ne veulent jamais lâcher prise ni s'avouer vaincus.

— Sofia est bien silencieuse ce matin, fait Eleanor Jane comme si elle parlait à Reynolds Stanley qui la regarde avec des grands yeux tout ronds.

— Tu ne trouves pas qu'il est mignon ? elle demande encore à Sofia.

— Il est plutôt gros lard, dit Sofia en retournant la robe qu'elle repasse.

— Mais mignon, continue Eleanor Jane. Et si intelligent.

Elle le soulève et l'embrasse sur la tempe. Il se frotte à cet endroit en faisant « meuh... euh... ».

— Est-ce que ce n'est pas le bébé le plus intelligent que tu aies jamais vu ? elle insiste auprès de Sofia.

— Il a une trop grosse tête, fait Sofia. Vous savez que la taille de la tête est très importante, il paraît ? Et puis il a pas des masses de cheveux. C'est sûr qu'il aura pas trop chaud cet été !

— C'est un petit garçon bien gentil, mignon, intelligent comme tout et innocent, continue Eleanor Jane. Tu l'aimes n'est-ce pas Sofia ? elle demande tout net

Sofia pousse un grand soupir, repose son fer, et regarde longuement Eleanor Jane et Reynolds Stanley. Tout ce temps-là Henrietta et moi on jouait aux cartes dans un coin de la pièce. Henrietta faisait comme si Eleanor Jane n'existait même pas. Mais toutes les deux on a bien entendu quand Sofia a reposé son fer. Et rien que ce bruit ça contenait beaucoup de choses, des choses du passé et de maintenant.

— Non, madame, fait Sofia. Je n'aime pas Reynolds Stanley Earl. Voilà. C'est ce que vous cherchez à savoir depuis sa naissance. Eh bien vous êtes fixée.

Eleanor Jane repose vite le bébé par terre. Il part à quatre pattes droit vers la pile de linge repassé et il fait tout tomber sur sa tête. Sofia ramasse les vêtements, les replie bien, et retourne derrière la planche à repasser Elle reprend son fer, et il faut dire que Sofia, dès qu'elle a quelque chose dans la main on dirait que c'est une arme.

Eleanor Jane fond en larmes. Elle a toujours aimé Sofia, à sa manière. Et sans elle, c'est vrai, Sofia n'aurait jamais survécu dans la maison du maire. Et alors ? Sofia n'avait jamais demandé à y aller, ni à quitter son foyer et ses enfants.

— Trop tard pour les larmes, Eleanor Jane, dit Sofia. Tout ce qu'on peut faire maintenant, c'est d'en rire. Regardez-le, votre moutard, elle fait en riant. Il marche à peine et il est déjà chez moi à mettre tout en pagaille. Est-ce que je l'ai invité ? Et qu'est-ce que j'en ai à faire qu'il soit mignon ou pas ? Ça changera rien de toute façon. Je sais d'avance comment il me traitera quand il sera grand.

— Je sais pourquoi tu ne l'aimes pas, dit Eleanor Jane, c'est parce qu'il ressemble à papa.

— C'est vous, oui, qui l'aimez pas parce qu'il ressemble à votre père. Moi, c'est plutôt de l'indifférence. Je ne l'aime pas, je ne le déteste pas. Je voudrais seulement qu'il ne soit pas toujours ici à courir en flanquant tout par terre.

— Toujours ici, à courir partout ! fait Eleanor Jane vexée. C'est un bébé. Il n'a même pas un an. Et il n'est venu que cinq ou six fois.

— J'ai l'impression qu'il a toujours été ici, fait Sofia.

— Je ne comprends pas. Toutes les femmes noires que je connais adorent les enfants. Ta réaction n'est pas normale.

— Mais moi j'adore les enfants, dit Sofia. Et les Noires qui vous disent qu'elles aiment le vôtre sont des menteuses. Elles n'aiment pas Reynolds Stanley plus que moi. Mais bien sûr, si vous avez le mauvais goût de leur poser la question, qu'est-ce que vous voulez qu'elles répondent ? Certains Noirs ont tellement peur des Blancs qu'ils prétendent être heureux à égrener le coton.

— Mais enfin, c'est seulement un petit bébé ! dit Eleanor Jane, comme si ça devait tout expliquer.

— Qu'est-ce que vous attendez de moi au juste ? demande Sofia. C'est vrai que j'ai une certaine affection pour vous, parce que quand j'étais chez votre père vous avez bien été la seule à montrer un peu de gentillesse pour moi. Mais il faut dire que j'étais aussi la seule à vous en donner. Voilà, c'est tout ce que je peux vous offrir, ma sympathie. Mais j'ai rien à donner à votre famille, ni à celui-là.

Pendant ce temps-là, Reynolds Stanley a grimpé sur le matelas d'Henrietta. On dirait qu'il va lui dévorer le pied. Il finit par lui mâchouiller le mollet, et Henrietta attrape un biscuit sur le bord de la fenêtre pour lui donner.

— J'ai l'impression que tu es la seule personne qui m'aime, dit Eleanor Jane à Sofia. Maman n'aime que Junior, parce que c'est lui que papa aime vraiment.

— Peut-être bien, fait Sofia. Mais vous avez un mari maintenant.

— Oui mais lui on dirait qu'il n'aime que son atelier d'égrenage. A dix heures du soir il y est encore. Et quand il ne travaille pas il joue au poker avec ses amis. Mon frère le voit beaucoup plus souvent que moi.

— Faut peut-être songer à le quitter, alors, dit Sofia. Vous avez de la famille à Atlanta. Allez donc les voir. Cherchez du travail.

Eleanor Jane rejette ses cheveux en arrière, et fait comme si elle n'avait pas entendu. Du travail, quelle drôle d'idée !

— J'ai assez de mes ennuis personnels, continue Sofia. Et quand Renolds Stanley va être grand, je suis sûre que ça m'en fera un de plus.

— Mais non. Je suis sa mère, je lui apprendrai à respecter les gens de couleur.

— Vous et toute la troupe derrière vous, peut-être ? Vous verrez que le premier mot qui sortira de sa bouche c'est pas vous qui lui aurez appris.

— Tu es en train de m'expliquer que je ne saurai pas aimer mon propre fils, c'est ça ?

— Non, c'est pas ça que je dis, fait Sofia. Je dis que *moi* je ne me sens pas capable d'aimer votre propre fils. Vous pouvez le chérir tant que vous voulez. Mais faut être prête à en subir les conséquences. C'est notre façon de vivre, à nous les Noirs.

A présent le petit Reynolds Stanley se traîne sur Henrietta, lui lèche la figure en lui donnant des baisers tout baveux. Je m'attends à ce qu'elle le balance par terre d'une seconde à l'autre. Mais elle reste allongée, sans bouger. Maintenant on dirait qu'il veut regarder à l'intérieur d'un de ses yeux. Et puis il se laisse tomber sur sa poitrine et rebondit l'air ravi. Il attrape une des cartes à jouer et veut lui en faire manger un morceau.

Sofia accourt et le soulève.

— Il me dérange pas, fait Henrietta. Il m'amuse.

— Moi, il me dérange, dit Sofia.

— Très bien, dit Eleanor Jane au bébé en le reprenant. Viens, nous ne sommes pas les bienvenus ici.

Elle a dit ça d'un ton très triste, comme si elle n'avait plus d'autre endroit où aller.

— Merci pour tout ce que vous avez fait pour nous, dit Sofia pas bien fringante elle non plus. Elle a même les yeux humides. Et elle nous dit après le départ d'Eleanor Jane et de Reynolds Stanley : c'est des moments comme ça qui me font penser que c'est pas nous qui avons créé ce monde. Et je me demande si tous ces Noirs qui parlent d'aimer la terre entière ont bien réfléchi à ce qu'ils disent.

Bon et maintenant, quelles autres nouvelles te donner ?

Eh bien, je peux toujours t'annoncer que ta sœur est bien trop folle pour se tuer. Pourtant je suis presque tout le temps au fond du trou. Mais j'ai déjà connu ça dans ma vie. Et alors ? J'ai eu une sœur merveilleuse, ma Nettie ; je me suis trouvé une autre amie extraordinaire, Shug. J'ai eu de beaux enfants qui ont grandi en Afrique, qui chantent et qui écrivent de la poésie. Quand même, les deux premiers mois ça a été dur. L'enfer ! Et je veux bien le crier sur tous les toits. Mais ça fait six mois que Shug est partie et qu'elle n'est pas revenue. Et moi maintenant j'essaie d'apprendre à mon cœur à ne pas désirer ce qu'il ne peut pas avoir.

Et puis, elle m'a donné tant de bonnes années. Et après tout, elle apprend des tas de choses dans sa nouvelle vie. En ce moment elle et Germaine habitent chez un de ses enfants à elle.

« Chère Celie », elle m'a écrit. « Moi et Germaine on s'est finalement retrouvés à Tucson dans l'Arizona où habite un de mes enfants. Les deux autres sont vivants eux aussi, mais ils ne veulent pas me voir. On leur a dit que je mène une vie de débauche. Mais celui-là voulait voir sa " maman " de toute façon. Il vit dans une petite maison comme ils les font là-bas. On dirait de la boue séchée, ou de la terre cuite. Ça s'appelle de l'*adobe.* Tu t'imagines comme je me sens chez moi. Il est instituteur et travaille dans la réserve indienne. Ils l'appellent le Noir-Blanc. Ils ont un mot dans leur langue qui veut dire ça exactement. Ça l'agace énormément. Mais il a beau essayer de leur faire comprendre, on dirait qu'ils s'en fichent complètement. Ils sont tellement dans leur truc à eux qu'un étranger peut bien dire tout ce qu'il veut. Ça les intéresse pas. Moi, ça me fait mal de voir que mon fils est malheureux, mais que veux-tu c'est la vie.

« C'est Germaine qui a eu l'idée d'aller voir ce que devenaient mes enfants. Il avait remarqué que j'adore l'habiller, et jouer avec ses cheveux. Il n'a pas lancé ça méchamment. Il a seulement dit que si je savais ce que faisaient mes enfants je me sentirais mieux.

« Mon fils s'appelle James, et sa femme Cora Mae. Ils ont deux enfants, Davis et Cantrell. James m'a dit que du temps de sa grand-mère (ma mère à moi) c'était drôle parce qu'elle et le grand-père étaient vieux, sévères, et rigides comme tout, mais qu'ils l'aimaient beaucoup et ils lui faisaient sentir. C'est vrai mon fils, je lui ai dit, ils étaient capables de beaucoup d'amour. Mais moi j'avais besoin d'amour *et* de compréhension, et de ce côté-là ils étaient pas très ouverts.

« Il y a longtemps qu'ils sont morts, il m'a dit. Neuf ou dix ans. Et ils nous ont tous envoyés à l'école aussi longtemps qu'ils ont pu. Tu sais que je pense jamais à maman et papa, Celie, et que je me sens comme blindée à l'intérieur de moi. Mais maintenant qu'ils sont morts et que je vois mes enfants bien partis dans la vie, j'aime assez repenser à eux. A mes vieux. Peut-être quand je reviendrai j'irai mettre des fleurs sur leur tombe. »

Oui, Nettie, Shug m'écrit presque chaque semaine maintenant. Des lettres plutôt longues, pleines de nouvelles et de trucs qu'elle croyait avoir oubliés. Et aussi des trucs sur le désert, les Indiens et les montagnes rocheuses. J'aimerais bien voyager avec elle. En tout cas je remercie le bon Dieu parce qu'elle, elle le fait. Des fois quand même, je suis en colère après elle. J'ai envie de lui arracher les cheveux a pleine main. Et puis je me dis que Shug a le droit de vivre sa vie elle aussi, et de voir le monde avec qui elle veut. C'est pas parce que je l'aime que ça lui retire ses droits.

La seule chose qui me tracasse c'est qu'elle parle jamais vraiment de revenir. Et elle me manque. Tellement que si elle veut revenir ici avec Germaine à sa traîne je les accueillerai bien tous les deux. Même si je dois en crever. De quel droit je pourrais bien lui dire qui elle doit aimer ? Mon lot à moi, c'est de l'aimer très fort, et sincèrement.

Mr... m'a demandé l'autre jour ce que c'est qui me plaît tant chez Shug. Pour lui, c'est son genre, sa manière d'être. Il dit que Shug se comporte plus en homme qu'un homme. Enfin, qu'elle est droite et sincère. Elle dit toujours ce qu'elle pense, et tant pis pour les retombées. Tu sais que Shug se battra s'il faut, il m'a dit. Pareil comme Sofia. Elle vivra sa vie, et restera ce qu'elle est quoi qu'il arrive.

Et Mr... pense que tout ça c'est plutôt des trucs d'hommes.

— Mais Harpo il est pas comme ça, je lui ai dit. Et toi non plus. Moi je trouve que c'est bien des trucs de femme, comme est Shug. Surtout que Sofia c'est pareil.

— Mais Shug et Sofia, c'est pas vraiment comme des hommes, mais pas vraiment comme des femmes non plus.

— Tu veux dire pas comme toi, ni comme moi ?

— Elles sont leur propre chef. C'est spécial.

— Moi ce que j'aime le mieux chez Shug, c'est tout ce qu'elle a subi dans la vie. C'est écrit dans ses yeux, par où elle a passé, ce qu'elle a vu, ce qu'elle a fait. Maintenant, elle a son expérience. Elle sait.

– Ça c'est bien vrai, dit Mr...

— Et si on se met en travers de son chemin, elle se gêne pas pour le dire.

Il a fait « Amen », et puis il a sorti quelque chose qui m'a vraiment étonnée, parce que c'est tellement juste et plein de bon sens.

— Pour ce qui est de ce que les gens font avec leurs corps dans un lit, je suis pas plus malin que les autres. Mais si on parle d'amour, là j'ai pas besoin qu'on m'apprenne. J'ai aimé, et on m'a aimé. Et je remercie le bon Dieu qui m'a fait comprendre que cet amour-là il s'arrête pas de vivre, même quand il y a des cris et des larmes. Ça ne me surprend pas que tu aimes encore Shug, il fait. Moi je l'ai aimée toute ma vie.

— Tu as reçu un coup sur la tête ou quoi ? j'ai demandé.

— Pas un coup. Seulement le poids de l'expérience. Tu sais, tout le monde en attrape un petit bout, un jour ou l'autre. Il suffit de rester en vie, et d'attendre. Moi j'ai pris ma première dose le jour où j'ai dit à Shug que c'était vrai que je te battais parce que tu étais toi et pas elle.

— C'est moi qui lui avais dit.

— Je sais. Et je ne t'en veux pas maintenant. Si une mule pouvait raconter comment on la traite, elle le ferait. Mais d'un autre côté, il y a beaucoup de femmes qui aimeraient bien entendre leur homme dire qu'il bat son épouse parce qu'elle est pas comme elles. A une époque, Shug pensait ça. Quand j'étais mariée avec Annie Julia. Shug et moi on en a fait voir à ma première femme, que c'en est une honte. Et elle, elle a jamais rien dit. Toute façon, elle avait personne à qui parler. Même ses parents ont fait comme si elle existait plus, une fois qu'on a été mariés. Comme si elle avait disparu de la terre. Et moi je ne voulais pas d'elle. Je voulais Shug. Mais c'est le paternel qui commandait. Il m'a donné l'épouse qu'il voulait pour moi.

— Mais tu sais, Shug a pris ton parti, Celie, il a continué un peu plus tard. Elle m'a dit : Albert, tu as maltraité quelqu'un que j'aime. Alors en ce qui te concerne, tu peux faire une croix sur moi. Je n'en croyais pas mes oreilles, il dit, surtout que tout ce temps-là on se faisait de sacrées parties de jambes en l'air. Excuse-moi de te dire ça, Celie, mais c'est vrai. Alors j'ai essayé de prendre la chose en riant. Mais c'est que Shug ne plaisantait pas du tout. J'ai essayé aussi de l'asticoter avec des trucs du genre : Tu vas pas me dire que tu aimes cette pauvre gourde de Celie — pardonne-moi Celie. Elle est moche, maigre comme un clou, et elle t'arrive pas à la cheville. Et puis, elle sait même pas baiser ! Là, j'aurais mieux fait de me taire. Shug m'a envoyé aussitôt : d'après ce qu'elle m'a raconté on se demande comment elle pourrait baiser. Paraît que tu arrives et tu repars comme un lapin. En plus, Celie m'a dit que tu te laves pas trop, elle a fait l'air dégoûté... Ce jour-là je t'aurais bien tuée, Mr... me dit. C'est vrai que je t'ai bien giflée quelques fois. J'ai jamais compris comment ça pouvait marcher aussi bien entre Shug et toi, et ça me minait. Tant qu'elle a été agressive et même méchante avec toi, tout allait bien. Mais quand je vous ai vues toujours en train de vous bichonner, de vous coiffer l'une l'autre, j'ai commencé à m'inquiéter.

— Elle éprouve toujours quelque chose pour toi, je lui ai dit.

— Bah ! Elle me considère comme son frère.

— C'est pas si mal. Ses frères à elle, ils l'aiment bien, eux.

— C'est des guignols, qui se conduisent encore comme l'imbécile que j'ai été moi aussi.

— Enfin, il faut partir de quelque chose pour faire des progrès, j'ai dit. Et il faut bien faire avec ce qu'on a au départ.

— Je suis vraiment désolé qu'elle t'ait quittée, Celie. Je me souviens encore ce que j'ai ressenti quand c'était moi !

Et là, ce vieux bandit m'a entourée de ses bras et on est restés comme ça sur la véranda, sans rien dire. Un bon moment plus tard j'ai appuyé ma tête sur son épaule et j'ai pensé ; nous voilà comme deux vieux idiots abandonnés par l'amour, à se tenir compagnie sous le ciel étoilé

Une autre fois, il a voulu savoir des choses sur mes enfants. Je lui ai dit que tu m'avais écrit qu'ils portent tous les deux des grandes tuniques, un peu comme des robes longues. Ce jour-là j'étais en train de coudre, et il m'a demandé ce que mes pantalons avaient de si particulier.

— C'est que n'importe qui peut les porter, hommes ou femmes.

— Les hommes et les femmes ne doivent pas s'habiller pareil, il a dit. C'est les hommes qui portent le pantalon.

— Ah tu crois ça ? Tu devrais en parler aux Africains.

— Parler de quoi ?

C'était la première fois de sa vie qu'il se posait des questions sur les Africains !

— En Afrique, les gens essaient de porter ce qui est le plus confortable pour la chaleur, je lui dis. Bien sûr, les missionnaires ont leur idée personnelle sur l'habillement. Mais les Africains, soit ils se mettent presque rien sur le dos, soit ils se couvrent beaucoup, d'après Nettie. En tout cas, les hommes comme les femmes apprécient tous une belle robe longue.

— Tu as dit une tunique, tout à l'heure.

— Tunique, robe longue, c'est du pareil au même. En tout cas, pas de pantalon pour les hommes.

— Mince alors, j'en reviens pas.

— Et tu veux que je te dise : les hommes savent coudre en Afrique.

— C'est pas vrai !

— Si. Ils sont pas aussi arriérés que chez nous.

— Quand j'étais petit, je voulais coudre avec maman parce qu'elle avait toujours une aiguille à la main. Mais ça faisait rigoler tout le monde. Pourtant, ça me plaisait bien.

— Eh ben, personne rira de toi maintenant. Alors aide-moi donc à faufiler ces poches

— Mais je sais pas.

— Je vais te montrer.

C'est ce que j'ai fait. Et à présent nous voilà en train de coudre, et de fumer notre pipe ensemble !

— Tu sais pas, je lui dis, là-bas en Afrique, où Nettie est avec les enfants, eh bien les gens croient que les Blancs sont les descendants — ça veut dire les enfants quoi — des Noirs. C'est Nettie qui l'écrit.

— Sans blague, il dit d'un ton intéressé, mais il fait surtout attention à bien coucher son point suivant.

— Ils ont même donné un autre nom à Adam dès son arrivée. Ils ont dit que les missionnaires blancs qui étaient là avant, leur avaient raconté toute l'histoire d'Adam comme ils la connaissent à leur manière de Blancs. Mais que eux les Africains, ils la connaissent autrement et que ça remonte à bien plus loin.

— Et c'est qui alors pour eux, Adam ? demande Mr...

— Le premier homme blanc. Pas le premier homme. Ils pensent que personne n'est assez fou pour oser dire qui a été le premier homme. Mais tout le monde a remarqué le premier homme *blanc,* justement parce qu'il était blanc.

Mr... fronce les sourcils, regarde les couleurs des bobines, choisit, et puis il enfile son aiguille, mouille son doigts et fait un nœud.

— Ils disent que tout le monde était noir avant Adam, je continue. Et voilà qu'un jour une femme, qu'ils ont tuée tout de suite, a mis au monde un bébé avec une peau sans couleur. Ils ont d'abord pensé que c'était quelque chose qu'elle avait dû manger. Mais une autre en a eu un aussi, et après, des femmes ont eu des jumeaux. Alors ils se sont mis à tuer tous les bébés blancs et les jumeaux. En fait, Adam n'était même pas le premier homme blanc, mais seulement le premier qu'a pas été supprimé.

Mr... lève les yeux l'air songeur. Il est pas si mal que ça finalement, quand on le regarde bien. Et à présent en plus, on dirait qu'il commence à avoir des vrais sentiments. Ça se voit sur sa figure.

— Tu sais sûrement que chez les Noirs on trouve ce qu'on appelle des albinos. Mais on n'a jamais entendu parler de Blancs avec la moindre trace de Noir en eux, sauf s'ils ont fricoté avec. Et il y avait jamais eu de Blancs en Afrique dans les temps lointains où tout ça s'est passé. Bref, alors les Olinkas ont écouté l'histoire d'Adam et d'Eve par les missionnaires blancs, qui leur ont aussi raconté comment le serpent a possédé Eve, et que Dieu les a chassés du jardin d'Eden. Ça les a beaucoup intéressés, parce que eux ils avaient chassé les enfants olinkas blancs du village aussi, et ils n'y avaient plus pensé après. Nettie dit que c'est comme ça chez les Africains : loin des yeux, loin du cœur. Autre chose aussi, ils aiment pas trop ce qui n'a pas le même aspect qu'eux, ou pas la même conduite. Ils voudraient voir tout le monde pareil. Tu penses bien que quelqu'un qu'aurait pas été blanc à l'époque n'aurait pas vécu longtemps. D'après Nettie, les Africains ont chassé les Olinkas blancs rien que pour leur aspect. Et ils ont chassé les autres, nous autres, ceux qui sont devenus des eslaves, pour notre conduite. Apparemment tout ce qu'on faisait ça leur convenait pas. On a eu beau y mettre du nôtre, c'était toujours pas ça. Tu connais les nègres. On peut rien leur dire, même de nos jours. Y a pas de règles pour eux. Chaque Noir promène son royaume dans sa tête.

Ecoute ça encore, je dis à Mr... Quand les missionnaires ont expliqué que Adam et Eve étaient tout nus, les Olinkas étaient morts de rire. Surtout que les missionnaires ont essayé de leur faire mettre des vêtements justement à cause de cette histoire. Les Olinkas leur ont dit que c'était eux qui avaient chassé Adam et Eve du village justement aussi parce qu'ils étaient nus. Seulement, leur mot pour dire « nu » est « blanc ». Et comme eux sont recouverts par leur couleur, ils ne sont pas « nus ». On peut toujours dire d'un Blanc qu'il est « nu », mais jamais d'un Noir, puisqu'il ne peut pas être « blanc » !

— Ouais, dit Mr... mais ils avaient tort.

— Bien sûr. En fait, ces Olinkas ont chassé leurs propres enfants parce qu'ils étaient un peu différents.

— Je parie qu'ils font ce genre de chose encore aujourd'hui.

— D'après Nettie, ils sont en pleine panade en ce moment. Et tu sais, dans la Bible c'est écrit que les fruits ne tombent jamais loin de l'arbre. Tiens, autre chose, devine qui est le serpent d'après eux ?

— Nous, sûrement.

— Gagné. Et les Blancs ont emboîté le pas. Ils étaient tellement furieux d'avoir été jetés dehors et qu'on leur dise qu'ils étaient « nus », qu'ils ont décidé de nous écraser partout où on serait, comme un affreux serpent.

— Tu y crois, toi ? demande Mr...

— C'est ce que disent ces Olinkas. Et aussi, qu'ils connaissent l'avenir comme le passé de ces descendants blancs. Ils connaissent bien ceux-là en particulier, et ils vont s'entre-tuer parce qu'ils sont encore furieux d'avoir été chassés. Et puis ils tueront des tas d'autres gens qui ont la peau plus ou moins colorée. En fait ça sera un tel massacre que tout le monde va les détester, comme ils nous détestent maintenant. Alors ce sera eux le nouveau serpent. Et partout où on trouvera un Blanc, il sera écrasé par un non-Blanc. Il y a des Olinkas qui croient que la vie sera toujours comme ça, que peut-être chaque million d'années il se passera quelque chose sur terre qui fera que les gens seront plus pareils. Ils pourraient avoir deux têtes un de ces jours, et ceux qui en auront qu'une encore les chasseront. Et sans arrêt comme ça. Mais d'autres Olinkas sont pas de cet avis. Ils pensent que quand la plupart des Blancs auront disparu de la terre, le seul moyen pour plus jamais avoir un nouveau serpent c'est de reconnaître qu'on est tous les enfants de Dieu, ou de la même mère, sans s'occuper de la couleur, de l'aspect qu'on a, ou de comment on vit. Et tu veux savoir encore autre chose sur le serpent ?

— Quoi ?

— Les Olinkas l'adorent comme un dieu. D'abord ils disent, c'est peut-être un parent, on ne sait jamais. Mais de toute façon c'est la créature la plus intelligente, la plus propre, et la plus rusée qui existe.

— Dis donc, ces gens-là doivent avoir du temps de reste pour penser comme ça à toutes ces choses, fait Mr...

— Nettie trouve qu'ils sont très forts pour réfléchir. Mais c'est toujours sur des milliers d'années à la fois, et à côté de ça ils ont du mal à survivre juste une seule.

— Bon et alors, comment ils ont appelé ton Adam à toi ?

— Quelque chose comme Omatangu. C'est un peu long mais ça veut dire : homme pas nu, proche du premier que Dieu a fait et qui savait ce qu'il était. D'après eux beaucoup d'hommes ont existé avant le premier homme, mais il n'y en avait pas un qui le savait. Tu sais comme ça prend du temps à certains pour remarquer des choses...

— Ça c'est sûr que ça m'a pris longtemps pour voir que c'était agréable de causer avec toi, il me dit en riant.

Bon, c'est pas Shug, mais ça commence à être quelqu'un à qui je peux causer.

Et puis le télégramme peut bien dire que tu dois être noyée, je reçois toujours des lettres de toi.

Ta sœur qui t'aime
Celie

☆

Chère Celie,

Adam et Tashi sont revenus au bout de deux mois et demi ! Adam avait rattrapé Tashi, sa mère et quelques autres membres de notre campement, aux abords du village où la missionnaire blanche avait vécu. Mais Tashi avait fermement refusé de revenir, et Catherine aussi. Alors Adam les a accompagnées au camp des *mbeles.* Et il nous a raconté que c'était un endroit extraordinaire !

Tu sais, Celie, il y a en Afrique une immense dépression dans la surface de la terre, comme un énorme fossé, qu'on appelle le grand rift situé de l'autre côté du continent par rapport à nous. Mais Adam nous a expliqué qu'il y a un « petit » rift de notre côté, sur des milliers d'hectares, et encore plus profond que le « grand » qui lui par contre s'étend sur des millions d'hectares. C'est un endroit si encaissé dans le sol qu'on ne peut vraiment le voir que d'avion, d'après Adam. Et vu d'avion, toujours d'après lui, ça devrait ressembler à un canyon démesuré. Et dans ce canyon géant sont rassemblés un millier de gens venus de dizaines de tribus africaines, et même — Adam jure que c'est vrai — un Noir de l'Alabama ! Il y a des fermes, une école, une infirmerie, un temple. Et c'est vrai qu'il y a des groupes de guerriers, hommes et femmes, qui partent en expédition de sabotage contre les plantations des Blancs.

Mais tout cela m'a paru plus enthousiasmant à raconter qu'à vivre réellement, si je suis bon juge en ce qui concerne Adam et Tashi (dont les esprits semblent maintenant ne faire qu'un).

J'aurais voulu que tu les voies arriver à moitié chancelant dans le camp. Sales comme des cochons, les cheveux tout collés et emmêlés, sentant mauvais. Et tombant de sommeil et de fatigue. Mais toujours en train de se disputer !

— Ne crois pas que parce que je suis revenue avec toi je vais dire oui au mariage, disait Tashi.

— Bien sûr que si, répliquait Adam avec conviction,

tout en bâillant quand même Tu l'as promis à ta mère, et moi aussi.

— Personne ne m'aimera en Amérique, a dit Tashi.

— Si, moi, a-t-il affirmé.

Olivia a couru vers Tashi et l'a prise dans ses bras. Et puis on s'est précipitées pour leur préparer un repas et un bain.

Hier soir, après que Tashi et Adam ont eu dormi presque toute la journée, nous avons tenu un conseil de famille. Nous leur avons annoncé que puisque tant de villageois étaient partis rejoindre les *mbeles,* et que les planteurs commençaient à faire venir des travailleurs musulmans du Nord, et aussi parce que le moment semblait venu, nous allions repartir chez nous dans quelques semaines.

Adam nous a fait part de son désir d'épouser Tashi. Et Tashi a fait part de son refus. Avec la franchise et la sincérité qui la caractérisent, elle en a donné les raisons. La plus importante étant qu'avec raison des scarifications tribales sur son visage les Américains la considéreraient sûrement comme une sauvage, la traiteraient avec mépris et la tiendraient à l'écart, elle et les enfants qu'elle et Adam auraient ensemble. Dans les revues qui nous arrivaient de là-bas, Tashi avait aussi remarqué que les Noirs n'admiraient pas vraiment leurs frères de race à la peau très foncée comme la sienne, surtout quand il s'agissait de femmes, justement. Ils cherchent à s'éclaircir la figure, elle nous a dit, et ils se défrisent les cheveux à l'huile chaude. Ils essaient d'avoir l'air « nu ».

— Et aussi, j'ai peur qu'Adam se laisse attirer par une de ces Noires qui se donnent l'air « nu », et qu'il m'abandonne. Alors je n'aurai plus de pays, plus de peuple, plus de mère, de mari, ni de frère.

— Mais tu auras une sœur, a fait Olivia.

Et puis Adam a pris la parole. Il a d'abord demandé à Tashi de lui pardonner sa première réaction idiote à la scarification, et sa répugnance envers le rite d'initiation des femmes. Il lui a affirmé que c'était elle qu'il aimait, et qu'une fois en Amérique elle aurait un pays, un peuple, des parents, une sœur, et un mari-frère-amant, qui serait toujours à ses côtés pour le meilleur et pour le pire.

Oh Celie ! Le lendemain notre garçon est revenu avec des scarifications identiques à celles de Tashi sur le visage. Et ils sont heureux à présent, tellement heureux, Celie, Tashi et Adam-Omatangu.

C'est Samuel qui les a mariés, bien sûr, et tous les gens encore présents dans le campement sont venus leur souhaiter du bonheur et une grande abondance de feuilles-de-toit, pour l'éternité.

Olivia était témoin de la mariée, et pour Adam c'était un de ses amis, trop âgé pour rejoindre les *mbeles*.

Tout de suite après la cérémonie, nous avons quitté le camp dans un camion qui nous a emmenés jusqu'à une crique d'où partait le bateau.

Dans quelques semaines nous serons rentrés au pays..

Ta sœur qui t'aime
Nettie

☆

Chère Nettie,

Mr... a beaucoup parlé avec Shug au téléphone ces derniers temps. Il paraît que quand il lui a appris que ma sœur et les siens étaient portés disparus, elle a foncé directement, avec Germaine, au ministère des Affaires étrangères pour essayer d'en savoir davantage. Shug lui a dit que ça la démolit de penser que je suis ici, dans l'ignorance, à me ronger les sangs. Mais ils n'ont rien appris au ministère des Affaires étrangères, ni à celui de la Défense. C'est une grande guerre. Il se passe tellement de choses qu'un bateau coulé c'est rien du tout, j'imagine. Et puis aussi, ces gens au ministère se moquent pas mal des Noirs.

De toute façon ils savent rien, et ils sauront jamais rien. Et alors ? Moi je sais que tu es sur le chemin du retour. Peut-être t'arriveras pas avant que j'aie quatre-vingt-dix ans, mais je suis sûre qu'un jour ou l'autre je verrai ton visage.

En attendant, j'ai embauché Sofia comme vendeuse à la boutique. J'ai gardé le Blanc, Alphonso, comme gérant, mais j'ai voulu Sofia pour servir les clients noirs qu'ont jamais trouvé personne dans un magasin pour s'occuper d'eux aimablement, et les conseiller. Sofia est une bonne vendeuse, parce qu'elle fait celle à qui c'est égal que le client achète ou non. Et si finalement ils achètent, elle bavarde gentiment avec eux de choses et d'autres. En plus elle terrorise ce Blanc, Alphonso. Il est du genre familier avec les Noires, qu'il appelle souvent « alors, la nounou... » ou « ma grosse ». La première fois qu'il a essayé ça avec Sofia, elle lui a pas envoyé dire qu'ils avaient pas gardé les cochons ensemble !

J'ai demandé à Harpo si ça l'ennuie pas que Sofia travaille.

— Pourquoi que ça m'ennuierait ? il a dit. Ça a l'air de lui faire plaisir. Et moi je suis capable de me débrouiller de tout à la maison. En plus, Sofia m'a trouvé quelqu'un pour m'aider, surtout pour quand Henrietta a besoin de manger quelque chose de spécial, ou qu'elle a une crise.

— Ouais, m'a dit Sofia. C'est Eleanor Jane qui

viendra voir Henrietta et qui m'a promis de lui préparer un plat un jour sur deux. Tu sais que les Blancs ont des tas d'appareils magiques dans leurs cuisines. Tu croirais pas tous les trucs qu'elle fabrique avec des patates douces dedans. La semaine dernière elle s'est débrouillée pour en mettre dans une glace !

— Mais comment ça s'est fait tout ça ? J'ai demandé. Je croyais que c'était fini entre vous.

— Ben finalement, elle a eu la bonne idée de demander à sa mère pourquoi j'avais travaillé chez eux, au départ.

— Moi j'ai peur que ça dure pas, a dit Harpo. Tu connais ces gens-là !

— Sa famille est au courant ? j'ai demandé.

— Ouais. Et t'imagines comment ils prennent ça. On n'a jamais vu une Blanche travailler pour des Noirs ! Ils en grincent des dents. Mais elle leur répond qu'on n'a jamais vu une femme comme Sofia travailler pour des clopinettes.

— Et elle amène Reynolds Stanley avec elle ? je demande.

— Oui. Henrietta dit que ça la gêne pas.

— Toute façon, fait Harpo, si les hommes de sa famille sont contre ce qu'elle fait pour toi, ça va pas durer longtemps.

— Eh ben, qu'elle arrête ! a dit Sofia. C'est pas pour le salut de mon âme qu'elle travaille. Si elle a pas compris qu'il faut savoir faire front toute seule, c'est pas la peine d'avoir vécu.

— En tout cas, moi je suis avec toi, a dit Harpo. A cent pour cent pour toutes tes décisions, les vieilles ou les nouvelles.

Il s'est approché et l'a embrassée sur le nez, là où on lui avait fait des points de suture. Sofia a relevé brusquement la tête.

— Tout le monde apprend quelque chose de la vie, elle a dit.

Et ils ont ri tous les deux.

A propos d'apprendre, Mr... m'a dit, un jour où on cousait tous les deux sur la véranda, que lui avait pris ses premières leçons il y a longtemps, assis là à réfléchir jour après jour le regard perdu par-dessus la balustrade.

— J'étais très malheureux, oui, et j'arrivais pas à comprendre pourquoi on nous donne la vie si c'est pour être malheureux comme ça presque tout le temps. Moi, tout ce que j'ai voulu avoir dans la vie, c'est Shug Avery. Et à une époque, tout ce qu'elle voulait dans la vie c'était moi. Mais voilà, on n'a pas pu être ensemble pour de bon. J'ai eu Annie Julia comme femme. Après, toi. Et tous ces galopins d'enfants. Shug a eu Grady, et je sais pas combien d'autres. Mais quand même, on dirait qu'elle s'en est mieux tirée que moi. Un tas de gens l'aiment, en tout cas, tandis que moi personne m'aime à part elle.

— C'est difficile de ne pas aimer Shug, je dis. Elle rend si bien l'amour qu'on lui donne.

— J'ai essayé de faire quelque chose pour mes gosses après ton départ, mais c'était trop tard. Bub est venu vivre avec moi pendant deux semaines. Il m'a volé tout l'argent que j'avais, et restait affalé sur la véranda à longueur de journée, saoul comme un cochon. Mes filles, elles, sont jusqu'au cou dans des histoires de réformer l'homme, et de religion, que c'est tout juste si elles parlent encore. Chaque fois qu'elles ouvrent la bouche, c'est pour faire un sermon. Ça a failli me briser le cœur.

— Au moins ça veut dire qu'il est pas aussi mauvais que tu crois.

— Tu sais bien comment c'est. Si tu te poses une question, y en a quinze qui suivent. J'ai commencé à me demander pourquoi on a besoin d'amour. Pourquoi on souffre. Pourquoi nous, on est noirs. Pourquoi des hommes, pourquoi des femmes. D'où les enfants viennent réellement. Ça m'a pris longtemps pour comprendre que je savais pratiquement rien du tout. Et que si tu te demandes pourquoi tu es noir, ou un homme ou une femme ou un arbre, ça ne veut rien dire si tu commences pas d'abord par : pourquoi tu es là, tout bêtement.

— Et alors, qu'est-ce que t'en penses, toi ?

— Justement, qu'on est sur terre pour se poser des questions. S'interroger et interroger les autres. Et qu'en se posant ces questions, à soi et aux autres, sur les grandes choses de la vie, on apprend plein de trucs sur les petites, par hasard. Mais on n'en sait pas plus sur les grandes choses. Plus je me pose des questions, plus je réfléchis, et plus j'ai d'amour en moi.

— Et les gens commencent à t'aimer en retour, je parie.

— Ben oui, il fait l'air surpris. Harpo semble m'aimer vraiment, et Sofia et les enfants aussi. Même ce petit démon de Henrietta a l'air de m'aimer un peu. Mais ça c'est parce qu'elle sait que pour moi elle est un mystère aussi épais que le bonhomme dans la lune, qu'on voit certains soirs.

En ce moment Mr... s'occupe à faire un patron de chemise pour porter avec mes pantalons.

— Il faut des poches, il me dit. Et des manches bien larges. Mais ça sera pas pour mettre une cravate avec. Sûrement pas. Les gens qui portent des cravates on dirait qu'ils sont prêts à se faire lyncher.

Et puis voilà qu'au moment où je sais que je vais enfin pouvoir vivre sans Shug, contente de mon sort, et que Mr... me demande de l'épouser pour la deuxième fois, mais là, le vrai mariage, spirituel et pas seulement physique, et que je lui dis non, que j'aime toujours pas les grenouilles, mais qu'on peut être de grands amis, bref, voilà que Shug m'écrit qu'elle rentre au bercail ! C'est quelque chose la vie, quand même !

Restons calme, je me dis. Si vraiment elle revient, je serai aux anges. Et si elle revient pas, je serai quand même contente de mon sort. Et c'est là que je me dis que voilà la leçon que je devais apprendre.

— Oh ma Celie, tu m'as manqué plus que ma propre mère, elle me fait en descendant de voiture, habillée comme une star de cinéma.

On se tombe dans les bras.

— Entre, je dis.

— Dis donc, la maison est rudement bien, elle fait quand on arrive dans sa chambre. Tu sais que j'adore le rose.

— Et je vais te mettre des éléphants et des tortues partout.

— Où est ta chambre ? elle demande.

— Là-bas dans le couloir.

— On y va ?

— Voilà, je dis sur le seuil.

Tout dans ma chambre est violet et rouge, sauf le plancher que j'ai peint en jaune vif. Elle va droit à la petite grenouille violette posée sur ma cheminée.

— C'est quoi ça ?

— Un petit truc qu'Albert a sculpté pour moi.

Elle me regarde d'un drôle d'air, et je la regarde à mon tour, et puis on se met à rire.

— Et Germaine ? je demande.

— Il est à l'université. Wilberforce. Fallait pas laisser tout ce talent se perdre. Mais c'est fini, nous deux. C'est comme quelqu'un de la famille maintenant. Un fils, ou même un petit-fils. Et toi et Albert ? Qu'est-ce que vous fabriquez tous les deux ?

— Pas grand-chose d'extraordinaire.

— Je connais bien Albert, elle dit, et je parie qu'il a

fait quelque chose pour que tu aies cet air aussi bien.

— Tu sais, on coud, on bavarde. Rien de plus.

— Vraiment, rien de plus ?

Voilà autre chose à présent. Shug est jalouse ! J'ai bien envie d'inventer un mensonge rien que pour la faire bisquer. Et puis, non.

— On parle souvent de toi, je dis. De comme on t'aime tous les deux.

Elle sourit et elle pose sa tête sur ma poitrine. Et puis, elle pousse un long soupir.

Ta sœur qui t'aime
Celie

☆

Cher bon Dieu. Chères étoiles, chers arbres, cher ciel, chers gens. Cher Tout. Cher bon Dieu.

Merci d'avoir ramené ma sœur Nettie et nos enfants à la maison.

— Je me demande bien qui arrive par là-bas, fait Albert en regardant vers la route où on voit de la poussière qui vole.

Shug, lui et moi on est assis sur la véranda après dîner, à bavarder, ou à rien dire par moments. A se balancer sur nos fauteuils, à chasser les mouches. Shug dit qu'elle veut plus chanter en public. Ou seulement un soir ou deux « chez Harpo », peut-être. Elle pense à se retirer. Albert veut qu'elle essaye la nouvelle chemise qu'il a taillée. Je parle d'Henrietta. De Sofia. De mon jardin, et du magasin. Des choses en général. J'ai tellement l'habitude de coudre que je faufile des chutes de tissu, pour voir ce que je peux en faire. L'air est frais, pour une fin de mois de juin, et c'est bien agréable sur la véranda, comme ça, avec Albert et Shug. La semaine prochaine c'est le 4 juillet, et on va organiser une grande réunion de famille ici, chez moi, en plein air. J'espère que ce temps pas trop chaud va durer.

— C'est peut-être le facteur, je dis Sauf que la voiture va bien vite.

— C'est peut-être Sofia, fait Shug. Elle conduit comme une dingue.

— Ou Harpo, dit Albert. Mais c'est pas lui.

La voiture s'arrête sous les arbres de la cour, et voilà que plein de gens habillés à l'ancienne en descendent.

Un homme grand et fort, avec des cheveux blancs, et un col blanc tourné devant derrière. Une petite femme boulotte, avec les cheveux ramenés en tresses sur le haut du crâne. Un grand jeune homme, et deux jeunes femmes en pleine santé. L'homme à cheveux blancs dit quelque chose au chauffeur, et la voiture repart. Ils restent tous là, au bout de l'allée, entourés de caisses, de sacs, et d'autres paquets.

Mon cœur se met à battre à tout rompre, d'un coup, et me voilà incapable de bouger.

— C'est Nettie, dit Albert en se levant.

Ils nous regardent tous. Et puis ils regardent la maison, le jardin, les voitures de Shug et d'Albert. Les champs, autour. Et ils avancent dans l'allée, lentement, vers la maison.

Je suis prise d'une peur panique, et je ne sais plus quoi faire. Mon esprit est comme gelé. J'essaie de dire quelque chose mais rien ne sort. J'essaie de me lever, mais je manque de tomber. Shug me rattrape, et Albert me serre le bras.

Quand Nettie pose le pied sur la véranda je me sens partir. Je suis là toute chancelante entre Albert et Shug. Et Nettie pareil, entre Samuel et, je pense, Adam. Et puis on se met à gémir et à pleurer toutes les deux en même temps. On avance l'une vers l'autre en titubant, comme quand on était bébé. Et quand on se rejoint, on a les jambes si faibles qu'on se fait tomber. Mais qu'est-ce que ça peut faire ! On reste là, par terre sur la véranda, dans les bras l'une de l'autre.

— Celie ! elle dit au bout d'un moment.

— Nettie ! je dis.

Il se passe encore un moment. On regarde autour de nous. On voit les genoux d'un tas de gens. Nettie ne veut plus me lâcher la taille.

— Voilà Samuel, mon mari, elle dit en levant le bras vers lui. Et nos enfants. Olivia et Adam. Et voilà Tashi, la femme d'Adam.

Je montre ma famille à moi, à mon tour :

— C'est Shug, et Albert.

Tout le monde dit : enchanté. Et puis Shug et Albert commencent à embrasser les autres.

Nettie et moi on finit par se remettre sur nos jambes, et je serre mes enfants dans mes bras. Et puis, Tashi. Et puis, Samuel.

— Pourquoi on fait toujours les réunions de famille le 4 juillet ? demande Henrietta en faisant une moue de contrariété. Qu'est-ce qu'il peut faire chaud !

— Les Blancs fêtent leur indépendance d'avec l'Angleterre ce jour-là, dit Harpo, et alors les Noirs n'ont pas à travailler. C'est repos. On peut passer la journée à se faire notre fête à nous.

— Dis donc Harpo, fait Mary Agnes qui sirote une citronnade, je ne savais pas que t'étais aussi calé en histoire !

Elle et Sofia préparent la salade de pommes de terre. Mary Agnes est revenue pour reprendre Susie Q. Elle a plaqué Grady, et est retournée vivre à Memphis avc sa sœur et sa mère qui s'occuperont de Susie Q. quand Mary Agnes ira travailler. Elle a un tas de nouvelles chansons, elle nous dit, et elle est pas trop défoncée pour les chanter.

— Au bout d'un certain temps avec Grady, j'avais plus mes esprits. Je pensais plus droit. En plus, Grady est pas une bonne influence pour un enfant. Moi non plus j'en étais pas une bien sûr, à fumer de l'herbe comme ça.

Tashi fait la miration de tout le monde. Ses balafres sur le visage, et celles d'Adam, les gens trouvent que c'est leur affaire. Et puis aussi, ils disent qu'ils avaient jamais pensé que les femmes africaines étaient aussi belles. C'est vraiment un beau couple. Ils parlent un peu drôlement, mais on s'habitue.

— Qu'est-ce que les gens aiment le mieux comme nourriture en Afrique ? on lui demande.

— Le barbecue, elle dit en rougissant.

Tout le monde rit, et on lui sert un autre morceau.

Ça me fait tout bizarre d'être avec les enfants. D'abord, c'est des adultes. Et je vois bien qu'ils pensent que moi, Nettie, Shug, Albert, Samuel, Harpo, Sofia, Jack et Odessa, on est vraiment des vieux, qu'on n'est pas dans le coup. Mais moi je ne trouve pas du tout qu'on se sent vieux. Et puis, on est si heureux. A vrai dire, je crois bien qu'on s'est jamais sentis aussi jeunes.

Amen

Je remercie tous les personnages de ce livre d'être venus à moi.

A. W., auteur et médium

Achevé d'imprimer le 9 octobre 1986
sur presse CAMERON,
dans les ateliers de la S.E.P.C.
à Saint-Amand-Montrond (Cher)
pour le compte des éditions Robert Laffont
6, place Saint-Sulpice - 75279 Paris Cedex 06

Dépôt légal : septembre 1986.
N° d'Édition : 30248. N° d'Impression : 1862.